이웃집 현대사

이웃집 현대사

초판 1쇄 인쇄일 2024년 9월 5일
초판 1쇄 발행일 2024년 9월 12일

지은이 배진시
펴낸이 양옥매
디자인 표지혜 송다희
마케팅 송용호
교 정 조준경

펴낸곳 도서출판 책과나무
출판등록 제2012-000376
주소 서울특별시 마포구 방울내로 79 이노빌딩 302호
대표전화 02.372.1537 팩스 02.372.1538
이메일 booknamu2007@naver.com
홈페이지 www.booknamu.com
ISBN 979-11-6752-524-6 (03800)

* 저작권법에 의해 보호를 받는 저작물이므로 저자와 출판사의 동의 없이 내용의 일부를 인용하거나 발췌하는 것을 금합니다.

* 파손된 책은 구입처에서 교환해 드립니다.

| **배진시** 지음 |

이웃집 현대사

드라마처럼 읽는
이웃들의 이야기

같은 공간에서 춤추는 다른 시간들의 파편

책과나무

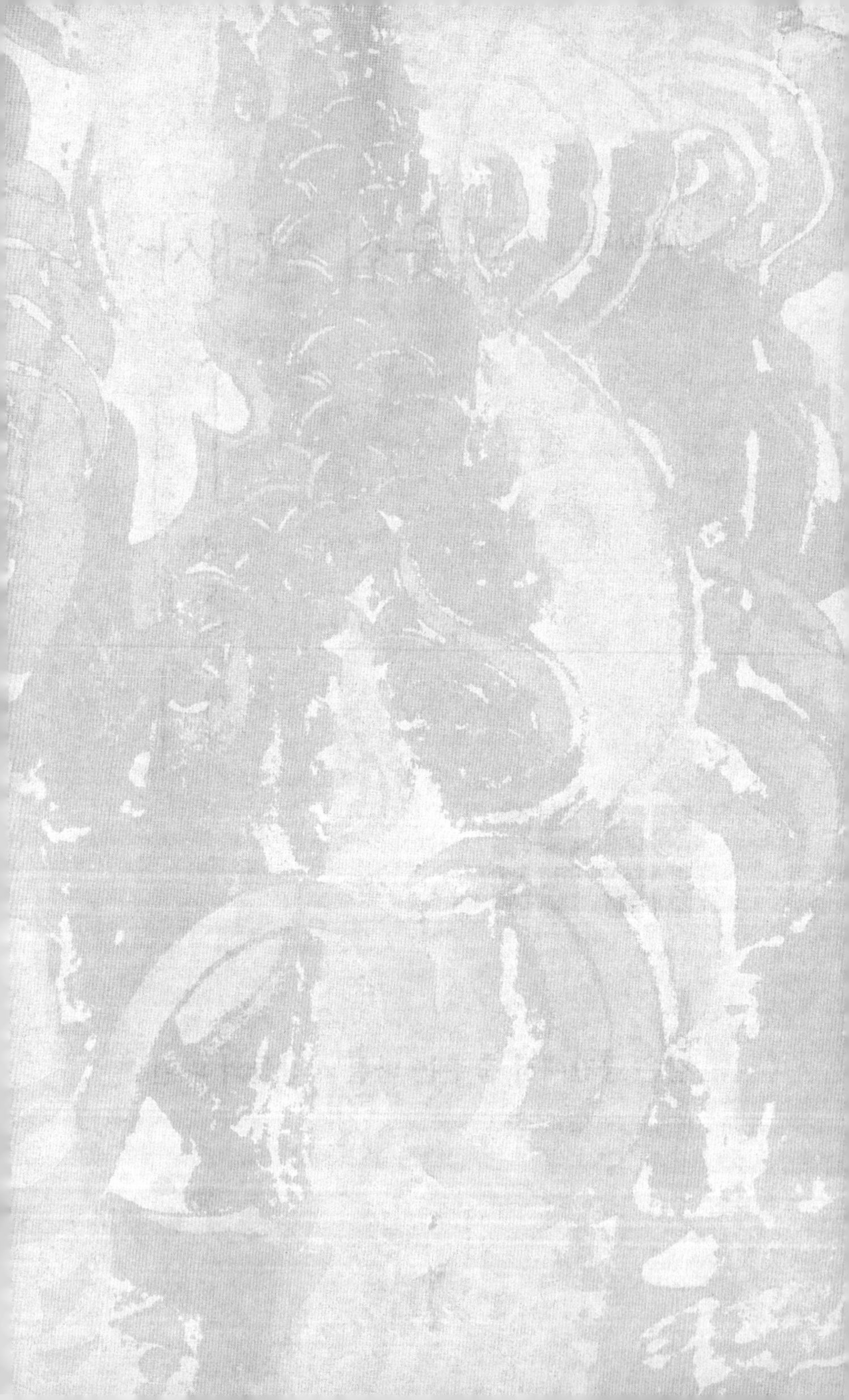

나는 파도를 막는
방파제이고 싶지 않다.

나는 그저 모래이고 싶다.
땅인지 바다인지 모를 모래이고 싶다.

파도에 맞서고 싶지 않다.
파도에 휩쓸리고 싶다.

누군가 밟은 자국도
금세 사라지는 모래이고 싶다.

파도에 산산이 부서져도
무너지지 않는 모래이고 싶다.

등장인물

- 정근모: 1910년생. 아들 승구와 민구, 준구, 딸 명자, 영숙과 지숙의 아버지.
- 진주댁: 근모의 두 번째 부인.
- 정근부: 1905년생. 근모의 형. 아들 명식, 딸 갑식의 아버지.
- 지숙: 1949년생. 가희와 나희의 엄마.
- 준구: 지숙의 오빠. 의사. 기철과 전우(戰友).
- 재영: 준구의 딸. 1980년생.
- 지훈: 재영의 아들. 2012년생.
- 영숙: 근모의 둘째 딸. 지숙의 언니.
- 소영: 영숙의 딸.
- 기철: 1942년생. 지숙의 남편. 가희와 나희의 아버지.
- 가희: 1973년생. 기철과 지숙의 큰딸.
- 나희: 1974년생. 기철과 지숙의 둘째 딸.
- 기수: 기철의 형. 성현, 성주의 아버지.
- 성현: 1964년생. 기수의 첫째 아들.

- 성주: 성현의 동생. 기수의 둘째 아들.
- 갑식: 1940년생. 근부의 첫째 딸. 딸 정미, 선미, 아들 상준의 어머니.
- 정미: 1969년생. 갑식의 첫째 딸.
- 선미: 1971년생. 갑식의 둘째 딸.
- 상준: 1975년생. 갑식의 아들.
- 명식: 갑식의 오빠. 근부의 아들. 경미의 아버지.
- 경미: 명식의 딸.
- 엄씨: 기철의 이웃. 은정의 아버지.
- 은정: 엄씨의 딸. 태현의 처.
- 연희: 상준의 처. 영석의 애인.
- 석이댁: 기철의 친구인 신가의 아내. 영석의 엄마.

들어가는 글

'글을 왜 씁니까?'라고 묻는다면 똑같은 답변이 있을까? 누구나 이유가 다를 것이다. 이번 책은 내가 살아온 세상이 어떤 역사와 맞물려 있는지 정리해 보고 싶어서 썼다. 우리가 한 시대를 함께 살아가더라도 서로 다른 경험과 역사가 맞물려 있기 때문이다.

나이 드신 할머니는 오래된 소쿠리를 못 버려 딸의 핀잔을 듣는다. 할아버지는 할머니에게 손톱깎이 대신 '스메끼리' 좀 가져오라 한다. 아랫집 할아버지는 고엽제 피해자 코스프레를 하여 매달 250만 원씩 받는다. 데모하다 쫓겨난 대학생은 대치동 일타 강사가 되었고, 기찻길 옆 오막살이 하던 이웃은 강남 건물주가 되었다.

때론 굵직한 주요 사건도 일상에선 어떻게 받아들여졌을까? 나이와 성별과 지역에 따라 각기 다른 사건들은 우리에게 어떤 의미가 있었을까? 이 모든 상황을 혼자 만들어 갈까?

어느 땐 금지곡이었던 것이 어느 땐 인기곡이다. 너와 내가 다르고 세대가 다르고 입장이 다르다. 가치관도 변하고 사람도 변한다. 우리는 사랑하는 만큼 이해하기도 하고 아는 만큼 이해하기도 한다. 때론 이해하지 못해도 넘어가기도 한다. 이 책이 고속 성장 사이의 간극을 이해하는 데 도움이 되길 바라는 마음이다.

독서를 하며 사고를 발전시키지 않으면 세상은 변하는데 사고는 고정되어 있게 된다. 어제와 오늘은 큰 차이가 없지만, 30년 전과 오늘은 큰 차이가 있다. 그러나 사람들은 생각을 잘 바꾸려 하지 않는다. 그래서 세대 간 · 계층 간 갈등이 나타난다.

문학은 그 시대 사람들이 어떤 생각을 하고 살았는지 잘 묘사한다. 그래서 나는 문학이라는 도구를 이용하여 역사를 이야기해 보고자 한다.

'글을 왜 씁니까?'라는 질문에 '윗세대를 이해하고 다음 세대를 이해하고 결국 나를 이해하기 위해 씁니다.'라고 답하겠다.

이 책을 써 보라고 권해 준 내 아버지께 감사의 말을 전한다.

몽샘책방, 2024

차례

1

1970년대, 꿈꾸는 시대

2

1980년대, 이념의 시대

3
1990년대, 욕망의 시대

4

2000년대, 관계의 시대

1

1970년대, 꿈꾸는 시대

장준하 추모공원

1973년 장준하는 김재준, 김수환, 함석헌, 지학순, 법정, 이태영, 계훈제, 백기완, 홍남순 등을 만났다. 그리고 그해 12월 24일 YMCA회관에서 전격적으로 개헌청원운동본부를 발족시켜 '헌법개정 백만인 서명운동'을 벌였다. 그것은 조직적이고 평화적인 저항운동이었다.

2022년 11월 19일, 박기철과 그의 두 딸 박가희, 나희는 정지숙이 잠든 추모공원에 들렀다가 돌아오는 길에 장준하 선생의 묘역에 들렀다. 주차장은 없었지만 갓길에 차가 다니지 않아 차를 세우는 데 무리는 없었다. 돌담에는 그의 업적과 묘역을 만드는 데 도움을 준 사람들의 이름이 새겨져 있었다. 나희는 돌담에 새겨진 박기철의 이름을 잠시 손으로 만져 보았다. 기철은 왜 장준하 선생의 사망 진상 규명을 위해 애를 썼나.

1975년, 서점을 하는 기철은 함석헌[1] 선생의 『씨알의 소리』를

1 평안북도 용천 출신. 1919년 3 · 1운동이 일어나자 이에 가담, 학업을 중단하였다가 1921년 정주(定州)의 오산학교(五山學校)에 입학하였다. 그때 안창호(安昌浩) · 이승훈(李昇薰) · 조만식(曺晩植)으로부터 민족주의사상의 영향을 받았다. 1956년부터 『사상계』에 자신의 글을 발표하면서 정치적 · 사회적 문제

구독자들에게 보내기 위해 우체통에 넣었지만 잡지를 받지 못했다는 전화가 빗발쳤다. 이유를 알 수 없었지만 또 보낼 수밖에 없었다. 그런데 어느 오후, 우체부 복장을 하지 않은 남자가 우체통에서 『씨알의 소리』만 싹 걷어 가는 것이 아닌가. 시간을 바꾸어 우체통에 넣어 봐도 잡지는 매번 사라졌다.

기철은 꾀를 내어 서울 전역 우체통을 돌아다니며 한 권씩 넣었다. 잡지 한 권을 독자들에게 보내기 위해 하루 종일 땀이 나도록 뛰어다녔다. 매번 이럴 수는 없는 일. 기철은 원효로에 있는 함석헌 사무실을 찾아간다.

"선생님, 『씨알의 소리』를 아무리 우체통에 넣어도 자꾸 사라집니다."

"음… 이 사람들이…."

함석헌은 굳은 표정을 짓더니 수화기를 든다.

"자네, 자꾸 내 잡지 배포를 방해할 셈인가."

"네, 무슨 말씀이십니까?" 경찰국장은 모른 체한다.

"애들 풀어서 잡지를 걷어 가지 않나."

들을 기탄없이 비판하였고, 1958년 '생각하는 백성이라야 산다'면서 자유당 정권에 도전하였다. 1961년 5 · 16군사정변 직후에는 '5 · 16을 어떻게 볼까'로 군사혁명 정권에 도전하였다. 1962년 미국무성 초청으로 방미하였을 때 퀘이커교(Quaker敎)와의 친밀 관계를 굳혔다. 1967년 장준하(張俊河)의 국회의원 옥중출마를 지원하기도 하였다. 1970년 4월 『씨알의 소리』를 창간하였고, 민중운동을 전개하면서 반독재민주화운동에 힘을 기울였다. (출처: 한국민족문화대백과사전)

“결코 그런 일 없습니다.” 그는 발뺌을 하느라 진땀을 뺀다.

함석헌은 전화를 끊고 기철에게 말한다.

“박군, 미안하네. 정부에서 자꾸 잡지를 빼돌리니 당분간 자네가 더 수고를 해 줘야겠네.”

기철이 운영하는 ‘장학서림’ 근처 우체통은 이미 사복경찰들이 곳곳에 서 있어 기철은 잡지를 들고 더 멀리 가서 한 권씩 우체통에 넣을 수밖에 없었다.

기철이 저녁에 집에 돌아와 땀으로 물든 양말을 두 딸들에게 들이대면 아이들은 코를 막고 도망갔다. 기철은 낄낄대며 더욱 발꼬랑내 나는 발을 아이들에게 들이대며 좋아했다. 지숙은 그만 좀 하라며 핀잔을 주었지만, 아이들은 아빠가 더 공격하지 않나 싶어 문 뒤에서 빼꼼히 얼굴을 내밀었다. 어린 딸들은 소리를 지르며 아빠의 공격을 기다렸다. 매일 저녁 아빠의 땀에 젖은 양말은 아이들의 놀이였다.

1972년 8월 15일

서울시민회관(현 세종문화회관)을 경찰이 에워쌌다. 이어 흰 수염에 흰 한복을 입은 노인이 들어섰고, 잠시 후 안경을 쓴 양복 차림의 남자도 들어섰다. 경찰은 살짝 옆으로 비켜섰고 노인은 그윽한 미소를 지으며 여유 있게 발걸음을 옮겼다. 무장간첩이 나타난 것도 아닌데 경찰 이백여 명이 계단 아래에서 내부 홀까지 양쪽에 서 있었지만 모두 조용했다. 마치 감시하는 것조차 영광이라는 표정이었다. 감시와 호위의 그 어디쯤인 분위기였다.

홀에서는 한 남자와 여자의 결혼식이 있었다. 스물세 살의 아름다운 여성과 서른 살의 노총각이었다. 남자는 키가 훤칠했지만 뺨이 움푹 들어가 있을 정도로 말랐다. 신부 측 하객들은 고급 한복을 입었고 피부는 윤기가 흘렀다.

신랑의 어머니는 옥빛 한복을 입었는데 허리가 굽었지만 눈빛은 호락호락하지 않았다. 신부 측 어머니는 기뻐하지도 슬퍼하지도 않으며 깊은 감정을 누르고 입을 다물고 있었다. 승낙도 체념도 아닌 표정은 '어려운 사람'이라는 인상을 주었다. 신랑 측 모친은 기쁨을 감추고 어른 체면을 유지하려 근엄한 표정을 지었고, 신부 측 모친은 아쉬움을 감추고 예의를 갖추려 감정을 드러내지 않았다.

지숙은 스물셋. 당시 스물다섯이 넘으면 노처녀라는 소리를 들었으니 결혼 나이로는 적절하였다. 기철 나이는 서른. 결혼을 하기에는 늦은 노총각이었지만 장남이 아니라는 점에 후한 점수를 받아 지숙 부모님의 허락을 받아 내었다. 함석헌이 주례를 서고 장준하가 사회를 보았다.

두어 달 전, 박기철이 함석헌을 찾아 주례를 부탁했을 때 함석헌은 바쁘다며 거절을 했다. 그러자 박기철은,

"저는 선생님 시간이 되는 날과 시간, 장소에 맞춰 결혼을 할 것입니다. 그것이 10년 뒤라 하더라도 말입니다. 저에게 딱 20여 분만 시간을 내어 주십시오."

"허허, 이 젊은이 보게."

그때 장준하가 들어서자 함석헌은,

"여기 박군이 결혼을 한다고 하니 자네가 사회를 좀 보게."

장준하는 허리 굽혀 "네."라고 정중히 대답할 뿐 아무것도 묻지 않았다.

함석헌은 광복절날 시국 강연이 있으니 그날 광화문에서 결혼을 하라고 일렀고, 박기수는 결혼식 날을 광복절로 잡았다. 1970년대는 에어컨이 흔치 않던 시절이라 결혼이라 하면 5월이

나 10월에 하는 것이 통상이나, 박기철은 함석헌 선생의 주례가 아니면 결혼을 하지 않겠다고 호기로운 고집을 부려 8월에 식을 올리게 되었다.

더위에 버스를 타고 땀을 뻘뻘 흘리며 온 하객들은 한여름에 에어컨이 틀어져 시원한 실내에 저마다 탄복을 했다. 부채 바람, 선풍기 바람 다 겪어 보았어도 에어컨 바람은 처음이라 모두들 박기철이 비록 한여름 결혼을 하지만 신기한 구경을 시켜 주었다며 8월 더위에 한복을 갖춰 입고 오느라 고생한 것을 잊어버렸다.

"내 진정 바라는 것은 오늘 결혼하는 두 분은 두 분의 집이 둘만의 재미있게 사는 장소가 아니라 이 나라를 바로잡으려고 노력하다가 고통을 당하는 사람을 위해서 언제든지 그들이 쉬어 갈 곳이 되는 장소가 되기를 바라며, 언제든지 정의를 위해 싸우다가 쫓기는 처지가 되었을 때 그들을 보호해 주고 감싸 주는 보호처가 되는 장소로 기꺼이 내놓기를 서슴지 않기를 바랍니다. 그것이 결혼을 하여 가정을 이루는 참의미일 것으로 생각하면서 두 분께 당부드리는 것으로 제 말을 끝맺겠습니다."

함석헌의 주례에 박기철은 굳은 의지를 다졌고, 정지숙은 가벼운 불안이 스쳤다. 결혼이라 하면 부부가 사이좋게 자식 키우며 사는 것도 만만치 않을 터, 부모 그늘에서 막내딸로 호의 호식하며 자란 정지숙은 함석헌의 주례사가 낯설었다. 그러나 한편 박기철이 멋져 보이기도 했다. 그는 서울에서 대학교를 나온 남자가 아닌가.

게다가 기철이 보낸 함(函) 속에는 금가락지가 아닌 커다란 다이아몬드 반지와 헤르만 헤세(Hermann Hesse)의 『지(知)와 사랑』이라는 책이 들어 있었다. 지숙의 친구들만 해도 금가락지도 못해 은가락지를 받고 결혼한 친구들도 수두룩했다. 다이아몬드 옆에 책이라니, 지숙은 남자가 가난하다고는 들었지만 돈을 쓸 때는 쓸 줄 안다 생각했다.

처음 박기철이 정지숙에게 프러포즈를 했으나 정지숙은 거절을 하였다. 그의 남루한 옷과 데이트를 신청할 때 다방이나 빵집을 안 가고 번번이 지숙의 집으로 찾아오는 것도 못마땅했다. 음악다방을 즐기는 지숙은 기철이 너무 구두쇠라는 생각이 들었다.

"아니, 왜 밖에서 안 만나고요?"라고 지숙의 모친이 물어보면 기철은 "여기 소파며 테이블이 있는데 뭐 하러 돈 쓰고 밖에서 만납니까? 허허허."라며 굳이 집에서 만나길 원했다. 모친은 기철이 나이가 많은 것이 흠이지만 대학을 마치느라 늦어진 것이라 여겼다. 군 복무 중 베트남전쟁에 파병되었고 4년제 대학을 마치다 보니 저런 노총각이 되었구나 싶었다.

지숙 모친은 아들 셋, 딸 셋이 있는데 위로 두 딸도 장남에게 시집을 보내지 않았다. 장남 며느리가 져야 하는 제사의 무게가 너무 큰 탓이다. 모친 역시 둘째 아들과 혼인은 하였으나 장남인 아주버님이 일본으로 유학을 간 탓에 둘째인 지숙의 부친이 집안 제사를 모두 맡았다. 결국 그녀가 정씨 가문 고조까지 다달이 돌아오는 제사를 다 치르고 제삿밥 얻어먹으러 오는 팔촌 친척들 밥을 책임져 왔기 때문에 장남이라면 질색을 하였다.

미니스커트를 입고 한쪽 다리를 꼬고 앉은 지숙은 손톱에 매니큐어를 바르며 박기철에게 말했다.

"저는 결혼하고 힘든 고생은 못 해요. 늘 이렇게 손톱칠을 하고 살아야 돼요."

"저는 쓴 커피, 지숙 씨는 설탕. 우리는 천생연분입니다. 하하하."

그는 너그러운 청년이었고 어디서나 당당했다. 지숙은 호탕한 그의 양말에 구멍이 난 것을 보고 웃음이 났다.

지숙 모친은 보약을 두 첩 지어 기철의 모친에게 갖다주라고 했다. 그리고 기철의 발이 큼직하여 국내에 맞는 구두가 없으니 수입 구두를 구해 오라고 주문을 넣었다. 기철을 사위로 들이기로 마음먹은 이상 옷과 신발은 해 주어야겠다 생각한 것이다.

둘만 낳아 잘 기르자

지숙은 넉넉한 형편에서 자라 매끼 반찬을 풍성하게 차려 냈고 기철은 살이 오르기 시작했다. 지숙은 결혼 후 곧 임신을 하였고 다음 해 6월 산달이 되었다. 지숙은 한강성심병원 산부인과에서 오랜 진통으로 힘들어했다. 12시간 동안 진통으로 산고를 겪자, 지숙 모친은 제왕절개 수술을 결심한다.

"수술해 주이소."

병실 밖에서 기철 모친은 조금 더 참지 쓸데없이 돈을 쓴다며 병원 복도에 털썩 주저앉았다. 그런 장 여사를 기철은 말린다.

"제 딸 수술비는 제가 댑니다."

지숙 모친이 단호하게 말하자, 장 여사는 그제야 주춤주춤 일어서 의자에 앉는다. 지숙 모친은 주먹만 한 복주머니에서 꼬깃꼬깃 접은 지폐 한 뭉치를 의사에게 건네며 "이왕 수술하는 거 얼라를 자시(子時)에 꺼내 주이소."라고 부탁하였다.

1973년 제왕절개 수술비는 서울 시내 집 한 채 값과 같았다. 생명을 받아 안은 지숙은 온몸이 파르르 떨릴 정도로 벅찼고 기철도 신이 나 동네방네 딸의 탄생을 알렸다. 장 여사는 손녀의 탄생이 싫지 않았지만 "두 번째는 꼭 아들이어야 한다."라고 힘주어 말하며 시어머니 권위를 세우려 했다. 하지만 이미 늙고 돈 없는 시어머니의 말은 탄생의 기쁨 속에 묻혀 버렸다.

큰딸 가희는 잘 먹고 잘 자고 영특하기까지 했다. 동양 베이비 콘테스트에 나가 준우승을 차지하여 텔레비전에도 나왔다. 당시 아이들이 잘 못 먹어 통통한 아이들을 대상으로 상을 주는 프로그램이 있었다.

지숙이 다시 임신을 했을 때 장 여사는 "큰딸은 살림 밑천이지만 둘째는 무조건 아들이어야 한다."고 못을 박듯 강조했다. 그러나 두 번째도 딸이 태어났다. 장 여사는 쓸모없는 것을 낳았다고 못마땅하여 고개를 돌렸지만, 지숙의 모친은 딱 한마디 하였다.

"너는 이 딸을 의지하여 살게 될 것이다."

둘째 나희는 너무 작고 약했다. 바닥에 내려놓기도 전에 울었다. 기철의 손길은 극구 거부하여 기철은 둘째 딸을 안아 보지도 못했다. 지숙은 첫째도 아직 어린데 둘째가 저리 안 먹으니 혼이 빠질 지경이었다.

기철도 비싼 분유를 넘치게 사 왔지만 나희는 두어 번 빨고는 혀로 젖병을 밀어냈다. 장 여사는 모유를 안 먹이고 비싼 분유를 먹인다고 혀를 끌끌 찼지만 지숙은 넘겨들었다. 나희가 먹다 남긴 분유는 가희 차지였다. 가끔 장 여사도 나희가 남긴 분유를 가끔 먹었는데 고소하고 만났다. 영양가가 있어서 그런지

기운도 났다. 그래서 지숙이 나희에게 분유 먹인다는 잔소리가 쑤욱 들어갔다.

장 여사는 큰아들 집에 살다가 큰아들이 사업 실패로 단칸방으로 가게 되어 둘째 아들인 기철네로 왔다. 장손을 못 보는 것 빼고는 장 여사는 기철네가 더 좋았다. 그래도 차남 집에 머무는 것이 부끄러워 동네 사람들에게는 늘 잠시 다니러 가는 것뿐이라고 했다.

까막눈인 장 여사에게 기철은 아침마다 성경 한 구절씩을 읽어 주고 나갔다. 장 여사는 딱 한 번 들었을 뿐인데도 저녁에 아들이 돌아오면 아침에 읽어 준 그대로 읊었다. 한글을 배우고 싶었지만 오십 넘은 할매가 한글은 배워 뭐 할 거냐는 소리를 들을까 봐 차마 배우고 싶다는 말은 입 밖에 내지 못하였다.

시어머니까지 모시게 되자, 지숙의 모친이 식모 한 명을 보내 주었다. 열일곱 살 연이는 나희를 등에 업고 두 아이 천 기저귀를 다 빨고 말리며 힘껏 일을 도왔다. 가희와 나희는 한 살 차이였지만 가희가 다섯 살이 되자 나희를 업고 다닐 정도로 덩치 차이가 났다. 가희와 나희는 늘 붙어 다니며 사이가 좋았다. 흔한 자매 싸움 따윈 없었다.

먹을 걸 주면 나희는 한 입 먹고 딴청을 부렸고, 가희는 제 몫을 다 먹은 후 동생 것까지 먹었다. 나희가 저 혼자 먹겠다고 다 가져가도 가희는 너그러이 기다렸다. 어차피 나희는 두 입도 못 먹고 내팽개칠 것을 알기 때문이다. 가희는 무럭무럭 자라 점점 의젓해졌지만, 나희는 눈만 또랑또랑해지고 도통 먹질 않았다.

장 여사는 제사를 지내려면 셋째를 낳아야 한다고 했지만 효자 기철은 정부의 방침을 존중했다. 1970년대 "둘만 낳아 잘 기르자."는 표어로 전국 산아 제한을 했지만 딸 둘로 끝내는 집은 거의 없었다. 아들 둘을 낳으면 더 낳지 않았지만, 딸 둘을 낳으면 아들을 낳을 때까지 낳는 집이 대부분이다 보니 남자아이가 여자아이보다 많았다.

아들 없이 대를 끊을 수는 없다고 울부짖는 장 여사를 뒤로하고 기철은 나희가 태어난 후 정관 수술을 했다. 그는 장차 딸들도 아들처럼 공부하고 일할 수 있는 시대가 올 것이라고 생각했다. 기철은 어머니를 최우선 순위로 두는 효자였지만 '남아 선호 사상'은 구시대의 관습이라는 것을 배운 사람이었다.

방탄조끼

"아빠, 이게 뭐야?"

여섯 살 나희가 언니와 숨바꼭질을 하다가 장롱에서 묵직한 조끼 하나를 찾아낸다.

"어어… 무거워. 들 수가 없어."

나희가 조끼를 들고 비틀거리자 기철은 조끼를 받아 들고는 잠시 침묵하더니 "방탄조끼야."라고 답했다.

나희는 호기심으로 눈이 더 또랑또랑해지더니,

"방탄조끼가 뭐야? 아빠?"

"이 조끼를 입으면 총에 맞아도 안 죽어."

"초… 총이라고? 무서워. 아빠, 이런 게 우리 집에 왜 있어?"

"하하하! 누가 총 쏘면 입으려고 있지."

기철은 딸을 살짝 놀리고 싶어졌다.

"우리 집엔 식구가 여러 명이잖아. 하나밖에 없는데 누가 입어?"

"그러네. 나희는 총이 든 사람이 오면 누굴 입힐 거야?"

"나, 나는… 할머니!"

나희는 총이라는 상상만 해도 무서운지 목소리가 떨렸다.

기철은 나희의 대답이 기특하여 재차 물었다.

"나희는 왜 할머니를 입혀 드릴 거야?"

"왜냐하면 할머니는 빨리 못 숨으니까. 나랑 언니는 장롱 속으로 쏙 들어가고 아빠랑 엄마는 빨리 도망가면 되는데…."

"우리 나희 생각이 참 기특하네. 할머니는 나희 간식도 맨날 뺏어 먹는데도 할머니가 좋아?"

"나는 할머니가 내 간식 뺏어 먹어도 좋아. 할머니는 불쌍해서 괜찮아."

"할머니가 왜 불쌍해?"

"음… 할머니는 글씨를 모르니까 뭐가 맛있는지 몰라서 내가 먹는 걸 보고 그걸 먹는 것 같아."

기철은 눈물이 핑 돌았다. 어린아이 속이 어른보다 깊었다. 그 생각을 못했구나. 가게에서 파는 과자가 무엇이 맛나는지 어머니가 알 수가 있나. 그러니 손녀가 먹는 걸 늘 달라 하고, 손녀는 할머니 마음을 알고 늘 내어 주었구나.

"아빠, 이 방탄조끼는 어디서 났어?"

기철은 공주 같은 어린 딸에게 전쟁의 참상을 알려 주고 싶지 않았다.

"아빠가 멀고 더운 나라에서 가져왔어."

"샀어?"

"산 건 아니고 그냥 가져왔어."

"으응? 어떻게 그냥 가져와?"

"아빠가 놀러 갔다가 기념으로 가져왔어."

"참 이상하네. 아이, 무서워."

나희는 멀리 뛰어가 버렸다.

기철은 방탄조끼를 아이들이 볼 수 없도록 장롱 위쪽에 깊숙이 올려 두었다.

박기철 씨가 기증한 자료는 기증자가 직접 착용했던 방탄조끼다. 박기철 씨는 베트남전 참전용사로 1965년부터 1968년까지 맹호부대 지원 제6후송병원에서 복무하였다. 한국은 1964년 베트남에 제1이동외과병원 의료병력과 태권도 교관단부터 시작해서 전투부대를 파병하였다. 1967년에는 맹호부대와 백마부대 등이 수도사단과 함께 제9사단 사이에 있는 푸옌성의 1번 국도를 확보하여 해당 부대들의 남북 연결을 위한 '오작교 작전'을 성공적으로 수행하였다. 박기철 씨 역시 맹호부대 소속으로 오작교 작전에 참여하였다. 그는 '우기가 시작되면 아군의 작전상황이 매우 불리할 것으로 예상하여 더욱 치열한 총공격을 전개하였다.'라며 당시를 회고하였다.

박기철 씨가 기증한 방탄조끼는 당시 사용했던 것으로 앞면에 월남종군기장과 십자성부대 배지가 부착되어 있다. 베트남전에서 돌아온 후 약 45년의 세월이 지났음에도 불구하고 보관 상태가 좋아 훼

손된 부분은 보이지 않는다.[2]

기철은 대학 졸업 후 해병대에 지원했으나 떨어지고 1965년 7월 17일 육군에 입대하여 전방에 배치되었다. 5천 원을 비닐에 넣어 구두에 숨겨 들어가 상사에게 건네주어 조금만 남쪽으로 배치해 달라고 부탁하였더니 약 한 달 후 의정부로 발령이 났다. 기철은 밥을 딱 3분 만에 먹고 얼른 뒤로 가서 줄을 한 번 더 섰다. 점심을 두 번 먹는다는 것은 그가 기억하는 군 생활의 가장 큰 즐거움이었다.

그러던 중 정부에서 베트남 파병이 결정되었다.[3] 민간인은 지원이지만 군 복무 중인 경우는 의무전출이었다. 전쟁터에 가고 싶지 않은 군인 중 도망가는 사람이 속출하였고 그런 사람은 "나는 탈영병입니다."라는 문구를 쓴 종이를 두 팔을 번쩍 들어 하루 종일 들고 서 있어야 했다. 팔이 잘려 나갈 듯해도 그들은 전쟁 대신 벌받는 것을 택했고, 그렇게 벌을 받고 나면 파월은 면제되었다.

2 『전쟁기념관 기증자료집』, 2012. 2. 25. p.109

3 베트남전쟁(1960~1975): 1960년에 결성된 남베트남민족해방전선(NLF)이 베트남의 완전한 독립과 통일을 위해 북베트남의 지원 아래 남베트남 정부와 이들을 지원한 미국과 벌인 전쟁이다. 베트남의 독립을 위해 프랑스와 벌인 제1차 인도차이나전쟁(1946~1954)과 구분해 '제2차 인도차이나전쟁'이라고도 하며, '월남전(越南戰)'이라고도 한다. (출처: 두산백과)

군인은 100~700까지 각 번호를 부여받았는데 그때는 '일공공' 또는 '일영영'이라 하지 않고 '일빵빵'이라 했다. 해병대는 '일빵빵'이란 번호를 받고 하노이로 배치되었다. 사망자가 많았다. 기철은 '칠빵빵'에 속해 행정병으로 퀴논에 배치되었다. 위생병동의 행정병이었지만 전투가 끝나고 난 후 들어오는 사망자들의 옷을 가위로 오려서 벗긴 후 냉동실로 보내는 업무에 손을 보태야 했다. 사망자와 총상 환자를 매일 맞닥뜨렸다. 죽은 자들에게 새 옷을 입히기 힘들어 가위로 오려 시체 위에 덮는 방식으로 옷을 갈아입혔다.

생(生)과 사(死)가 하나로 엉켜 부여잡고 있었다. 살아 있는 곳이 지옥이었다. 죽여 달라 아우성치는 병사와 살려 달라고 아우성치는 병사의 외침은 악취와 뒤섞였다. 전쟁터에서는 행복이니 불행이니 이런 건 생각할 겨를도 없었다. 죽거나 살거나, 하루에도 몇 번씩 삶과 죽음을 오갔다. 극도의 긴장과 스트레스를 이기지 못하고 정신이 나가는 자들도 있었다. 끔찍한 시체에 구역질을 하거나 자살하는 자들도 있었다.

기철은 고국의 엄마를 생각하며 버티었다.

'선풍기를 사서 돌아가리라.'

1968년 1월, 기철은 제대를 얼마 남기지 않고 있었다. 같은 부대에 군의관으로 있던 정준구와 호형호제(呼兄呼弟)하였다.

기철은 1942년 12월생이고 준구는 1943년 2월생인데, 음력으로는 동갑이라 할 수 있고 양력으로는 기철이 형이었다.

기철은 비가 징글징글하게 내리고 부상당한 병사를 옮기고 난 후에도 밥이 나오면 꿀맛같이 3분 이내로 먹었다. 반면 부잣집 아들 준구는 마스크를 하고도 헛구역질을 자주 했고, 밥도 두어 숟갈 뜨면 못 먹는 날도 잦았다. 남은 밥은 늘 기철이 차지였다.

"너는 비위도 좋다. 남 먹다 남긴 걸."

"형님한테 너라니?"

"네가 무슨 형님이가? 두 달 먼저 태어난 것도 형님이가."

"내는 1942년. 니는 1943년. 엄연히 태어난 해가 다르다."

"됐다. 치워라."

"나 이래 봬도 아무거나 먹진 않는다. 네가 먹던 거니까 먹어주는 거지. 사내새끼가 밥 남기면 우습게 보이거든."

"니는 고수도 먹나?"

"내는 씹히면 다 먹는다. 하하!"

기철은 밥을 입속에 털어 넣으며 양념 하나, 국물 한 방울까지 늘 싹싹 먹었다. 거의 2인분을 먹고도 혹시 누가 남긴 게 없나 흘깃 살펴보기도 했다.

"말은 참 잘하네. 넌 제대해서 한국 가면 뭐 할 건데?"

"나는 아직 잘 모르겠다. 일단 선풍기 하나 무조건 사 갈 거다. 더위가 너무 싫다. 그리고 어머니랑 살 작은 방 한 칸 마련하고… 책방을 하고 싶다. 넌 의사가 되겠지? 무슨 과 의사가 될 생각인데?"

"나는 피가 너무 싫다. 그래서 내과 의사가 될 생각이다."

"너랑 잘 어울린다. 내 소화제는 네가 책임지는 거 맞지?"

"내가 볼 때 니는 소화제 안 필요하다. 돌도 씹어 묵지 않나. 하하하."

"뭐라꼬?"

"지난번에 포탄 터질 때 식량에 진흙 들어가도 니는 다 쳐묵대."

"아, 그거야 내 거엔 별로 안 들어갔다. 그리고 진흙도 묵어도 된다. 안 죽는다."

"니는 아무튼 소화제는 필요 없다. 니 어무니 편찮으시면 내가 봐줄 기고."

"고맙다. 내 니 병원 옆에 책방을 차릴 거구만."

"그럼 난 책은 네 책방에 가서 공짜로 볼 거다."

"돈 내고 사서 봐라."

"싫다."

기철은 준구의 목을 잡고 쓰러지며 장난을 친다.

1968년, 제대를 두 달 남기고 '김신조 무장공비 침투 사건'이

터진다. 북한 간첩 31명이 박정희 대통령을 암살하러 대한민국에 침투한 사건이다. 29명은 사살되었고 1명은 탈북했으며 남은 1명이 김신조라 사람들에게는 김신조라는 이름이 각인되었다. 이 사건이 터진 후 박 대통령은 전 군인 의무 복무 기간을 6개월 늘렸다. 그 바람에 기철과 준구도 곧 떠날 마음에 부풀어 있다가 6개월 더 베트남에 머물게 되었다.

군인들은 갑자기 6개월이나 늘어난 복무 기간 때문에 밥을 먹을 때마다 김신조를 욕해 댔다. 제대 후에도 김신조 욕을 했고 술을 마실 때도 김신조 욕을 했다. 김신조는 간첩으로서 대한민국에 쳐들어온 것보다 군대 의무 복무 기간을 연장시킨 것으로 더 많은 욕을 얻어먹었다.

간첩을 구분하기 위해 1968년 주민등록증이 만들어지고 이순신 장군 동상이 광화문에 세워졌다. 강한 인물을 드러내려는 것이었을까.

폭우 속에 순찰을 돌던 중 준구 발목이 심하게 삐어 총자루를 지팡이 삼아 한 발로 걷다가 더 이상 걷기가 힘들어지자 기철이 준구에게 말한다.

"업혀라."

준구가 망설인다. 20㎏ 남짓 되는 군 장비는 동료에게 맡기고 기철은 준구를 업는다. 부대까지 걸어서 6㎞ 정도 걸어가야 한다.

"미안타."

"괘안타. 우리 가족 안 되겠나. 하하!"

"무슨 소리고?" 기철 등에 업힌 준구가 묻는다.

"이제부터 나는 너를 형님이라 부를 기다."

"뭔 소리고? 이 자슥이."

"형님, 잘 봐주이소. 지숙 씨랑 잘 살 깁니더."

"뭐라꼬? 내려라, 이 자슥아. 니 내 여동생을 넘본 기가? 언감생심도 유분수다."

"와! 내가 뭐 어때서요? 형니임?"

"징그럽게 와 존댓말이고? 니는 너무 먹어서 안 된다. 집안 거덜 난다."

"화악 내버려 두고 가 뿔라."

"이봐라. 성질 나온다."

쿠쿠쿠쿵!!!! 두두두둑!!!!! 순간 들려오는 폭격기 소리에 모두 일제히 몸을 엎드렸다. 죽음과 엉켜 지내기엔 너무나 어린 청춘들이었다.

다시 시작하는 공부

기철은 고향 시골에서 올라온 육촌 형님의 아버지가 편찮으시다는 소식에 집문서를 빌려주었다. 땅 없는 농사꾼이 담보도 없고 카드도 없으니 친척끼리 보증을 서는 일은 다반사였다.

기철, 지숙, 가희, 나희는 세운상가 아파트에서 방 두 칸짜리 집으로 이사를 했다. 지숙의 속은 말이 아니었다. 두 딸을 YMCA유치원에 가죽잠바를 입혀 증명사진을 찍어 원서를 넣고 대기 중이었다. 가희는 국악무용을 가르쳐 한복을 곱게 입혀 예쁜 어린이 대회에 나가 준우승까지 차지했다. 서점은 호황이었는데도 친척들이 저녁이면 수금하듯 찾아와 돈을 빌려 가는 바람에 결국 적자로 문을 닫게 되었다.

"너 뭐 해서 먹고살려고? 내 엄마 돈을 네가 해먹어?"

지숙이 따지듯 나무라도 기철은 할 말이 없다. 지숙은 사업을 하는 큰오빠를 찾아간다.

"오빠, 나 일 시켜 줘요. 애들이 낼모레 학교에 가야 하는데 집도 날리고 가게도 날렸어요."

그렇게 지숙은 큰오빠 회사에 경리로 취직을 한다. 사장인 오빠가 쥐여 주는 보너스며 점심값을 모아 피아노를 샀다. 그렇게 월세방에 자줏빛 삼익피아노가 대감처럼 자리를 차지했다.

기철은 아무 말도 못 한다.

지숙은 몇 달 뒤에는 브리태니커 영어 전집도 들였다. 36개월 할부다. 아이들은 유치원과 피아노 학원, 미술 학원에 보내고 이층침대도 샀다. 비록 월세방에 살지만 아이들만큼은 여유롭게 키우고 싶었다. 저녁에 잘 때면 피아노 의자를 치우고 네 식구가 옹기종기 모여 자고 다른 방에는 식모가 잤다.

"당신 뭐 해서 먹고살래?" 지숙이 다시 묻는다.

기철이 말이 없다.

"당신 하고 싶은 걸 말해 봐."

"공부하고 싶다." 기철이 대답한다.

지숙이 잠시 침묵을 지킨다.

"해라." 지숙이 두말 않고 대꾸한다. 기철은 눈이 휘둥그레 지숙을 쳐다본다.

사람들이 다들 미쳤다며 애아버지가 석사 공부한다고 손가락질을 했다. 마누라 등쳐 먹는다고 비난을 했다. 지숙의 큰오빠는 기철에게 "니 내 동생 고생시키려고 장가왔나."라며 분통을 터뜨렸다.

기철은 선생님이 되고 싶었다. 그래서 고려대학교 교육대학원에 입학하였다. 한 학기 등록금이 60만 원이었다. 당시 서울 시내 집 한 채가 300만 원이었으니 적은 돈이 아니었다. 교육대학원을 나온다고 선생님이 되는 것도 아니오, 교육대학원은 5학기인데 대학원을 다니는 동안 집 한 채 값을 등록금으로 내야 하고 그간 아내를 고생시켜야 한다. 두 딸까지 있는 몸이다. 다리 펴고 공부할 입장이 아니었다.

기철도 지숙도 빈털터리에 공부를 시작한다는 것이 쉽지 않은 결정이었지만 떳떳한 부모가 되고 싶었다. 아이들 유치원, 피아노 학원, 미술 학원 보내고 아이들 돌봐 주는 아가씨 용돈 주고 기철이 등록금까지 대고 나면 저축은 하지 못했다.

기철이 3학기 등록금을 낸 어느 날, 서울대학교에서 국민윤리과를 신설했다는 신문 공고를 보았다. 서울대학교는 등록금이 한 학기 10만 원이니 붙기만 한다면 옮기고 싶었다. 기철은 대학을 나오기는 했지만 초등학교도 중학교도 온전히 다닌 적은 없었다. 기초 실력이 턱없이 부족하다는 것을 느꼈지만 공부를 시작했다. 고려대학교에는 미안한 마음에 중동 건설 현장에 가서 일을 하게 되었다고 둘러댔다.

1973년 4차 중동전쟁 과정에서 중동 산유국(産油國)들은 석유자원의 무기화를 결의했고, 이에 따라 국제유가의 급격한 상승을 낳은 이른바 1차 석유파동이 발생했다. 중동 산유국의 10년에 걸친 장기호황이 시작되었고, 이들은 막대한 오일머니를 기반으로 도로, 항만 등 사회간접자본을 건설하였다. 1973년 삼환기업이 사우디아라비아의 알울라와 카이바를 잇는 고속도로 공사를 수주하면서 '중동진출 기업 1호'라는 타이틀을 얻었고, 이후 동아건설 리비아 대수로 공사, 현대건설 사우디아라비아 주베일 산업항 공사, 대우건설 파키스탄 고속도로 건설 등 1985년까지 7백억 달러의 공사를 수주하였다. 이는 1981년부터 1984년까지 석유 수입 대금의 36%에 해당하는 금액이었다. 한국 기업과 함께 한국 건설 노동자들도 중동에서 일하기 시작했다. 1973년부터 증가한 중동 건설 노동자는 1982년 정점을 찍고 점차 감소하였다.[4]

1953년 7월 27일, 한국전쟁이 휴전된 후 영덕에는 기철의 모친 장 여사와 기철만 덩그러니 빈집에 남아 있었다. 어린 기철의 팔다리는 마르고 배는 굶주림으로 부풀어 올랐다. 장 여사는 기철의 손을 잡고 지품초등학교로 가서 교장 선생님에게 졸업장을 달라고 했다. 전쟁으로 초등학교를 제대로 다니지 못했지만 중학교를 보내야 한다고 생각했다.

장 여사가 기철의 팔을 툭 치자 기철은 "영희야, 이리 와. 나하고 놀자. 영희야, 이리 와, 바둑이하고 놀자." 국어 교과서를 외웠다. 교장 선생님이 빙긋이 웃자 기철은 조금 더 용기를 내어 "동해물과 백두산이 마르고 닳도록…" 애국가 1절을 외웠다.

4 우리역사넷

교장 선생님은 졸업장을 내어 주었다.

보자기에 감자와 소금을 넣어 등짝에 매고 서울을 향해 걸었다. 목도 마르고 다리도 아파 기철이 좀 쉬었다 가자 하면 장 여사는 "앞으로 죽으나 뒤로 죽으나 죽기는 매한가지다. 중학교 문 앞에라도 가 보고 죽자."라며 기철을 일으켰다.

장 여사는 돈암동 한성여중 앞에 있는 집의 식모로 들어갈 수 있었지만, 무진회사(지금의 증권회사)에 다니는 주인 부부는 장 여사가 아이까지 데려오는 것은 반대했다. 수소문을 해 봐도 애를 데리고 들어갈 수 있는 집이 없었다. 12살짜리 애 하나 먹는 입성을 아무리 부잣집이라 해도 부담스러워했다.

당시엔 먹는 입 하나 덜어 내려고 초등학교만 졸업하면 여기저기 일하러 내보내는 집도 많았다. 기철은 숙식이 되는 식당에서 일하려고 했지만 낮에 학교에 가는 것은 허락이 되지 않았다. 중학교는 야간반이 없어서 야간학교를 다닐 수도 없었다. 학교냐, 먹느냐, 그것이 문제였다.

기철은 엄마와의 약속대로 학교를 택했다. 신당동에 있는 단국대학부속중학교에 입학을 했다. 새벽에 신문을 돌리고 낮에 학교를 가고 저녁엔 껌을 팔았다. 잠은 길거리에서 잤다. 비가 많이 오는 날은 학교 경비 아저씨가 경비실에서 재워 주기도 했다.

문제는 겨울방학이었다. 겨울엔 잘 데도 없고 학교도 문을 안 연다. 추위에 몸이 꽁꽁 얼어붙었고 손과 발은 터져 피가 흘렀다. 밤 12시 즈음 종로 경찰서 앞을 어슬렁거리면 통행 금지에 걸려 경찰서 안 의자에서 잘 수 있었다. 500원이 있는 날은 노숙자 쉼터에서 자기도 했다. 노숙자 쉼터는 누워 잘 정도의 공간은 없고 노숙자들 발 틈에서 몸을 웅크리고 앉아서 잘 수 있었다.

신문을 돌리고 껌을 파는 것으로는 하루 한 끼와 학비를 해결할 수 있었지만, 하루 두 끼는 해결이 되지 않아 점심은 늘 펌프에서 나오는 물로 때웠다. 열세 살의 기철에게 중국집 앞에서 나는 자장면 냄새의 유혹은 견디기 힘겨웠다. 중국집 배달을 하면 자장면을 먹을 수 있을 텐데.

중학교 2학년이었던 어느 날, 거리에서 자고 일어나니 모아둔 돈 3천 원이 사라졌다. 자는 사이 누군가 훔쳐 간 것이다. 학교에 가니 담임 선생님이 학비를 내지 않은 사람 몇을 호명하여 다음 날까지 가지고 오라고 하였다. 기철은 다음 날 학비를 가져가지 못했다. 엄마는 숙식만 해결하며 일했을 뿐 월급은 없어서 기철에게 돈을 줄 수 없었다. 글자를 몰라 다른 곳에 취업도 할 수 없었다.

담임 선생님은 부모님을 데려오라고 했지만, 아버지는 돌아가셨고 어머니는 돈이 없다. 담임 선생님은 부모님이 필요한 것이 아니라 돈을 가져올 수 있는 어른이 필요한 것이다. 그다음 날 교문에 들어서려고 하는데, 담임 선생님이 학비를 내고 들어오라며 기철의 뺨을 후려갈겼다. 기철은 그길로 돌아서서 다시는 그 학교로 돌아가지 않았다.

그날 밤 기철은 엄마에게 갔다. 돈암동 주인이 모두 잠든 후 엄마(장여사)가 살그머니 대문을 열어 주었다. 문간방에서 지내는 엄마 옆에서 몸을 녹였다. 아침 6시면 장 여사는 아들을 깨워 내보냈다. 주인이 깨기 전에 아들을 내보내야 했다. 해도 뜨지 않은 1월의 아침, 얇은 옷, 갈 곳도 없는 어린 기철은 밤보다 더 추운 새벽에 길을 나섰다. 겨우 열세 살이었다.

물려받지 못한 집

기철은 그간 이룬 집과 직장을 다 잃고 어린 두 딸 앞의 아버지로 다시 섰다. 아르바이트를 하며 학교를 다니겠다고 하자, 지숙은 차라리 장학금을 받으라며 아르바이트를 못 하게 했다. 지숙은 공부와 일을 병행하기엔 기철의 실력이 부족하다 생각했다.

그 무렵 장 여사가 노환으로 세상을 떠났다. 기철은 모친이 생전에 짠 삼베 이불 한 자락을 붙잡고 눈물을 삼켜야 했다. 장례를 치르고 오자, 가희와 나희가 온 방바닥을 쌀로 가득 채워 두었다. 쌀통에 있는 쌀을 신나게 펴서 그 위에서 뒹굴고 논 것이다. 기철과 지숙은 어안이 벙벙할 뿐이다. 나희는 쌀에 파묻혀 엄마에게 묻는다.

"할머니 어디 갔어?"

"하늘나라 가셨어."

"하늘나라가 어딘데?"

"저 위, 저 멀리."

"왜 갔어?"

"나이가 드셔서."

"나이 많으면 다 가?"

"그래, 누구나 죽어."

"죽어? 죽으면 어떻게 되는데?"

"죽으면 하늘나라 가지."

"하늘나라에 다 모여 살아?"

"그래."

"아빠도 죽어?"

"그럼."

"나도?"

"그래."

"그럼 우리 다시 다 하늘나라에서 만나?"

"응."

"아빠, 여기 쌀바다야. 너무 재밌어."

"많이 재밌었겠네. 그런데 이 쌀을 다 치우려면 시간이 걸리겠구나."

"아빠, 여긴 하늘나라야. 쌀이 가득한 하늘나라. 할머니! 하늘나라에서 밥 많이 드세요."

비바람을 막아 줄 지붕과 쌀이 있다. 공부를 못 할 이유가 없다. 기철은 마음을 굳게 먹었다. 그런데 영어 공부만큼은 마음대로 되지 않았다. 단어를 외우다가 졸면 지숙이 발로 걷어찼다.

"잠이 오냐, 잠이 와?"

지숙은 저녁도 못 먹고 야근을 하고 퇴근한 것이다. 기철은 침을 닦으며 다시 영어 단어를 외웠다. 나희는 지숙이 퇴근을 하고 오면 좋아서 매달려 팔짝팔짝 뛰며 졸졸 따라다녔다. 가희는 동생이 엄마를 차지하도록 점잖게 양보했다.

기철의 모친이 돌아가신 후, 시골의 땅과 집은 기철의 형 기수가 물려받았다.

"어머니가 땅은 형님 주고 집은 당신 준다고 했는데."

지숙의 말에 기철이 답한다.

"누구 이름으로 되어 있든 우리 집이지. 뭔 상관이야."

"그래도 형님 돌아가시면 그 아들이 물려받는 거 아냐?"

"성현이가 물려받든지 말든지 우리 집이 없어지는 것도 아니고."

"그래도 분명하게 할 건 해야지."

"분명한 건 나와 형님이 형제라는 거지. 니 거 내 거 할 게 어딨어? 명의는 중요한 게 아니니까."

"성현이 명의로 되어 있을 때도 들락거릴 수 있을까."

"명의는 중요한 게 아니라니까. 그냥 나는 내가 가고 싶으면 가는 거야."

"어휴… 당신 알아서 해."

"집과 땅은 산소를 가꿀 사람이 관리해야 하는데 우린 아들이 없으니 그걸 가져 봐야 소용이 없어. 형님네는 아들이 있으니 형님 이름으로 해도 상관없지."

"미래 사회에도 제사가 있을까?"

"제사 없는 사회가 어딨어? 조상을 안 모시는 사회가 온다고? 양키 상놈들처럼? 세상 말종이지, 말종."

"당신은 아들 없어서 어쩌려고?"

"딸들이 제사를 지내면 되지."

"이럴 땐 보수적이고 저럴 땐 또 아니고, 뭐야."

"제사는 부모에 대한 예와 효, 그건 인간의 근본 도리로서 남녀 간의 구분은 없다는 뜻이야."

"알았어. 시골집 생긴다고 우리가 달라질 것도 없고."

"난 어머니가 물려주신 이 삼베 이불 하나면 충분해."

"내겐 이 은비녀를 물려주셨어. 돌아가시니까 적적하고 마음 아프네."

서울에서 포항까지

지숙은 기철의 시험을 앞두고 아이들을 포항의 영숙 언니네로 잠시 보냈다. 영숙은 아이들이 다 자라 큰딸은 대구로 대학을 갔고 둘째와 막내는 고등학생이라 학교에서 늦게 돌아왔다. 적적하던 차에 지숙이 어린 조카들을 보내 준다 하니 반겼다.

무엇보다 지숙이 고생한다는 소식에 조금이라도 도움이 될 수 있다는 것도 기뻤다. 영숙에게 지숙은 각별한 동생이었다. 사는 형편이 빠듯하진 않으니 영숙의 남편도 처조카들이 온다는 것을 반겼다. 좋은 사람들이었다.

1949년에 지숙이 태어나고 1950년에 한국전쟁이 나서 모두들 젖먹이를 데리고 피난 가기가 힘들다고 하였다. 영숙은 지숙을 둘러업고 피난길에 올랐다. 그때 영숙도 고작 12살이었다.

전쟁 후에도 영숙은 동생 지숙을 딸처럼 키웠다. 어린 동생은 잔소리하는 언니를 피해 요리조리 도망 다니며 아버지 무릎으로 폴짝 뛰어 올라갔다. 자식들 모두 아버지를 어려워했는데 막내 지숙은 아버지 사랑을 듬뿍 받았다.

1970년에는 경부고속도로가 개통되어 5시간이면 서울에서 포항까지 갈 수 있었다.

제1차 경제개발5개년계획의 성공적 추진으로 교통 수요의 증가가 예측되면서, 서울과 부산을 잇는 경부고속도로가 건설되었다. 공업 도시 울산광역시는 경부고속도로를 통해 산업 물동량을 수송하며 국가 발전의 주요 축을 담당하고 있다. 경부고속도로 건설 계획은 1967년 4월 29일 대통령선거 유세에서 처음으로 발표되었고, 1967년 12월 13일 추진위원회 구성으로 본격화되었다. 1968년 2월 1일 서울~수원 구간 첫 공사를 시작으로, 1970년 7월 7일 대전~대구 구간 공사를 끝으로 2년 5개월에 걸친 공사를 마무리하며 경부고속도로 전 구간이 개통되었다. 울산을 통과하는 부산~대구 간 122.1㎞ 구간은 1969년 12월 19일에 개통되었다.[5]

젊은 아가씨들 중 용모가 준수한 아가씨들은 너도나도 고속버스 안내양으로 지원했다. 새로 생긴 고속버스 안내양은 일반 시내버스 안내양보다 고급 직종으로 여겨졌다. 아가씨들은 예쁜 유니폼을 입고 운전수 옆에 앉아 승객들의 편의를 도왔다. 버스 제일 뒷자리는 남자들이 창문을 열고 담배를 피우는 구간이었다.

휴게소에서는 밀크쉐이크를 팔았다. 가희와 나희는 포항에 가고 올 때마다 먹는 밀크쉐이크를 좋아했다. 경부고속도로가

5 한국향토문화전자대전

개통되었으나 자가용이 많지 않아 버스는 도로를 시원스레 달렸다.

지숙은 영숙 언니를 친정엄마처럼 여기고 매년 아이들을 데리고 찾았다. 영숙은 집 안을 먼지 하나 없이 반질반질하게 청소하는 살림꾼이었다. 매끼 새 밥과 새 국을 끓였다. 영숙의 남편 봉건은 전형적인 경상도 남자로 아내에게는 그야말로 딱 두 마디 '먹자, 자자'뿐이었지만 처조카들에게는 너그러웠다.

자동차 부품 공장은 경제성장 10%의 물살을 타고 잘 운영되었으며, 영숙네는 동네에 자가용이 있는 유일한 집이었다. 주차장이라는 건 없던 시절이라 차가 들어올 때면 가족들이 나가 큰 대문을 열어 주어 차가 마당 안으로 들어왔다.

영숙은 조카들도 살뜰히 먹이고 입혔다. 잘 안 먹는 나희도 영숙의 정성에 살이 약간 올랐다. 나희는 흰 머리카락 뽑는 걸 잘했다. 영숙은 개당 10원씩 주었고 영숙의 남편은 개당 100원씩 주었다. 영숙은 뜨개질로 아이들 옷을 만들어 입혔는데 나희는 옆에서 뜨개질을 배웠다. 영숙의 남편이 닭 모이를 주러 나가면 따라 나갔고, 사촌 언니들이 학교를 갈 때면 대문 밖까지 따라 나갔다.

늦잠 자는 언니들을 깨우는 것도 나희 몫이었다. 아침마다 언니들 배에 올라타 일어나라고 애교를 부리면 안 일어나고는 못 배겼다. 가희는 책 읽는 것을 좋아했고, 나희는 온 집안 식구들이 하는 것을 따라다니며 구경하는 것을 좋아했다.

영숙은 이런 나희를 유난히 예뻐하고 키우고 싶어 했다. 지숙만 허락하면 나희를 대학까지 보내고 싶었다. 가희는 포항에서도 서울말을 썼지만, 나희는 하루만 지나면 경상도 사투리를 그대로 써서 어른들을 웃겼다.

영숙 집에서 죽도시장으로 15분쯤 걸어가면 영숙 부친 정근모 씨가 살고 있었는데, 그가 사별하여 혼자 살자 영숙이 이틀에 한 번꼴로 아버지를 챙기러 다녔다. 그러다 영숙의 아랫동서가 진주댁을 소개하였다.

"행님, 아버지 혼자 계시기엔 너무 적적하지 않겠소? 자식도 남편도 없는 할머니가 있는데 혼사 주선 안 해 볼라요."

"할머니가 와 자식도 남편도 없는가?"

영숙이 물었다.

"일제 때 남편이 끌려가서 첫날밤도 못 치르고 혼자 됐다 안카요."

"그래, 울 아버지 아직 정정하신데 한 번 만나나 보자."

진주댁은 무척 상냥해서 영숙 마음에도 꼭 들었다. 근모 씨도 싫지 않은 눈치였다. 살림을 합치고 한 달쯤 후 혼인신고도 했다. 가족들 불러 맞절하는 것으로 간단한 혼례도 치렀다.

나희가 할아버지 집에 놀러 갔을 때, 진주댁은 장독에 된장

뜨러 옥상에 올라가면 나희를 등에 업어 주었다. 진주댁은 근모 씨와 금슬 좋게 잘 지냈다. 진주댁의 제안으로 남는 방 한 칸에 부엌을 만들어 세를 주었다. 젊은 부부가 아기 둘을 데리고 세 들어와 근모 씨 부부와도 의좋게 지냈다.

서울대학교 대학원 생활

서울대학교 대학원 합격자 발표날이었다. 기철은 벽에 붙은 이름을 쭈욱 살펴보았다. 기역니은 순서니 강씨부터 나씨, 박씨, 정씨… 기철은 없었다. 떨어졌구나 싶어 돌아서는데 같이 공부하던 친구가,

“기철아, 네 이름 저 끄트머리에 있다.”

기철이 다시 돌아서 보니 박기철이란 이름이 한씨 다음에 쓰여 있었다. 어째서 가나다순이 바뀌었는지 모르지만 기철은 뛸 듯이 기뻤다.

1979년 12월 12일 전두환 · 노태우 등이 주동하고 군부 내 사조직인 하나회가 중심이 되어 신군부 세력이 군사반란을 일으킨다. 최규하 대통령의 재가 없이 당시 계엄사령관인 정승화 육군 참모총장을 불법으로 강제 연행하는 등의 사건이 일어난 것이다. 김재규가 대통령 박정희를 살해한 1979년 10 · 26사건을 계기로 하여 정승화 참모총장이 계엄사령관에 취임한다. 전두환 등 신군부 세력은 정승화가 김재규로부터 돈을 받았다고 주장하고, 10 · 26사건 수사에 비협조적이라고 하여 정승화를 보안사 서빙고 분실로 강제 연행한다.

당시 계엄사령관인 정승화 육군참모총장의 강제 연행은 당시 최규하 대통령의 재가(裁可) 없이 진행되었고, 사후 재가를 받기 위하여 신군부 세력은 최규하에게 강압적으로 정승화 총장 연행의 재가를 요청하나 거절당한다. 이에 맞서 신군부 세력은 국방장관 노재현을 체포하여 노재현에게 대통령을 설득하도록 한다. 마침내 대통령 최규하는 13일 정승화의 연행을 재가하였고, 이후 신군부 세력은 제5공화국의 핵심 세력으로 등장한다. 그리고 마침내 1980년 5월 17일 비상계엄 전국 확대를 실시하여 국가권력을 탈취한다.[6]

1980년, 기철은 서울대학교 대학원생이 되었고 나라 살림은 좋아지고 있었지만 시국은 어수선했다. 전두환 대통령은 쿠데타로 정권을 장악하였고 정당성에 대해 국민들은 반발했다. 국민의 인권과 자유가 짓밟히고 있음에 분노하는 사람들은 용광로처럼 곧 터질 듯 끓고 있었다.

그해 5월 18일, 5 · 18 광주 민주화 운동(五一八光州民主化運動)으로 193명의 직접 사망, 376명의 후유증 사망, 실종 65명, 부상 3139명, 구속 및 고문 피해자가 1589명 발생했다.

강렬한 햇빛과 깊은 그림자라고나 할까. 1981년 해외여행 자유화가 시작되었다. 사실 그 이전에 해외여행 자유화가 되었다

6 21세기 정치학대사전

해도 갈 수 있는 형편의 사람이 별로 없어 큰 의미가 없었을지 모른다. 고도 경제성장과 해외여행 자유라는 물결은 사람들의 가슴을 부풀게 했다.

기철은 여름이면 주말마다 가족들과 서울대학교 야외 풀장을 찾았다. 서울대학교 직원을 위한 시설이었지만 가족을 거느린 기철이 학생증을 보여 주면 무사통과였다. 봄가을에는 아이들을 데리고 어린이대공원과 창경원[7]에 갔다.

어찌나 사람이 많은지 미아가 속출해서 아예 미아보호소가 설치되어 '파란 반바지에 노란 운동화를 신은 6세 남아를 찾습니다.'와 같은 방송이 수시로 나왔다. 대부분은 진짜 아이를 잃어버렸지만 간혹 아이를 버리는 경우도 있었다. 그러면 주변에서 잃어버린 줄 알고 넘어가 부모는 평판을 유지할 수 있었다. 창경원은 아이를 잃어버리는 것이 이해될 만큼 사람이 많았다. 곳곳에 부모 손을 놓친 아이들이 울고 있었다.

가희는 엄마 손을 꼭 잡고 나희는 아빠 어깨에 올라앉아 원숭이를 구경하고 솜사탕을 먹었다. 집도 차도 없는 소박한 네 식

7 창경원(昌慶苑): 일제 강점기에, 창경궁 안에 동 · 식물원을 만들면서 불렀던 이름. 창경궁의 격을 낮추기 위한 일제의 책략이었던 것으로 보아 일부 동 · 식물원을 서울대공원으로 옮기고 1983년에 다시 '창경궁'으로 고쳤다. (출처: 표준국어대사전)

구였지만 언제나 행복하고 풍요로웠다. 희망이 있었기 때문이다. 2000년대엔 한국인 베이비시터를 고용하자면 월급만큼 고스란히 다 주어야 하니 아이 키우기가 80년대보다 힘들다. 그때는 식모가 있어 월급 없이도 일해 주는 사람이 많아 마음만 먹으면 애들을 맡기고 일하러 나갈 수 있었다.

기철은 「소련의 마카렌코(A.S.MAKARENKO) 집단주의 교육사상의 비판적 연구」라는 논문으로 석사 학위를 받았다. 서울대학교 국민윤리과는 이름과는 달리 사회주의 사상을 연구하고 비판하며 북한을 비방하고 민주주의를 옹호하는 글을 쓰는 곳이었다.

그러나 기철은 광주항쟁만은 그들이 폭도로 매도되는 것에 안타까움을 참지 못하여 퇴학을 각오하고 정부를 비난하는 글을 썼다. 그 글은 제목이 좀 부드럽게 완화되어 「이성적 권위와 안정(安定)」이라는 제목으로 조선일보 1980년 8월 12일자에 실렸다.

오늘날 우리는 민족사적 전환의 격동기를 살아가고 있다. 생활에서 생존의 진통을 극복하느냐, 아니면 좌절하느냐의 기로에 서 있다. 다시 말해서 바이탈(Vital)이냐, 페이탈(Fatal)이냐의 의지(意志)의 벼랑에 매달려 있다고 할 수 있다. (중략) 이성적 권위란 정부가 국민을 주인으로 대우하는 인격적 관계라고 할 수 있는 것이다. 그러나 억압적 권위는 정부가 국민을 노예로 취급하는 비인격적 관계라고 할 수 있다. (중략) 자유는 죽음만큼이나 소중하기에 그 자유를 누리는 내용과 방법도 또한 중요한 것이다. (후략)

저 정도 글은 지금은 대수롭지 않아 보이지만 당시엔 살 떨리는 일이었다. 1980년 삼청교육대가 만들어진 이후 사람들은 술자리에도 정부를 비난하는 일을 삼갔다. 대통령 뒷담화를 했다가는 쥐도 새도 모르게 잡혀갔기 때문이다.

두 번의 월급

기철은 서울대학교 대학원을 한 번에 졸업하지 못하였다. 졸업 시험에 제2외국어 시험이 있는데 독일어를 선택하였으나 낙제한 것이다. 그래서 일본어로 바꾸어 다시 공부를 하였다. 기철이 이미 고려대학교에서 18개월을, 서울대학교에서 24개월을 보내는 동안 아이들이 무럭무럭 자라고 있어 심장이 오그라들 지경이었다. 하루빨리 돈을 벌어야 한다는 생각뿐이었다.

타고난 머리는 썩 좋지 않아 오로지 노력으로 죽기 살기 공부하여 겨우 졸업을 하게 될 무렵, 남영동 대공분실[8]에서 졸업생 두 명을 추천해 달라고 교수에게 연락이 왔다. 교수는 기철의 사정을 알고 추천을 해 주었다. 5급 공무원에 해당하는 직책이었다. 그러나 신원 조회 중 기철의 5촌 친척이 한국전쟁 중 행방불명이라는 이유로 탈락을 하였다. 행방불명은 생사를 몰라 월북의 확률이 있기 때문이다.

8 남영동 대공분실(南營洞 對共分室)은 대한민국 경찰청 산하의 대공 수사 기관이었다. 1976년 건축가 김수근에 의해 건축되었으며 1987년 박종철 고문치사 사건으로 사회에 널리 알려지게 되었다. 2005년까지 보안분실로 사용되었다가 경찰의 과거사 청산 사업의 일환으로 경찰청 남영동 인권센터로 역할을 바꾸어 운영되었다. 2018년 12월 26일 법적 관리권이 경찰청에서 행정안전부로 이관되었다. 현재 방문 관람이 가능하며, 2024년 민주인권기념관(Democracy and Human Rights Memorial Hall)으로 정식 개관할 예정이다. (출처: 위키백과)

초조한 마음으로 또 시간을 보내는데 다행히 국토통일원에서 연락이 와 일을 하게 되었다. 지숙은 기철이 돈을 벌게 되자 직장을 그만두고 식모를 내보내고 아이들을 키우는 일에 전념하였다.

기철이 아침에 출근해서 하는 일은 일본에서 넘어온 북한 신문을 읽는 것이었다. 당시 월급이 30만 원 정도였는데, 25일 월급날 외에 30일쯤 월급이 한 번 더 나왔다. 명목은 보안비였다. 신문의 내용이나 국토통일원에서 알게 된 사실을 어디에도 말하면 안 되는 것이 원칙이었다. 김일성 신문 구독료는 월 100만 원이었다. 그러나 기철은 그 일에 재미를 느끼지 못했다. 그래도 버는 대로 봉투째 지숙에게 갖다주었다.

아이들 돌보던 식모 연이에게서 시집을 간다고 연락이 와 지숙은 얼마간의 축의금을 주었다. 연이는 아이들과 함께 찍은 모든 사진을 없애 달라고 부탁하였다. 결혼 전 식모살이한 것을 남편에게 비밀로 하고 싶다는 이유에서였다. 지숙은 그러겠다고 약속을 하였다.

2

1980년대, 이념의 시대

1980년대 일상

정준구는 화곡동에 병원을 개원했다. 그가 원하던 대로 내과를 하였고, 같은 건물 소아과 의사와 결혼을 하였다. 금슬 좋은 아내와 같은 건물에서 일했다. 1980년 딸을 낳자 준구 아내인 송 선생은 아기 맡길 곳이 없어 난감해했다. 일하는 여성이 많지 않고 어린이집이라는 것도 없었다. 그래서 준구는 지숙이네가 딸이 둘이니 지숙이네와 합쳐 같이 살면 어떻겠냐고 제의했고, 송 선생은 흔쾌히 받아들였다.

80여 평의 마당이 딸린 주택에 준구네 세 식구와 기철네 네 식구가 함께 살게 되었다. 가희와 나희는 국민학교(당시 초등학교)에 다녔고, 하교 후 피아노 학원만 다녀오면 재영을 돌보며 사이좋게 놀았다. 마당에는 커다란 대추나무가 있어 올라가 아이들은 세 자매처럼 함께 놀았고 그네도 있었다. 지숙은 일하는 사람을 두고 시간이 날 때는 여의도에 있는 '차밍스쿨'을 다녔다. 그곳은 맵시 있게 걷는 법과 교양 있게 웃고 대화하는 법 등을 가르치는 문화센터였다.

가희는 성적표 올 수를 받아 왔다. 국어, 산수, 사회, 자연, 음악, 미술, 도덕, 체육 전 과목 '수'였다. 나희는 '우수우수우수수'를 받아 왔다. 지숙은 나희에게 우수수 낙엽이 떨어진다며 성적표를 갖고 놀렸지만 나무라지는 않았다.

한 반에 90여 명이 빼곡한 초등학교는 오전반과 오후반으로 나뉘어 있었고, 한 학년은 23반까지 있었다. 오전반 아이들이 끝나고 오후반 아이들이 교차되는 시간에는 넓은 운동장이 아이들로 가득 차서 땅이 보이지 않을 정도였다. 15㎏밖에 나가지 않던 나희가 혹여나 아이들 틈에 휩쓸려 넘어질까 걱정된 지숙은 교실 밖에 기다리고 있다가 나희를 업고 운동장을 빠져나와야 했다.

공부 시간에 아이들이 의자에 앉아 소변을 보아도 손을 들고 화장실로 간다고 말하는 아이는 없었다. 소변 본 것을 알면 머리를 쥐어박힐 것이기에 주변 아이들도 쉬쉬 감추어 주었다. 쉬는 시간에 화장실 앞에 줄을 서서 기다려도 다시 수업이 시작하기 전까지 볼일을 보지 못하기도 했다. 아이들 수가 화장실 수에 비해 넘쳤기 때문이다.

학교 앞 문방구는 열 개가 넘었지만 아침에 준비물을 사려면 북새통 속을 뚫어야 간신히 살 수 있었다. 돈이 없어 준비물을 사 오지 못하는 아이들도 한둘 있었는데 어김없이 머리를 쥐어박혔다.

가희는 초등학교 2학년 때 반장으로 뽑혔지만 담임 선생님은 여자아이가 반장을 하는 것은 모양새가 좋지 않다며 부반장을 권했고, 가희는 고개를 도리도리 내저은 후 그 뒤로 반장이나 부반장을 하지 않고 오로지 공부에만 몰두했다.

가희가 초등학교 3학년이 되었을 때, 한 반 인원은 83명으로 줄어들었다. 키가 커 뒷줄에 앉은 남자아이들은 여자아이들보다 항상 네다섯 명이 더 많아 여자 친구와 짝꿍이 되어 보지 못하였다.

지숙은 아이들이 슈퍼에서 마음껏 먹고 싶은 것을 먹도록 했고, 월말에 가게 주인이 계산해 놓은 대로 돈을 한꺼번에 주었다. 지숙네 집은 연탄이 아닌 기름보일러를 사용했고 컬러텔레비전도 샀다. 온 가족이 모여 앉아《전설의 고향》을 보았다.

1979년 박정희 대통령이 암살당하고 1980년 합동수사본부장 보안사령관 전두환을 비롯한 하나회[1]가 쿠데타를 일으켜 정권을 장악에 성공한다. 그리고 1981년부터 1988년까지 전두환 대통령 집권 기간 대한민국은 연평균 경제성장률 12%에 달하는 고도의 산업화를 향해 달린다.

가난의 때는 빠른 속도로 벗겨지고 있으나 넘어지고 밟히는

1 하나회: 1963년 전두환, 노태우, 정호용, 김복동 등 대한민국의 육군 사관 학교 11기생들이 주도하여 비밀리에 결성한 조직. 전두환의 쿠데타와 군부 정권을 지탱하였던 비밀 조직이었다. (출처: 우리말샘)

이들은 희생시키고, 민주화를 외치는 지식인들은 '빨갱이'라 불리었다. 뒤를 돌아보지 않고 달리면 듣도 보도 못한 세상을 손에 쥘 수 있었다. '바나나를 마음껏 먹고 걸어 다니며 텔레비전을 보는 세상이 올 것이다.' 정부는 국민들에게 달콤한 젤리를 주었다. 임금이나 대통령이나 권력을 쥔 자가 좀 해먹는다, 그것은 역사 이래 있어 왔던 일 아닌가. 일단 권력 있는 자와 친해지는 것이 중요했다.

80년대 아이들은 무엇을 제대로 배운 적이 있던가. 생각하는 것을 배운 적이 있던가. 전두환은 해외여행 자율화를 시켜 주는 대신 놀고 먹고 마시되 서양에서 배운 허튼소리를 국내에 함부로 했다간 엄벌에 처할 것이라고 했다.

개같이 일해 정승같이 써라. 그것이 가난의 한을 풀어내는 길이다. 권력에 대항하지 말아라. 민주주의가 무엇인지 몰랐다. 자유가 무엇인지도 몰랐고 지금도 모른다. 사탕을 받으면 기어야 했다. 입안이 달콤해질수록 불안과 분노 같은 감정이 튀어나왔다. 물질적 보상은 받았으나 정신적 충만감이 적어 약자를 찾아내어 감정을 터뜨려야 했다. 약자가 되지 않는 방법은 부자가 되는 것이었다.

1981년 사형수 김대중은 취조실에서 쉬는 동안 다음과 같은 이야기를 한다.

"미국에는 전자계산기가 아니라 전자 전기기(지금의 컴퓨터)라고 하는 것이 나오는데 그게 지식의 양을 어마어마하게 담습니다. 말로 물어보면 말로, 글로 물어보면 글로 척척 답한답니다. 그러니 1년 걸릴 공부가 1개월도 안 걸리겠지요. 그래서 사람이 일하는 날보다 노는 날이 많아진답니다. 이제 인간이 노동을 1차로 바치던 시대가 지나가고 있어요. 그러면 이제 인간은 여가를 어떻게 보내느냐 하는 문제가 발생하죠. 여가를 타락되고 낭비된 방향으로 보내느냐 아니면 정신적 향상을 가져오는 방향으로 보내느냐, 이것이 이제부터 인류 앞에 주어진 과제예요."

당시 그의 이야기를 이해하는 자는 없었다. 그런 시대가 올 것이라 상상은 해 보았지만 한 세대 안에 바로 닥칠 것이라고는 미처 짐작하지 못하였다.

그러나 기철은 물질문명의 끝에 공허가 올 것이라 생각하였고, 그러한 생각은 자녀 교육을 고민하게 하였다. 배고픈 시대라 노는 것까지 어떻게 잘 노는지 연구한다는 것은 상상할 수 없었다. 쉴 시간도 없이 일하는 산업화 시대에 뭐 하러 별나라 이야기를 하는가. 잘 먹고 잘 놀 돈도 없는데, 노는 데도 철학이 있어야 한다는 말인가. '등 뜨시고 배부른 게 행복인 시대'에서 '등 뜨시고 배부른데 불행한 시대'가 올 것이라 짐작하였다.

기철 자신도 알 수 없었지만 투명하고 공정하지 않은 상태에서 충족된 물질이 인간의 정신을 혼탁하게 만들 것이라는 점은 분명했다. 내 가족, 내 편, 내 것, 내 재산을 위해 못할 것이 없는 교육은 인격의 몰락을 가져올 것이다. 그러나 그런 발언을 함부로 했다가는 직장에서 잘리고 아이들의 인생도 망칠 수 있다. 기철의 생각은 깊어졌다.

젊은 날 함석헌 선생을 좇아다니며 하나라도 배우려고 애썼던 시절이 떠올랐다. 미국 유학파 이승만이 미국을 배경으로 이 나라의 첫 대통령이 되었을 때, 너도나도 미국에 대한 동경과 경외심이 가득할 때 함석헌은 '미국의 꼭두각시가 되어서는 안 된다.'라고 했다. 작으나 소박하나 느리나 정체성을 갖고 움직여야 한다는 뜻을 가진 자들이 있어 대한민국엔 희망이 있었다. 나라가 발전하는 과정에서 부정부패와 권력이 꿈틀거릴 때 누군가는 목숨을 바쳐 '아니오'라고 말해 왔던 것이다.

이 나라 역사가 자랑스러운 것은 화려함이 아니라 '옳음'이 있었기 때문이었다. 그리고 그 옳음은 한결같으나 방식은 시대에 따라 변화하니 이 시대는 새 세대의 방식을 배우지 않으면 갈등을 일으킬 것이다. 먹고살 만한 시대가 오면 대한민국은 암기를 잘하는 학생보다 '공감과 소통' 능력을 중시하게 될 것이라 여겼다.

해가 지면 아이들은 반딧불이를 잡겠다고 동네를 뛰어다녔고, 여자들은 콩나물을 들고 모여 앉아 콩나물에 붙은 콩깍지를 다듬으며 수다 삼매경에 빠졌다. 저마다 남편 흉을 보는 내기라도 하듯 앞다투어 이야기를 했다. 여자들 속은 풀렸고 뒷말로 흉보는 이들은 없었다.

손녀를 키우는 인상 좋은 경희 할머니가 계를 하자고 제안했다. 할머니가 계주를 하고 지숙과 이웃 여자 다섯 명이 곗돈을 부었다. 이웃은 경희 할머니의 아들 내외를 본 적은 아무도 없었지만 경희 할머니는 아들, 며느리가 좋은 회사에 다녀서 돈을 잘 번다고 했다. 이웃은 돈 잘 버는 아들을 둔 할머니라면 믿을 만하다고 여겼다.

계를 하는 다섯 명 중엔 '스마일슈퍼'라는 작은 슈퍼를 하는 미숙네도 있었다. 슈퍼 안쪽으로는 작은 부엌과 방이 딸려 있었다. 남편 없이 남매를 키우는 마음 좋은 여자였다. 부침개를 부치면 어김없이 가희와 나희는 이웃에 부침개를 들고 나누어 주었고, 그럼 또 이웃은 빈 접시에 과일 두어 개를 올려 주었다.

재영은 고모인 지숙을 엄마라고 부르며 자랐다. 이웃들도 지숙을 재영 엄마라고 불렀다. 지숙은 오빠네와 살지만 언젠가 자기 집을 하나 가져야 된다고 생각했다. 딸들이 자라면 방 하나씩 따로 줄 생각이었다.

1940년 회상

정근모의 형 정근부는 세이소쿠 가쿠엔 고등학교에서 공부를 마치고 한국으로 돌아와 혼인을 한다. 근부는 학교 선배인 박열[2]의 투옥 소식에 안타까워했으나 고향에서 조용히 지내기로 한다. 배움이 무엇인지 아는 근부는 맏딸 갑식을 고등학교에 진학시킨다.

근모의 큰딸 명자도 일제 강점기 보통학교 입학 전 천자문을 뗄 정도로 명석하였으나, 근모는 여자가 고등보통학교까지 졸업하면 시집가기에 나이가 너무 많다고 생각했다. 나이 찬 처녀들을 일본인들이 잡아간다고, 보통학교만 졸업하여 결혼시키는 사람들이 많았다. 명자는 보통학교도 1등으로 졸업했고 공부를 좋아했지만, 보통학교 졸업 후엔 동생들을 돌보며 집안일을 도왔다. 명절 때 만나는 갑식이 중학교와 고등보통학교 이야기를 하면 속이 상해 자리를 피했다.

근모는 물려받은 땅이 있으니 입에 풀칠은 할 수 있었고 그것

2 박열(朴烈, 1902~1974): 한국의 아나키스트, 사회운동가이다. 간토 대지진 직후 대역사건 중 하나인 박열 사건의 주모자로 체포된 후 1945년까지 22년간 투옥 후 출소하여 일본에서 결성된 한국인 교민단체인 재일본조선거류민단의 초대 단장(1946~1949)을 지냈다.

으로 족했다. 사방 천지 굶어 죽는 사람이 널린 마당에 빼앗기지 않은 땅이 있다는 것은 감사한 일이었다.

해방이 되자, 근부는 동생 근모에게 종친 제사를 물려주고 서울로 향한다. 천성이 온화한 근모는 형님의 뜻을 따라 안강에 그대로 머물러 머슴들이 해 주는 농사와 식솔들이 해 주는 밥을 먹으며 지낸다. 그는 도시로 나가 공부하지 않아 서당에서 천자문을 익힌 것이 다였다.

서울로 간 근부는 을지로 일대의 적산[3] 가옥을 불하받았다. 일제 강점기를 전후로 한국 내 일본인과 한국인의 지위가 뒤바뀌었고, 일본 내 한국인과 일본인의 입장도 혼란스러웠다. 사회주의가 무엇인지도 모르는 이가 간첩으로 몰리기도 하고, 금싸라기 같은 땅을 헐값에 사들이기도 했다.

인구 변동만 보더라도 1909년 일본에 거주한 조선인이 709명이었는데 1945년에는 236만 명이었다. 1947년에는 60만 명이었다. 1945년 기준 우리나라 인구가 전체 3,000만 명이었는데 200만은 중국, 만주, 사할린, 하와이, 중앙아시아로, 200만 명

3 적산(敵産)이란 적국이 국내 또는 점령지에 남긴 재산을 말한다. 여기에서 말하는 재산은 현금성 자산과 현물성 자산(기업, 공장, 기타 시설, 각종 도구 및 식량 등)은 물론이며 토지까지 포함된다. 한국에서 적산이라고 하면 해방 후 일본인들이 남기고 떠난 재산을 뜻한다. 1945년 8 · 15 해방 이후 미 군정은 재조선 일본인들을 쫓아냈고, 그들의 조선 내 자산의 반출도 불허했다.

은 일본으로 갔다. 이는 전체 인구의 14%에 달하니 역사적으로 매우 드문 민족 대이동이다.

명자는 아버지 근모를 졸라 중학교 진학을 하려 하였으나 1950년 한국전쟁이 발발하여 중학교를 포기하였다. 전쟁이 끝나자마자 근모는 명자를 만석꾼 최 서방네로 시집을 보냈다. 명자는 중학교도 가고 싶고 고등학교도 가고 싶었다.

동생 영숙과 달리 명자는 살림엔 취미가 없었다. 아이를 낳고도 식모들에게 살림을 맡기고 남편이 하는 가게에 나가 일을 도왔다. 밀가루와 설탕 장사가 너무나 잘되어 저녁이면 그날 번 돈을 다 세지 못하고 잠들기도 했다. 아이들이 학교에 입학 후엔 아예 학교 선생님을 집으로 들였다. 내친김에 독일제 피아노도 샀다. 읍 전체에 피아노가 있는 집은 명자네뿐이었다.

갑식은 고등학교 졸업 후 서울로 가고 싶어 무조건 서울 남자랑 선을 보았다. 남자는 키도 작고 집도 가난하였을 뿐만 아니라 무엇보다 갑식처럼 드세 보이는 여자에게 호감을 느끼지도 않았다. 그러나 갑식은 뚜쟁이를 부추겨 결혼을 추진했고, 서울에서 일하는 남자를 핑계로 고향을 떠나 서울에 입성할 수 있었다.

남자가 사는 집은 초라하기 그지없었다. 냄비인지 개밥그릇인지 불에 그을러 찌그러진 냄비 두어 개와 꿉꿉한 이불 한 채가 다였다. 갑식은 말단 공무원 남편 김종수의 상사들 집에 잔치나 김장을 한다 하면 무조건 가서 있는 힘을 다해 거들었다.

앞을 내다보는 재주는 아버지 근부를 물려받은 듯했다. 근부가 아무리 재산을 모았다 해도 그 재산은 전부 아들들에게 갈 것이기에 갑식은 스스로 부를 이루는 데에 집중한다. 서울의 최신 정보에 귀를 쫑긋 세우고 임신을 한 상태에서도 정보가 오가는 집을 드나들었다.

경부고속도로가 서초동을 지나간다는 정보가 흘렀다. 서초동은 허허벌판에 논밭뿐이다. 도저히 사람 사는 동네가 아닌데, 그곳에 고속도로가 뚫린다. 고속도로는 독일에나 있는 것 아닌가. 우리나라에는 자가용도 없는데 고속도로가 생긴다니. 모두들 관심이 없었지만, 갑식은 시집올 때 가져온 패물을 팔아 서초동이라는 불모지에 땅을 샀다.

교회와 제사 그리고 곗돈

근부의 며느리는 교회에 살그머니 발을 들여놓았다. 근부는 유교, 근부 처 이 여사는 불교, 아들 명식은 무당을 자주 찾았고 그 처 경미는 기독교였다. 개인주의가 발달한 유럽 문화권도 아니고, 가족 간 단일 신앙을 유지하는 이슬람 문화권도 아닌, 한국에서 가족 간 서로 다른 종교는 사기그릇의 금 같은 분열을 낳았다.

경미는 교회에서 밥을 공짜로 준다기에 이웃집 여자를 따라 놀러 갔다. 여호와, 아담, 이브 등의 낯선 외국 이름은 재미있는 옛날이야기 같았다. 하나님이 이 세상을 창조했다지만 그 하나님이 서양 신 같은데 어떻게 한국도 만들었는지 알 수가 없었다.

그 하나님은 제사를 지내지 말라고 했다. 하나님 이외의 신은 숭배해선 안 되기 때문이다. 이웃 여자는 경미에게 교회를 다니면 제사를 안 지내도 된다고 했다. 경미는 솔깃했다. 교회 여자들은 친절했고, 목사님 설교만 듣고 나면 모여서 떡도 해 먹고 커피도 마시니 재미있었다. 꾸준히 교회를 다니다 보니 목사님도 점점 대단한 분이라 여겨졌다.

일주일에 한 번 가던 교회를 두 번 가다가 '전도사님'이라는 감투를 씌워 주니 매일 나가게 되었다. 중학교만 졸업하여 밥 하고 빨래하는 것 말고는 인간으로서 대접받아 본 적도 없는데 교회에서는 애 엄마 이름으로 불리는 것이 아니라 '전도사님'이라고 불리는 것이 좋았다. '님'자가 붙는 것은 많이 배운 사람에게나 붙이는 것이라 생각했다. 이스라엘이 어딘지는 몰라도 경미는 교회에서 '존재감'을 느꼈다.

노동력으로만 대우받던 집을 벗어나 교회 안에서는 '예수'라는 하나님의 아들이 누구나 똑같이 사랑해 준다고 하였다. 경미는 생각하였다. '예수님은 나도 사랑할까?' 이성근 목사는 교회 증축을 위해 모든 신도들이 합심하여 성의를 표하자고 하였다. 경미는 얼마를 내야 예수님의 사랑에 보답하는 것일까 고민했다. 종 취급이나 받던 자신을 전도사님이라고 불러 준 교회에 성의를 표하고 싶었다. 경미는 애들 공부시키려고 통장에 모아 둔 돈을 꼭 쥐고 은행으로 갔다. 남편 명식이 일하는 조흥은행[4]이었다.

참된 신앙이어야 하는 기독교의 본질은 왜곡되고 우후죽순 동네마다 빨간 십자가를 세워 낮 시간의 주부들을 끌어들였다.

4 조흥은행은 1942년 순수 민족자본으로 설립된 은행이다. 1995년 11월 한국기네스협회로부터 '국내 최고(最古) 은행 최고(最古) 법인기업' 기록 인정서를 수령하였다. 2006년 4월 신한은행에 합병되어 ㈜신한은행으로 다시 출범하였다. (출처: 한국민족문화대백과)

예수님이 말한 '네 이웃을 사랑하라'는 아무리 시간이 흘러도 변치 않는 진리이다. 인간이 서로 살아가는 유일한 방법은 타자를 사랑하는 일이다.

전지전능한 예수는 인간이 가장 두려워하는 죽음의 모습으로 그 뜻을 전파했지만, 초기 한국의 기독교는 기복 신앙에 가까웠다. 예수님께 빌면 소원을 들어주고, 거대 교회를 세우고 신도가 많을수록 좋은 교회라는 인식이 있었다. 유럽의 종교는 미국에서 사업이 되었고 한국에서 대기업이 되었다는 말이 나돌 정도였다. 한국인의 열정과 속도감은 기독교를 빙자한 사업가들과도 잘 맞아떨어졌다.

1985년 11월 9일, 근부의 부친 제삿날이었다. 근부는 서울에 자리를 잡자 다시 제사를 지내기로 한다. 근부의 동생 근모 내외, 근부의 아들 명식, 근모의 아들 승구, 민구, 준구도 아내들을 데리고 왔다. 며느리들은 전날부터 전을 부쳤고, 제사 당일엔 국과 나물을 준비했다. 제사 음식은 모두 제기 그릇에 담아 제사를 치르고 다시 일반 그릇에 옮겨 담았다. 남자들은 방에서 식사를 했고, 아이들은 거실에 모여 밥을 먹었다. 여자들은 아이들 사이에 끼어 밥을 먹었다.

방 안에서 누군가 "물!"이라고 외치면, 제일 막내며느리인 준구 처 송 선생이 밥 먹다 일어나 주전자에 물을 떠 갔다. 잠시 후 또 누군가 "간장!"이라고 외치면, 둘째 아들 민구 처가 일어나 간장을 방으로 들여 주었다. 또 잠시 후 "술!"이라고 외치면, 첫째 아들 승구 처가 정종을 방으로 들여갔다.

"승우야, 엄마는 안 보이네?"

준구 처 송 선생이 명식 아들에게 묻는다.

"엄마는 안 왔어요."

"왜 어디 편찮으셔?"

"엄마는 제사 안 지낸대요."

그때 근부가 이를 쑤시며 거실로 나와 큰 소리로 말한다.

"마누라 단속을 어떻게 했길래 애 어미를 예수쟁이로 만들어?"

"어머! 형님, 교회 나가요?"

민구 처가 호기심 가득한 소리로 승구 처에게 속삭인다.

"조상을 안 모시고 제대로 집안 꼴이 되는 걸 못 봤다. 늬들 모두 명심해라. 우리가 이리 잘 사는 게 다 조상 덕이다. 조상님이 노여움을 품으면 집안이 망한다."

"요즘 교회 다니는 사람 많아요. 큰아버지." 준구가 말했다.

"예수는 서양 귀신 아니냐. 한국 사람이 한국 귀신을 믿어야지. 미국이 우리를 도와줬다고 정신까지 빼앗아 묵을라고 하는 거 아니냐. 나는 일본에서 공부할 때도 한시도 우리나라를 잊은 적이 없다."

"큰아버지, 교회가 좋은 일도 많이 합니다. 어려운 사람도 돕고 병원도 짓고 안 합니까."

준구는 근부를 좀 달래 보려고 했다.

"좋다. 다 좋은데 와 제사를 못 지내게 하냔 말이다. 그기 다 민족정신을 말살하려는 음흉한 속셈 아니냔 말이다. 명식이 니 잘 들어라. 내 죽으면 명식이도 제사를 안 지낼라 카면 내 다 호적에서 파 부리면 된다."

"내 이 여편네를…."

명식은 담배를 들고 밖으로 나가 버렸고, 어린 승우는 할아버지의 눈치를 보았다. 그날 저녁 경미는 명식에게 머리채를 잡혔고, 멍든 얼굴이 부끄러워 밖에 나가지도 못하였다. 그러나 가슴속에는 알 수 없이 더욱 뜨거운 믿음이 솟아올랐다. 은행에서 뺀 돈을 남편 명식이 아는 것도 시간문제. 명식이 알게 되면 어떤 폭력이 가해질지 모른다. 그러나 자식이 있다. 승우를 두고 도망갈 수는 없다. 경미는 기도하고 또 기도했다.

"주여, 저를 시험에 들지 말게 하옵시고 제 아들을 키울 수 있게 도와주시옵소서."

명식은 경미가 또다시 교회를 가면 이혼을 하겠다고 윽박질렀다.

이성근 목사는 많은 여자 신도들이 제사 문제로 집안 문제가 생기자 한 가지 묘책을 내었다. 제사는 참석을 하되 제사 음식만 안 먹으면 된다고 했다. 한국에 기독교가 뿌리를 내리려면 시간이 더 필요하다고 판단했다. 경미는 제사에 참석하겠다고 남편 명식에게 맹세하였다.

경미가 식사 전 밥상 밑으로 기도를 하자, 명식의 손이 경미를 치려고 올라갔다. 그러자 승우가 발딱 일어나 말했다.

"아버지, 대한민국은 종교 자유의 나라요."

"종교 좋아하네. 우리가 언제부터 양놈 종교를 믿었더냐?"

"양놈 종교든 왜놈 종교든 엄마를 때리면 내 가만 안 있을 거예요."

"쪼그만 게 네가 가만 안 있으면 어쩔 건데?"

"이다음에 커서 나도 아버지를 구박할 거예요."

"이 자식이 말하는 거 봐라."

"엄마가 무슨 피해를 줬어요? 기독교가 그렇게 나쁜 거라면 미국은 왜 잘사는데요?"

"기독교 때문에 미국이 잘사냐? 원주민 죽이고 땅 빼앗아서 잘사는 거지."

"나는 역사도 종교도 모르지만 엄마를 때리면 안 된다는 것은 알아요."

승우는 눈을 부릅뜨고 명식을 쳐다보았다.

"밥이나 무라."

명식은 아들이 엄마를 감싸고 도는 것에 한 발 물러섰다. 그리고 경미가 일주일에 한 번 교회 가는 것을 허락해 주는 것으로 합의를 보았다.

며칠 후, 명식이 승우 앞으로 들어 놓은 적금 통장을 이자가 더 좋은 곳으로 옮길 테니 통장을 가져오라 하였다. 경미는 사색이 되어 친정에 손을 벌렸지만 거절당했다. 500만 원은 큰돈이었다. 경미는 지숙을 찾아가 돈을 빌려 달라고 사정하였다. 어떤 일이 있어도 갚겠다고 했다. 지숙은 곗돈 부어 놓은 것이 생각나 곗돈을 좀 당겨 타서 꾸어 주기로 하였다. 손해 본 이자는 경미가 다 갚아 주겠다고 했다.

지숙은 그날 밤 경희 할머니네 전화를 하였지만 없는 번호라고 안내되어 집을 찾아가 보았다. 벨을 눌렀지만 인기척이 없었다. 문을 두드리자 주인집 아주머니가 나왔다.

"경희 할머니 어디 가셨어요?"

"어제 급하게 이사 갔어요."

"네? 이사요?"

"네."

지숙은 손이 덜덜 떨렸다.

"어… 어디로요?"

"등촌동이랬나?"

지숙은 스마일슈퍼로 뛰어갔다.

“미숙 엄마, 미숙 엄마!”

“이 시간에 재영 엄마(지숙은 이웃들에게 조카인 재영 엄마로 불리기도 했다)가 웬일이요?”

“경희 할머니가… 경희 할머니가 이사를 갔대요.”

지숙은 가슴이 조이고 숨이 차올랐다.

“네에? 우… 우리 곗돈은요?”

“서… 설마요….”

“곗돈 갖고 튀었구만. 그 할마시 점잖게 생겨서 그렇게 안 봤는데. 손녀도 있는 할마시가 어찌 사기를 쳐요?”

“경희 할머니 찾아야 하지 않을까요?”

“우리 아들 대학 갈 돈인데, 어쩌나….”

미숙 엄마는 훌쩍거렸다.

발등에 불 떨어지긴 지숙도 매한가지였으나 지숙은 자기 비상금으로 곗돈을 부은 것이라 남편 기철에게 말하지 않으면 모를 일이었다. 그러나 경미는 달랐다. 엄연히 명식이 관리하는 적금을 경미가 몰래 갖다 쓴 것이었다. 지숙은 경미의 곤란한 입장을 올케인 송 선생에게 말했고, 송 선생은 한집 사는 시누이 부탁이라 별말 없이 돈을 빌려주었다. 경미는 일단 급한 불을 끄게 되어 주님께 감사하고 또 감사했다.

지숙은 경미가 믿는 예수에 대해서는 못마땅했지만 명식이 경미를 폭행하는 것에는 분노했다. 부부간에 말다툼은 할 수 있어도 육체적 폭력까지 나아간다면 그것은 남자다운 남자가 아니라 생각했다.

명식 부부의 한차례 폭풍우가 지나가고, 지숙은 계를 든 다섯 명 중 슈퍼를 지켜야 하는 미숙네를 제외한 세 명과 경희 할머니를 찾기로 했다. 등촌동이면 화곡동과 그리 먼 거리는 아니었다. 지숙과 이웃은 저녁 찬거리를 사러 나오는 시간마다 화곡동과 등촌동 사이에 길게 뻗어 있는 남부시장을 찾았다.

그러기를 수십 차례, 두어 달이 지난 어느 날 지숙과 이웃은 경희 할머니와 마주쳤다. 경희 할머니는 도망칠까 잠시 멈칫하더니 이내 포기하고 주저앉아 눈물을 흘렸다. 지숙과 이웃은 잠시 할머니를 바라보다가 할머니가 도망갈까 싶어 에워쌌다.

"왜 생피 같은 우리 돈 갖고 도망갔어요?"

"아들이…."

경희 할머니는 머뭇거린다.

"할머니 아들 전자회사 다닌다고 했잖아요."

이웃 여자가 따지듯 물었다.

"삼청교육대를 다녀와서…."

"잘난 아들이 거길 왜 가요? 거긴 깡패들 훈련소 아닌가요?"

"술 한잔하고 돈이 모자라서 그냥 나온 모양이야. 술에 취해서 비틀거리다가 끌려갔어.”

“그래서요? 아들 삼청교육대[5] 가서 정신 차리고 나온 거랑 할머니가 우리 돈 떼어먹은 거랑 무슨 상관이에요?”

“나와서 농약을 먹었어.”

잠시 침묵이 흘렀다.

“내가 사기꾼 맞아. 돈도 갚아야지. 그런데 한 푼도 없어. 다 뒤져 가도 좋아. 난 이제 죽으면 그만이야. 그런데 경희를 키워야 해서… 거짓말을 했어.”

“농약은 왜 먹어요?”

“거기가 그냥 훈련하는 데가 아닌가 봐. 생지옥이었던 것 같아. 아들이 집에 돌아와서 정신줄이 나갔었어. 회사에서는 당연히 잘리고. 미안하네. 내 자식 살리겠다고 사기 치다가 결국 내가 벌을 받았네.”

“어쨌거나 우리도 먹고살려고 힘들게 허리띠 졸라 곗돈 든 것 아녜요.”

지숙의 말투가 조금 누그러든다.

5 1980년 5월 31일 전국비상계엄하에서 설치된 국가보위비상대책위원회(국보위)가 사회정화책의 일환으로 전국 각지의 군부대 내에 설치한 기관. 2002년 10월 1일 의문사진상규명위원회의 통계에 따르면 삼청교육대 실시 당시 검거된 인원이 60,755명, 훈련을 받은 사람이 40,347명에 이르며, 이 중 삼청교육 실시 과정 및 이후 후유증으로 인한 사망자는 339명이었고 나중에 신체장애를 입은 부상자는 2,700여 명이었다.

"돈 받기는 그른 것 같으니, 앞으로는 경희 생각해서라도 사기 치고 다니지 마세요."

「삼청교육대」
– 박노해

김형은 체불임금 요구하며 농성 중에
사장놈 멱살 흔들다 고발되어 잡혀 오고
열다섯 난 송군은 노가다 일 나간
어머니 마중길에 불량배로 몰려 끌려오고

딸라 빚 밀려 잡혀 온 놈
시장 좌판터에서 말다툼하다 잡혀 온 놈
술 한잔하고 고함치다 잡혀 온 놈
춤추던 파트너가 고관부인이라 잡혀 온 놈

우리는 피로와 아픔 속에서도
미칠 듯한 외로움과 공포를 휘저으며
살아야 한다고 꼭 다시
살아 나가야 한다고
얼어 터진 손과 손을 힘없이 맞잡는다

"재영 엄마, 우리 이대로 돌아가?"

이웃 여자가 지숙의 팔을 잡아당긴다.

"할머니 돈이 없다는데 어떡해요. 돈이 있어야 받지요."

"있는지 없는지 뒤를 캐 봐야 할 것 아닌가요?"

"아들 잃은 엄마랑 싸워 뭐 해요. 앞으론 우리 그냥 먹자계나 합시다."

여자들은 돌아섰고, 경희 할머니는 멀거니 여자들의 뒷모습을 바라보았다.

"재영 엄마는 어째 돈도 안 받고 이리 쉬이 돌아서요. 나는 그 할마시 머리채를 잡고 싶었어요."

"잡아서 나오면 잡죠. 나라고 그 돈이 적은 돈입니까. 안 되는 건 접어야 내 속병이 안 나죠."

"곗돈이 꽤 될 텐데 그 많은 돈을 다 어디 썼을까요?"

"돈이야 쓸라면 금방 써지는 게 돈 아닌가요."

소문에 의하면 경희 할머니는 아들 소식이 끊겼을 때 무사히 돌아오라는 굿하는 데 200만 원, 아들 정신줄을 되돌리기 위해 굿하는 데 200만 원을 썼다고 한다. 아들 일로 속이 새까맣게 타들어 가면서도 한결같은 표정으로 경희 할머니는 손녀를 위해 티를 내지 않았다.

여자들은 돈을 생각하면 속이 부글부글 끓다가도 경희 할머니의 가여운 인생에 마음을 접었다. 아무리 사는 게 인과응보

(因果應報)라 해도 자식 목숨 끊어지는 업보(業報) 앞에서는 빼어 든 칼도 내려뜨렸다.

"자식 아픈 것보다 돈 잃는 게 낫다. 잊어뿌자."

여자들은 서로서로 위로하며 다시 힘을 내었다.

그녀들이 무엇보다 이 '운수 나쁜 일'을 빨리 잊을 수 있었던 것은 '주역(周易)'[6]을 믿기 때문이었다. 인생을 인생사(人生史)라 하여 하나의 역사, 즉 발자취로 보는데 살다 보면 길흉(吉凶)이 누구나 있다. 인생사 새옹지마(塞翁之馬)라 하니 속상해서 신세 한탄하는 것보다 빨리 잊고 자식들 따뜻한 저녁 챙기는 것이 엄마의 도리라 생각했다.

'다시 일어서는 힘'을 가진 것. 한편에선 점쟁이라 하여 낮추어 보기도 하였지만, 연말 연초가 되면 점 한 번 안 보는 사람이 없을 정도로 점을 보는 일은 성행하였다. 무당이 "평생 굶지 않고 살 팔자야."라고 한마디만 해 주면 사람들은 그 말을 굳건히 믿고 힘을 내었다.

6 왜 인생에는 길흉이 있는가. 주역에서는 정(貞)한 사람이 이기에 하기 위해서라고 한다. '정하다'라는 말은 '어려운 상황에서도 꺾이지 않고 처음에 품은 뜻을 올곧게 지킨다'라는 뜻인데 길흉이 섞여 있으므로 결국 정(貞)한 사람이 이기게 만들어 놓았다는 것이다.

스마일슈퍼를 운영하는 미숙네는 결국 아들 등록금을 마련하지 못해 고등학교 졸업 후 군대에 보냈다.

"재영 엄마, 브렌닥스 치약 써 봤어요?"

"그게 뭐예요?"

"새로 나온 치약인데 그렇게 좋대요."

"옴마나… 가격이 800원이나! 이렇게 비싼 거 사면 가희 아빠가 난리 쳐요."

"명절 선물로도 좋아요. 요렇게 포장된 것도 있고."

"치약이 흰색이 아니라 파란색이네요. 짤 때 더 부드러운 것 같고."

"재영네야 좀 써도 되지, 뭐." 미숙네가 은근 부추긴다.

"그럼 하나 사 볼까요?"

지숙은 새로 출시되는 제품마다 사 봤다. 그녀는 가성비를 요리조리 따지는 성격은 아니었다. 넉넉히 돈을 풀면 누군가 이득을 볼 것이라 생각했다. 아는 사람이 물건을 팔러 올 때마다 크게 따지지 않고 사 줄 수 있을 만큼 샀다.

1983년 지숙은 '요플레'[7]가 출시되자 가희와 나희에게 먹어 보

7 요거트가 맞지만 요거트 회사 이름이 '요플레'라 요플레가 요거트라는 이름을 대신하게 되었다. 그 뒤로 다른 회사에서도 요거트가 출시되었지만, 여전히 사람들은 모든 요거트를 요플레라고 불렀다.

라고 했다. 뭐든 잘 먹는 가희는 맛있다며 숟가락으로 싹싹 긁어 먹었고, 나희는 냄새만 맡고도 도망갔다.

"이거 우유 썩은 거 아냐? 윽~"

"이건 미국 사람들이 먹는 요플레라는 거야."

"우유 썩은 걸 왜 먹어?"

"나희는 치즈도 안 먹어?"

"난 치즈도 싫어! 맛없어."

"으유… 가희는 치즈도 잘 먹고 요플레도 잘 먹으니 미국 가서 공부하고, 나희는 엄마랑 된장찌개 먹고 한국서 살아야겠다."

"난 엄마랑 평생 살 거야."

1984년 짜파게티가 출시되었다. 스마일슈퍼 아줌마는 가게에 짜파게티를 가져다 놓았지만 도통 그 이름이 외워지지가 않았다.

"엄마, 나 따라 해 봐. 짜파게티."

미숙은 엄마에게 연습을 시켰다.

"짜게티."

"짜게티가 아니라 짜.파.게.티."

"짜.파.티."

"깔깔깔! 짜파게티 말 못하면 어떻게 팔려구? 요즘 이게 제일 인기 제품인데."

"아니, 짜장라면이나 뭐 쉬운 이름도 있는데 왜 이렇게 말을 어렵게 지어?"

초등학교에는 수세식 화장실이 설치되었다. 당시 대부분의 가정집에는 양변기가 있었지만 간혹 양변기를 사용해 보지 않은 아이들도 있었다. 선생님은 몇 번이고 양변기 위에 올라가서 볼일을 보지 말고 의자처럼 앉아야 한다고 가르쳐 주었다. 공공 화장실의 양변기 위에는 신발 자국이 선명히 나 있는 경우가 많아 사람들은 더럽다고 꺼렸다. 화장실 휴지를 집에 가져가는 일은 다반사였다.

겨울에는 주말이면 꽁꽁 언 목동의 논밭에서 스케이트를 탔다. 그곳에 아파트가 들어선다는 이야기가 있었지만 꿍쳐 놓은 돈이 없는 서민들에게는 남 얘기였다. 논밭에서 함께 놀던 아이들 중에는 아파트로 입주한 아이도 있었고, 철거 반대 시위를 하다가 시흥으로 밀려난 아이도 있었다.

기철은 주변 몇몇이 아파트 입주를 권했지만 성냥갑 같은 모양새가 불편해 보여 거절하였다. 게다가 아파트는 관리비라는 것을 매달 내야 하는데 그것이 아깝다는 생각도 들었다. 아파트에 사는 사람은 겨울에도 반팔을 입고 지낸다는 소문을 들었지만 기철은 그런 낭비가 싫었다. 편리함보다는 절약이 중요했고 '투자'라는 것은 애초에 알지 못하였다. 그는 담배를 피우지 않았고 너도나도 사들이는 차도 사지 않았다.

차가 없던 시절에 지어진 집들 사이에 차들이 들어섰다. 골목에 들어선 자가용이 '빠앙!' 하고 경적을 울리면 사람들이 화들짝 놀라며 길 양옆으로 딱 붙어 비켜섰다.

저마다의 민주주의

1987년 1월 14일 경찰은 피해자 박종철을 남영동 대공분실로 연행했다. 경찰 대공수사관들은 1985년 10월 서울대학교 민주화추진위원회 사건으로 수배된 박종운의 소재를 추궁했고 박종철은 모른다고 했다.

이에 수사관들은 박종철의 옷을 모두 벗기고 조사실 안에 있는 욕조로 끌고 가 물고문을 반복했다. 그래도 모른다고 하자 결박당한 두 다리를 들어 올려 또다시 물고문을 가했고, 고문 도중 욕조의 턱에 목 부분이 눌리면서 결국 경부 압박에 의한 질식으로 의식을 잃었다.

경찰 측이 부랴부랴 중앙대학교 부속 용산병원의 의사를 불러 심폐소생술을 시도했는데, 의사의 언론 증언에 의하면 "사건 현장에 물이 흥건했다."고 한다. 수사관들은 박종철을 대공분실 부근의 용산 중앙대학교병원으로 이송을 시도했지만 박종철은 이미 숨을 거둔 상태였다.[8]

기수 아들 성현은 서울대학교 법학과에 합격했다. 집안의 첫

8 나무위키

아들이 서울대학교로 시작했으니 집안의 경사였다. 이제 판사나 검사나 되어 부모의 기를 세워 줄 일만 남았다. 세상 아무것도 부럽지 않았다. 아들의 인물도 준수하여 기수 처는 희망이 가득했다. 여유 있는 집 며느리를 얻어 손자 볼 생각까지 상상하였다. 그러나 성현은 늦는 일이 잦았고 낯빛이 어두웠다.

"데모는 안 하지?" 성현 모가 걱정스레 물었다.

성현은 고개를 푹 숙인다.

성현 모는 아들 손을 잡고 애원한다.

"엄마가 너를 희망으로 떡볶이 오뎅 파는 거 알지? 네 아빠 알면 저거 다 뒤엎어 버린다. 우린 너 하나 보고 살지 않느냐. 제에발 데모는 안 된다."

"엄마, 나라가 어찌 돌아가는지 아세요?"

"모른다. 알고 싶지도 않다. 입에 풀칠도 못하다가 경제 일으킬라 카면 정치가 그래 쉽지가 않다. 젊은 네가 보기에 부당하다 하는 것도 이해 간다. 엄마는 내 자식 죽는 꼴은 못 본다. 일제 때도 살았다. 대통령들도 돈 해묵는 거 안다. 가난한 사람이 권력 잡으면 해먹고 싶다. 근데 성현아, 우리도 살아야 하지 않겠느냐. 우리도 밥 좀 묵고 살자."

"엄마, 경찰에 끌려가는 행동은 하지 않을게요. 그런데 저 사법고시는 못 봅니다. 죄송합니다. 불효자를 용서하세요."

"네가 공부 안 한다고 종철이가 살아 돌아온다냐? 네가 잘돼서 나라를 바로 세우면 되지.”

성현이 울먹인다.

“이 나약해 빠진 자식아!”

“엄마, 저도 살고 싶어서 그래요. 저 좀 살려 주세요.”

「부치지 않은 편지」

– 정호승

그대 죽어 별이 되지 않아도 좋다
푸른 강이 없어도 물은 흐르고
밤하늘이 없어도 별은 뜨나니
그대 죽어 별빛으로
빛나지 않아도 좋다

언 땅에 그대 묻고 돌아오던 날
산도 강도 뒤따라와
피울음 울었으나
그대 별의 넋이 되지 않아도 좋다

잎새에 이는 바람이 길을 멈추고

새벽이슬에 새벽하늘이 다 젖었다

우리들 인생도 찬비에 젖고
떠오르던 붉은 해도 다시 지나니
밤마다 인생을 미워하고
잠이 들었던 그대
굳이 인생을
사랑하지 않아도 좋다

기수는 아들이 운동권에 가담했다는 소식을 듣고 자식을 빨갱이로 키웠다며 아내를 때렸다. 아내는 맞아도 반항하지 않았다. 참는 것이 기수의 화를 빨리 가라앉히고 자식들에게 나쁜 꼴을 보이지 않는 방법이라는 모성애였다. 그러나 소리 없이 맞으며 참는 엄마를 보는 아들은 아버지에게 대들었다. 기수는 아들도 때렸다.

성주는 고등학생이라 충분히 아버지를 막아 낼 수 있었지만 아버지를 때릴 수는 없었다. 윗사람이 아랫사람을 때리는 것은 '사랑의 매'라든가 '훈육'이라든가 하는 명분이 있었지만, 거꾸로 아랫사람이 윗사람을 때리는 것은 그야말로 '하극상(下剋上)'이라 하여 역적이나 마찬가지로 여겨졌다. 한국전쟁과 풍파로

거칠어진 성격의 아버지를 제지할 방법은 없었다.

기수는 아들들이 말리려고 하면 '배은망덕한 놈'이라고 소리를 질렀다. 부모는 낳았다는 이유만으로 자식에게 '효'의 잣대를 들이댔다. 가족은 군대처럼 서열화되어 있었고 아내에게 친절한 남자는 '팔불출'이라고 놀림당했다. '애처가(愛妻家)'나 '공처가(恐妻家)'는 남자들 사이에 '권위가 부족한 남자'로 통했다. '아동 폭행'이라는 단어도 없었다.

결국 고등학생이던 성현의 동생 성주는 어머니를 폭행하는 아버지와 대립하다가 고등학교를 자퇴하고 집을 나갔다.

기철은 유교적 성향이 짙었다. 유학의 삼강오륜(三綱五倫) [9] 중에서도 특히 '장유유서(長幼有序)'는 마치 공자의 말처럼 여겨졌다. 공자가 살던 시대는 어떤 일의 해결을 하늘의 뜻이라 여겨 공자는 사람 사이에 일어나는 일을 해결하는 방법으로 인

9 삼강은 군위신강(君爲臣綱) · 부위자강(父爲子綱) · 부위부강(夫爲婦綱)을 말하며 이것은 글자 그대로 임금과 신하, 어버이와 자식, 남편과 아내 사이에 마땅히 지켜야 할 도리이다.오륜은 오상(五常) 또는 오전(五典)이라고도 한다. 이는『맹자(孟子)』에 나오는 부자유친(父子有親) · 군신유의(君臣有義) · 부부유별(夫婦有別) · 장유유서(長幼有序) · 붕우유신(朋友有信)의 5가지로, 아버지와 아들 사이의 도(道)는 친애(親愛)에 있으며, 임금과 신하의 도리는 의리에 있고, 부부 사이에는 서로 침범치 못할 인륜(人倫)의 구별이 있으며, 어른과 어린이 사이에는 차례와 질서가 있어야 하며, 벗의 도리는 믿음에 있음을 뜻한다. (출처: 두산백과)

(仁)을 말했다. 도덕성에 콤플렉스가 있었던 태종은 유교를 강조했고, 조선 후기 신흥 양반들도 정통성의 콤플렉스 때문인지 제사와 유교 문화를 강조했다.

문화는 홀로 있는 것이 아니라 사람들과 함께 만들어지는 것이라 유교 문화는 권력자들에게 편리하게 해석되고 유리하게 굳어져 시간이 지날수록 아랫사람을 눌렀다. 사람들에 의해 변질된 유교는 해방 후 더욱 거세게 살아났다. 당시 기성세대에게 서구 문화는 너무 이질적이었고, 식민 시대를 겪으며 식민 이전의 상태로 되돌리려는 의식이 강했다. 또한 서구 문화가 또 다른 형태의 식민이라는 인식도 있었다.

시대는 강력한 왕을 원했고, 군주란 오합지졸 백성을 끌고 나가는 카리스마가 있어야 된다고 생각했다. 그렇게 전두환도 우뚝 올라섰다. 그러나 시대는 백성이 아닌 국민이었다. 어쩌면 한국전쟁 중 휴전이라는 상황 때문에 누구보다 군대를 잘 아는 이가 대통령이 되는 것이 심리적 안정감을 주었을지 모르겠다. 그 총과 칼을 어디에 겨누어야 하는지도 모르는 대통령이라 할지라도 말이다.

"아빠, 전두환 대통령이 텔레비전에 나왔다. 고아원에 라면 주는 걸 보니 참 좋은 사람인가 봐."

나희가 뉴스를 보며 기철에게 말한다.

"나희도 공부 열심히 해서 훌륭한 사람 되어라."

"응, 나도 가난한 사람을 돕는 사람이 될 거야."

"나희는 뭘 해서 훌륭한 사람이 될 건데?"

"안소니 같은 남자랑 결혼할 거야."

"안소니가 누군데?"

"《캔디》에 나오는 멋진 남자."

"서양 사람 아냐?"

"아니, 그렇게 멋있는 한국 남자랑 결혼할 거라고."

"아빠는 안 멋있나?"

"아빠는 음… 방구를 너무 많이 뀌어서. 낄낄낄."

"뭐라고? 내 방구 맛 좀 볼 테냐."

"성금 걷으러 왔어요." 동네 반장 아주머니가 왔다.

"얼마씩 걷어요?"

"우리 동네는 천 원씩 걷어요."

"애들 학교에서도 500원씩 걷어 가고 애들 아빠 직장에서도 만 원씩 걷었는데."

"김일성이가 금강산댐 수문 열면 우리 다 죽어요."

"나쁜 놈. 십시일반 모아서 우리도 댐을 건설해야죠."

"엄마, 우리 반에 500원 못 낸 애가 세 명 있었거든. 그래서 선생님한테 맞았어."

"500원이 힘든 집도 있었을 텐데… 애들이 안됐네."

"근데 성금은 무조건 내야 하는 거야?"

"내라면 내야지."

"돈 없으면 어떡해?"

"어떻게든 내야지. 대통령이 평화의 댐을 건설한다니까."

"엄마, 나 5백 원만 줄 수 있어?"

"왜? 그 친구 때문에?"

"내일도 못 내면 또 맞아."

"자, 나머지 두 명 것까지 가져가."

"응, 엄마. 고마워."

핫도그 한 개가 50원이었으니 500원이 적은 돈은 아니었다. 지숙도 오빠 집에 얹혀사는 형편이었지만 평소 먹고 쓰는 데는 넉넉히 썼다.

명절에 가족들이 기철의 집에 모였을 때, 성현과 성주는 집에 없었다.

"오빠들 다 어디 갔어요?"

"군대 갔다."

기수 처는 둘러댔다. 나희가 오빠들 방에서 책을 꺼내 보는데 책 사이에서 제본한 책이 뚝 떨어졌다. 나희는 펼쳐 보았다.

녀희 집은 방 세 개에 네 식구인데
우리 집은 방 한 개에 일곱 식구다.
다리를 잃은 아빠의 안주는 무엇인가.

나희는 얼굴이 빨개지며 심장이 두근거렸다. 이게 아빠가 말한 빨갱이 책인가. 어떤 사람은 가난하고 어떤 사람은 부자인가. 아빠는 열심히 노력하면 잘살 수 있다고 했다. 노력하지 않으면 가난하게 산다고 했다. 공산당은 다 무서운 괴물들이다. 이승복 어린이처럼 '공산당이 싫어요.'라고 외쳐야 한다. 안 그러면 무서운 김일성이 또 총을 들고 쳐들어온다.

공부를 잘한 박종철은 왜 죽었는가. 그 오빠는 무엇을 위해 죽은 것인가. 어른들은 빨갱이가 대학생들 사이에 껴서 나라를 어지럽힌다고 했다. 순진한 대학생들이 빨갱이에게 현혹된 것이라고 했다. 나희는 얼른 그 책을 다시 책장에 끼워 넣었다. 책은 역시 만화책이지. 순정 만화에 푹 빠진 나희는 오빠들을 이해할 수 없었다.

"아빠, 서울대 들어가면 똑똑한 거지요?"

"그렇지."

"전두환 대통령은 훌륭하지요?"

"흠흠… 대통령으로서 일을 잘하는지 지켜봐야지."

"그런데 똑똑한 오빠들은 왜 대통령을 싫어해요?"

"누가 그런 소리를 하냐?"

"누가 그런 것은 아니고 그런 것 같아서요."

"학생의 본분은 공부야. 정치는 정치가가 하는 것이고."

"그런데 왜 공부 안 하고 데모해요?"

"나희가 대학생이 되고 나면 알 수 있어."

"왜 지금은 알면 안 되는데요?"

"역사가 판단할 일이기 때문이야."

"사람이 생각해서 판단하면 안 되나요?"

"음… 법으로 말하는 것조차 금지되어 있단다. 나희도 말 잘못해서 감옥에 가면 무섭지?"

"너무너무 무서워요. 더럽고 춥고…."

"그럼 공부 열심히 하고, 엄마 말 잘 들으면 돼."

"우리나라는 민주주의 국가죠?"

"그렇지."

"그런데 왜 민주주의를 위해서 데모해요? 이미 민주주의인데."

"더 나은 민주주의가 되기 위해서야."

"그럼 지금 민주주의는 뭐가 문제인데요?"

"우리는 언제 북한이 쳐들어올지 모르기 때문에 군인 출신의 대통령이 나라를 다스리는 것이고, 곳곳에 간첩이 있기 때문에 나라 질서를 어지럽히는 자들을 색출하는 과정에서 문제가 좀 있지만 이 또한 성장 과정이야."

"학교 선생님은 대학생 중에 데모하는 사람은 다 빨갱이한테 속아서 그런 거래요. 나라가 발전하려면 대통령이 하는 일에 협조해야 된다고요."

기수는 처자식이 있고 이제 배를 곯지 않게 된 마당에 학생들처럼 벽돌 한 장 들고 일어설 수 없다는 것은 알았다. 광주를 보지 않았던가. 군인들이 광주를 어떻게 짓밟았던가. 기수는 20여 개의 시민단체에 후원을 했다. 정부의 잘못에 정면 대응하는 것보다는 전체적인 시민의식을 높여야 한다고 생각했다.

교육을 받지 못한 부모 세대와 대학생의 의식이 양분되니, 지식인과 노동자 누구나 함께 읽고 토론하는 의식 있는 시민단체를 만들기도 했다. 그리고 집중적인 저술을 시작한다. 『인간학의 역사적 탐색』, 『현대사회와 직업윤리』, 『죽음에 대한 문화적 이해』, 『한국사상과 사회윤리』, 『생명윤리와 윤리교육』, 『현대사회와 종교다원주의』 등의 책을 쓰는 데 생을 보내고 강의하고 기부하는 것으로 살아 있는 부끄러움을 만회해 보고자 했다.

성현은 말이 씨가 되었는지 신체검사도 안 했는데 군대에 징집되었다. 그곳에서 운동권 학생들의 행방을 묻는 구타를 당했다. 성현은 부당함에 들끓는 피를 가진 청춘이었다. 그러나 계속되는 고문과 구타 역시 견디지 못하였다. 거짓 자백을 하기도 하고, 적당히 알려도 되는 정보를 흘리기도 했다. 선과 악은 똘똘 뭉쳐 하나가 되어 성현을 공격했다. 머릿속 빨간 생각을 교화시키는 작업은 천여 명에게 시행되었다. 전두환 정부의 녹화사업에 해당되었다.

녹화사업이란 전두환의 집권 초기에 강제징집된 학생운동 출신 대학생들을 '특별정훈교육'으로 순화한다는 명목으로 보안사가 마련한 계획이다. 이 사업에 따라 강제징집된 사병들에 대한 강압적인 사상 개조와 학생운동 사건 관련자들에 대한 불법 연행과 수사가 자행됐고, 엄청난 육체적 · 정신적 가혹행위가 가해졌다.[10]

민주주의는 남녀노소가 열망하는 것이 아니라 청춘의 열망에 집중되어 있었다. 민주주의에서 살아 본 적 없는 세대는 나라의 발전에 현혹되어 있었다. 일제 강점기나 전쟁보다는 낫다 생각했고 국가 재건이 더 시급하다고 생각했다. 그러나 젊은이들은 권력층의 비리 없이 나라가 재건되는 것이 옳다고 생각했다. 어른들은 알고 있었다. 나라의 비리가 옳지 않다는 것을. 어른들은 배우지 못했기에 자식들을 가르치려 했다.

성현은 제대 후 자살하였다. 그가 남긴 종이에는 한 줄의 글

10 한홍구, 『대한민국사 2』, 한겨레출판사, 2003.

이 쓰여 있었다.

'엄마, 죄송합니다.'

절에 가 있던 성주가 돌아왔다. 집안 분위기는 어두웠다. 서울대에 간 장남의 자살에 대해 아무도 입을 떼지 않았다. 성주 엄마는 아무 일도 없다는 듯 집안일을 하고 떡볶이를 팔고 순대를 썰었지만, 그녀의 입김은 검은 구름을 뱉어 내는 듯했다. 성주는 엄마를 위해 형처럼 살아서는 안 된다는 생각을 했다. 공부를 시작했다.

모두가 입을 떼지 않을 때, 언제나처럼 나희는 질문을 한다.

"아빠, 성현이 오빠는 착하고 똑똑한데 왜 죽었어요?"

"마음이 나약해서 그렇다."

기수는 자랑스러운 조카의 죽음이 누구보다 마음 아팠지만 달리 대답할 말이 없었다.

"마음이 나약한 게 뭔데요?"

"어렵고 힘든 일을 견디지 못하는 것이지."

"왜 나약한데요?"

"공부만 해서 그래."

"공부만 하면 좋은 거 아닌가요?"

"공부만 하니까 세상을 이겨 낼 힘이 없잖아."

"그럼 공부하지 말까요?"

"공부도 중요하지만 제대로 된 공부를 해야 한다. 암기만 한다고 다가 아니야. 생각하는 공부를 해야지."

"아빠, 저 이번 시험 망쳤는데 마음이 나약하지 않은 게 더 중요한 거죠?"

"그래, 그래. 건강하고 씩씩하게만 자라라."

전쟁과 기아로 인한 수많은 죽음을 보고 자란 기철과 기수는 민주주의를 이루고자 또 죽음을 만날 것이라고는 생각지 못했다. 그러나 내 목숨보다 중한 자식 목숨을 내놓아야 민주주의가 온다면, 살아남은 자들은 그 고통을 감내하며 살아가야 할 것이다. 그것이 이 나라를 이끄는 길. 그것이 다음 세대를 위해 버텨야 하는 이유일 것이다. 먼저 남을 짓밟지 않는 인간으로 키우는 것, 그것이 교육일 것이다.

행복은 성적순이 아니잖아요

기철은 S대학에서 교수를 뽑는다는 공고를 보고 이력서를 제출했다. 개인 휴대폰은 커녕 사무실 가운데 전화기 한 대 놓은 사무실에 전화가 울렸다.

"따르릉 따르릉!"

"네, 평화통일자문위원회 박기철입니다."

"여기 S여대인데요, 이력서 내셨죠?"

전화기 너머로 들려오는 목소리는 사무실 안 사람들이 다 들을 수 있을 정도로 컸다.

"누락된 서류가 있으니 7월 5일까지 제출하세요."

기철이 직장을 옮기고 싶어 다른 곳에 이력서를 낸 것을 알게 되자 사무실 안 분위기는 싸늘해졌다. 이제 S여대에 떨어지든 붙든 지금 다니는 직장도 그만두어야 할 지경이었다. 기철은 점심시간을 이용하여 점심도 거르고 택시를 타고 미비된 서류를 제출하고 왔다.

한 달간 사무실 어느 누구도 기철에게 말을 걸지 않았다. 상사는 빈정거렸다.

"박기철 씨 곧 나간다며. 나갈 사람과 업무 얘기해서 뭐 하나."

"사표는 언제 쓸 거야?"

기철은 견뎠다. 퇴근 후 공부하고 있는 중학생 아이들을 보았다.

기철은 아버지도 없고 지붕도 없고 밥도 없던 중학생 시절, 빡을 맞고 돌아서서 무작정 서울역으로 걸어가 부산행 기차에 무임승차를 하였다. 기차에서는 역무원의 눈만 잘 피하면 왕복하여 하루를 잘 수 있어서 가끔 주말에 이용하곤 했다. 물론 냄새나는 기차 화장실 근처에서 1박 2일을 버텨야 했다. 학교에서 쫓겨난 다음 날도 부산행 기차를 탔다.

자주 다니다 보니 요령이 생겨 연필을 한 움큼 들고 타기도 했다. 검표원이 표 검사를 하길래 "연필 파는 고(苦)학생입니다."라고 했다. '고'는 높을 고가 아니라 어려울 고인데 1950년대에는 고학생이란 말을 많이 사용하였다. 검표원은 "다음부턴 이러지 마."라고 말하고는 지나갔다.

그러고는 부산에 내려서 식당을 다니며 연필을 팔았다. 술 취한 손님들은 연필을 잘 사진 않았지만 가끔 바닥에 동전을 떨어뜨리곤 했다. 아쉬운 대로 동전을 주워 모아 허기진 배를 채웠다. 자존감이라는 단어가 없어서 마음 상할 것도 없었다.

기철은 중학교 시절을 잠시 떠올렸다. 직장 내에서 나를 불편하게 했지만 그것이 나를 짓누르지는 않았다. 배고픔보다 큰

무게는 없다. 혼자 점심을 먹어도 괜찮았다. 천천히 밥을 음미하며 행복을 느꼈다. 쌀밥, 따뜻한 쌀밥. 여전히 가끔씩 귓전에 울리는 베트콩의 총소리.

그렇게 한 달이 흐르고 S여대에서 합격 통지가 왔다. 환하게 웃으며 사표를 내고 밝은 햇살 아래로 걸어 나왔다.

기철은 노끈으로 묶은 책 열 권을 집에 가져왔다.

"그건 뭐 하러 가져와요?"

지숙이 핀잔을 준다. 그도 그럴 것이 기철네 집은 이미 책을 더 이상 놓을 곳이 없었다. 기철이 벽돌을 놓고 벽돌 사이 널빤지를 주워 와 책을 켜켜이 쌓았다.

"애들 옷은 어디 놓으라고."

"베란다에 책을 놓을게."

"으휴~ 읽지도 않으면서 책 욕심은. 오래된 책은 곰팡이 생긴다고."

기철은 못들은 체 베란다에 책 놓을 자리를 마련한다.

"아빠, 뭔데요?" 호기심 많은 나희가 묻는다.

"한 번 읽어 봐라."

기철이 책등에 쓰인 한자로 된 제목을 가리킨다.

"림… 거… 정?"

"나희 한자 공부는 허투루 하지 않았구나."

"림거정이 뭔데?"

"이게 아주 귀한 책이다. 훗날 읽어 보아라."

"더러운데?"

나희가 책을 펼쳐 보더니,

"글씨도 작고 너무 빽빽해. 재미없어."

나희는 다시 제 방으로 쏙 들어가 버렸다. 홍명희[11]의 『임꺽정』이었다.

'이 책은 현재 금서(禁書)지만 곧 이 책의 진가(眞價)를 알아보고 다시 세상에 나올 것이야.'

기철은 아무도 듣지 않는 혼잣말을 하며 면장갑을 낀 손으로 책의 먼지를 곱게 털어 내었다. 아이들에게 책을 읽으라고 강요한 적은 단 한 번도 없고 오히려 주말이면 만화방에 가서 만화책을 한 보따리씩 빌려다 주었지만, 기철은 누구보다 책의 소중함을 잘 알았고 때론 그 도가 넘쳐 집안 곳곳 책이 넘쳐났다.

"가희는 책 좀 그만 읽어야 해요. 눈이 다 나빠졌어."

11 홍명희: 경술국치 직후 귀국하여 오산학교(五山學校)·휘문학교(徽文學校) 등에서 교편을 잡았고, 1920년대 초반에는 한때 동아일보 편집국장을 지냈다. 시대일보사(時代日報社) 사장으로 재직 중인 1927년에 민족 단일 조직인 신간회(新幹會)의 창립에 관여하여 부회장으로 선임되면서 사회운동에 적극 투신하였다. 1930년 신간회 주최 제1차 민중대회사건의 주모자로 잡혀 옥고를 치렀다. 1945년 광복 직후에는 좌익운동에 가담하고, 조선문학가동맹 중앙집행위원장이 되기도 하였으나, 곧바로 월북하여 북한 공산당정권 수립을 도우면서 부수상 등 요직을 거친 것으로 알려지고 있다. (출처: 한국민족문화대백과사전)

지숙이 기철에게 말한다.

"가희는 벌써 톨스토이를 읽는단 말이야? 이해하고 읽는 걸까?"

"몰라. 맨날 책만 끼고 사네. 나희는 책도 안 읽어."

"책은 읽는 행위도 중요하지만 환경도 중요해. 나희도 나중에 책을 읽을 거야."

"그나저나 홍명희 선생은 월북을 해서 안타까워."

"시절이 그런 거지."

"저기… 앨빈 토플러[12]가 요즘 인기라 강의를 해야 하는데 당신이 좀 읽고 요약 좀 해 줘."

"술 마시느라 시간이 없지?" 지숙이 눈을 흘겼다.

"앨빈 토플러 그 양반『제3의 물결』말이지?"

그러고는 자신의 내조에 꽤 뿌듯해했다. 지숙은 컴퓨터 학원도 다녔다. 386컴퓨터를 사서 문서를 작성했다.

"그래, 좀 부탁해."

기철은 컴퓨터를 다루지 못하여 모든 원고를 손으로 쓰고 원고를 조교에게 주면 조교가 다시 컴퓨터로 작성을 하였다. 대학생들이 아르바이트로 문서 작성을 하기도 하였다.

12 앨빈 토플러(Alvin Toffler, 1928~2016): 저명한 미국의 미래학자.『미래의 충격』,『제3의 물결』,『권력이동』,『부의 미래』등 미래를 꿰뚫는 통찰력을 담은 저서로 유명하다. (출처: 한경 경제용어사전)

지숙은 앨빈 토플러의 책을 읽고 충격을 받는다. 농경 시대는 알겠다. 산업화 시대도 이해가 간다. 그런데 정보화 시대란 무엇일까. 눈에 보이지 않는 정보가 돈이 되는 시대가 온단 말인가. 꿈같은 이야기이다. 컬러텔레비전 산 지도 5년밖에 안 됐다. 도대체 어떤 정보를 말하는 것일까. 옆집 아줌마의 부동산 정보? 좋은 학교정보? 전 세계를 뒤바꾸어 놓을 그 거대한 물결은 어떻게 다가올 것인가.

지숙은 아이들에게도 컴퓨터를 가르쳐야겠다고 생각한다. 그래, 집집마다 텔레비전이 있듯 집집마다 컴퓨터가 생기는 시대가 올 것이다. 지숙은 스포크 박사[13]의『아기와 육아』에 이어 루소[14]의『에밀』[15] 등을 읽으며 새로운 시대에 맞춰 아이들을 어떻게 키울 것인가에 관심을 갖는다. 지숙은 기철이 대학에서 학

13 벤저민 맥레인 스포크(Benjamin McLane Spock): 미국의 소아과 의사. 1946년『아기와 육아(The Common Sense Book of Baby and Child Care)』라는 책을 내어, 미국의 1950~1960년대 전후 베이비 붐 시대에 육아 문화에 혁명을 일으킨 육아 전문가. (출처: 나무위키)

14 장자크 루소(Jean-Jacques Rousseau, 1712~1778): 스위스 제네바 공화국에서 태어난 프랑스의 사회계약론자이자 직접민주주의자, 공화주의자, 계몽주의 철학자이다. (출처: 위키백과)

15『에밀(Émile, ou De l'éducation)』: 루소는 인간을 교육하는 주체로 자연 · 인간 · 사물의 3자를 들어, 사람의 능력을 내부로부터 발전시키는 것은 자연의 교육이고, 이 교육을 어떻게 이용할 것인가를 가르치는 것은 인간의 교육이며, 우리가 접촉하는 주위의 사물에 대한 경험을 얻는 것은 사물의 교육이라고 보았다. 그리고 이 세 가지의 교육이 서로 모순될 때에 그릇된 인간이 형성되고, 조화를 이루고 동일한 목적에 집중될 때에 사람은 비로소 완전한 교육을 받게 된다고 보았다. (출처: 위키백과)

생들을 가르치는 데 필요한 교재 정리를 돕는 과정에서 서양의 교육에 눈을 뜨게 되었다.

텔레비전에는 소방차, 김완선 등 화려한 스타들이 대거 등장했다. 나희는 엉덩이를 흔들어 대며 신나는 노래 가사 외우기에 바빴다. 매일 저녁 9시 라디오에서 나오는《이종환의 디스크쇼》를 공테이프로 녹음해 두는 것도 잊지 않았다. 유행이 지난 카세트테이프의 모서리 구멍을 스카치테이프로 막으면 공테이프처럼 다시 사용이 가능했다.

나희는 카세트테이프 전용 스티커를 사서 어떤 노래를 녹음했는지 정성스럽게 적어 두었다. 2,000원쯤 주면 유행가를 미리 녹음해서 파는 테이프를 살 수 있었지만, 라디오를 들으며 좋아하는 노래가 나올 때를 맞춰 직접 녹음하는 재미도 있었다. 노래를 들으며 만화책에 기름종이를 올려 따라 그리는 것은 나희의 낙이었다.

가희는 시사영어사에서 나온 빨간색 영어책을 읽었다. 가희는 영어로『노인과 바다』,『제인에어』,『카라마조프 씨네 형제들』을 읽었다. 기철은 책을 좋아하는 가희를 위해 헌책방에서 책을 100권씩 사 왔다. 자매는 한방을 쓰며 사이좋게 각자 좋아하는 일을 했다. 과외 금지 기간이었고 학원도 다니지 않았다. 학교 다녀와서 숙제만 해도 공부는 충분했다. '공부하라'는 잔소리는 없었다.

가희는 전교 1등을 도맡아 했고, 나희도 반에서 5등 안에는 들어 기철과 지숙은 불만이 없었다. 가희는 공부를 잘하니 좋은 대학 나와 여자도 차별받지 않는 직장을 가지면 좋겠다 생각했고, 나희는 서울 시내 적당한 대학을 나와 시집 잘 가면 좋겠다고 생각했다.

중학교 매점은 점심시간이 되면 몰려드는 아이들로 인산인해였고 종이 치도록 못 사고 돌아서는 아이들도 20%는 족히 되었다. 화장실도, 은행도, 백화점 세일도 눈치도 빠르고 몸도 빠른 사람만이 원하는 것을 얻을 수 있었다. 나희는 체격 좋은 희원과 친했다. 나희가 인파에 밀려 매점 안으로 들어가지 못하면 희원이 힘으로 인파를 뚫고 나희의 손을 잡아 주었다. 키 큰 아이들 틈에서 얼굴이 짓이겨지고 숨쉬기도 힘들었지만, 종 치기 직전 획득한 크림빵 하나에 세상을 얻은 듯한 표정을 지으며 교실로 뛰어갔다.

하교 후엔 즉석 떡볶이집에서 간식을 먹고 만화 가게에 들러 신일숙, 김영숙, 전혜린, 황미나 등의 신간 만화를 본 후 집에 와서 숙제를 하면 그날 일과는 끝났다. 숙제가 끝나면 엄마와 장을 보러 가고 저녁을 먹고 가족들이 다 함께 뉴스를 보았다. 전두환 대통령이 곧 서울올림픽을 개최한다고 했다. 교과서에서나 보던 그 올림픽을 우리나라에서? 너무 멋진 일이었다.

올림픽의 성과는 대단했다. 소련, 동독, 미국에 이어 한국이 4위였다. 〈손에 손잡고〉라는 노래는 가슴 벅찼고 한국 경기가 있을 때면 학교에서도 수업 대신 경기를 시청했다. 한국 선수가 이길 때면 온 학교에 함성이 울려 퍼졌다. 옆 반이 소리를 지르면 다른 반은 더 크게 함성을 외쳤다. 몽둥이를 들고 다니는 무서운 학생 주임 선생님도 올림픽 경기를 볼 때면 미소를 짓고 있었다.

자유민주주의 국가임은 사실인데 규율이 있었다. 그 규율 안에 들어오면 살 수 있었고 규율 밖으로 나가면 살 수 없었다. 부랑자는 삼청교육대로 가서 길을 닦는 노동에 투입되었다. 틀린 말은 아닌 듯 보이지만 부랑자가 아닌 이가 휩쓸려 죽도록 맞아도 아무도 몰랐다. 아이를 키울 수 없는 부모는 아이를 해외로 입양 보냈다. 최선의 선택인 듯 보이지만 조금만 도와주면 키울 수 있는 많은 가정의 아이들이 잘못된 곳으로 입양되는 일이 다반사였다.

학교 선생님도 시험지의 틀린 개수대로 학생들의 손바닥을 때렸다. 그것이 옳은 것인 줄 알았고 그렇게 초중고 12년을 교육받았다. 그렇게 교육받고 자라 또 아이를 낳았고, 세상이 바뀌어도 다른 방법으로 기를 줄 모른다. 규율을 지키지 못한 사람, 공부를 못하는 사람, 가난한 사람을 어떻게 대해야 하는지 배우지 못했다. 거지가 되지 않기 위해 노력해야 한다는 것은 잘 배웠는데 만에 하나 실패했을 때, 또는 상황이 원하는 방향으로 흘러가지 않았을 때 어떻게 해야 하는지는 배우지 못했다.

그래서 우리는 승자 중심으로 잘 살아왔지만, 불안이라는 동반자를 얻게 되었다. 이긴 후에는 어떻게 해야 하는지, 진 후에는 어떻게 해야 하는지 배워야 한다. 이긴 자는 어떤 태도를 가져야 하고, 진 자는 어떤 태도를 가져야 하는지 제대로 배워야 한다. '정의'가 무엇인지 배워야 한다.

16살 기수는 거리를 걷다 학도병으로 끌려가 전방에 배치되었다. 동료들은 거의 다 죽었고 그는 운 좋게 살아남았다. D고등학교에서 그에게 고생했다는 뜻으로 졸업장을 주겠다고 했다. 학도병들에게 준 고교 졸업장 덕에 그는 대학에 진학할 수 있었다. 전후 비상사태에서 학력자를 몇몇이라도 양산하기 위해 몇 개월 만에 육사를 졸업시키는 일에 역시 '정의'라는 잣대를 들이대지는 않는다.

때론 옆길로, 샛길로, 길을 만들어 갈 수는 있지만 사회 변화에 따라 '정의'가 아닐 때는 멈추어야 한다. 비교적 오랜 시간 보편적으로 받아들여지는 것, 정의는 그 안에 머문다. 시대가 다르면 정의의 잣대가 다를 수 있다. 변하는 제도에 초점을 맞추면 다음 세대와 갈등이 커진다. 변하지 않는 이념에 초점을 맞추는 것이 좋다.

버스를 타고 가다가 더 태울 사람이 생겼다. 좁지만 함께 타고 가는 것은 이념이고, 좌석에 맞게 탈 수 있는 사람만 태우고 나머지는 버리고 가는 것이 제도이다. 물론 국가는 점점 부유해져 많은 사람을 편하게 태우고 가는 것을 목표로 한다.

제사를 지내는 것은 규칙이지만, 가족을 이해하고 사랑하는 마음은 이념이다. 공부를 해야 한다는 것은 규율이지만, 공부를 못하면 다른 일을 할 수도 있다는 것은 이념이다. 민주주의는 규칙인가 이념인가. 민주주의는 이념이다. 자유도 이념이다. 정의도 이념이다. 그래서 그것은 상당 부분 스스로의 양심에 의존한다. 그 양심은 교육에 의존한다. 잘못된 교육을 받았다. 그래서 우리는 어떻게 살아야 하는지 제대로 알지 못하는 것이다.

"자가 주택 손 들어 봐."

담임 선생님의 호구조사에 아이들은 자가 주택이 무엇인지 몰라 서로를 어리둥절 바라보았다.

"세 들어 살지 않고 자기 집에 사는 사람 말이야."

담임 선생님이 한 번 더 부연 설명을 했다. 그러자 두세 명이 손을 들었다.

"선생님, 저는 외삼촌이랑 사는데 누구 집인지 몰라요. 우리 집이거든요."

나희가 말했다.

"방 몇 개야?"

"3개요."

선생님은 연필로 표시를 하더니 다시 아이들에게 질문했다.

"집에 피아노 있는 사람!"

서너 명이 손을 든다. 나희도 손을 들었다.

"집에 차 있는 사람."

두 명이 손을 든다. 아이들이 일제히 손을 든 아이를 쳐다본다.

"쟤네 아빠 스탠드바 하잖아."

"스탠드바가 뭐야?"

"술집."

아이들이 수근거린다.

담임 선생님은 몇 가지 조사를 마치고는 육성회[16]로 여섯 명을 호명한다.

"고미영, 나미선, 정은선, 박나희, 최지영, 하연수는 어머니들 오시라 해."

16 육성회: 학교를 중심으로 하여 학부모, 교사, 지역 사회의 유지(有志)로 이루어진 모임 또는 그런 회의. 교사의 처우를 개선하고 학생들의 복지를 증진하며 학교의 운영비를 확충하기 위하여 만들었다. 1970년에 종래의 기성회를 발전적으로 해체하여 새롭게 만든 것인데, 1996년 6월부터 학부모회로 바뀌었다.

학교 재정이 빠듯하니 먹고살 만한 아이들을 골라 육성회비를 걷어 운영하였다. 지숙은 곗돈을 날린 상태라 육성회에 가희와 나희 두 명을 동시에 들 수가 없어서 나희에게 담임 선생님께 못 간다고 전하라 했다.

"아빠 월급 얼마야?"

담임 선생님은 나희에게 물었다.

"30만 원이요."

"내 월급이 30만 원이 넘는데 무슨 교수 월급이 30만 원이야?"

"엄마가 그렇게 말하랬어요."

"왜 그렇게 말하라는데?"

"그래야 육성회비 안 낼 수 있다고요."

나희는 또박또박 정직하게 말했다. 담임 선생님이 피식 웃음을 터뜨렸다.

"우리 반에 육성회비 낼 만한 사람이 없어. 나희네 정도면 낼 수 있다고 보는데."

"선생님, 사실 저희 엄마가 곗돈을 날렸대요. 그래서 올해는 언니만 낸다고 했어요."

"알았어. 가 봐."

담임 선생님도 그 이상은 포기한 듯했다.

시험을 보면 성적순대로 쓴 이름을 교실 벽에 붙였다. 교실 자리는 키 순서대로 앉았다. 나희는 학교가 끝나면 친구들과 놀기 바빴다. 박남정파와 이선희파, 소방차의 신곡 중 무엇이 더 좋은지 친구들과 열띤 토론도 해야 했다. 요리를 좋아해서 집에 오면 볶음밥을 해 먹었다.

그러다 초경을 시작하고 허리가 아파 시험지 답안을 밀려 쓰는 바람에 반 등수가 10등 밖으로 밀려났다. 공부를 잘하는 사람은 착한 학생, 공부를 못하는 학생은 불량학생이라는 이분법으로 배운 아이들은 성적이 떨어지면 죄의식과 자괴감에 힘들어한다.

돈으로 가난을 벗어나 본 사람은 '돈'의 중요성을 누구보다 잘 안다. 공부로 환경을 극복해 본 세대에게 공부는 권력이다. 그래서 공부를 못하면 선생님들은 '노력을 하지 않는 불량학생'이라고 여겼다. 당시엔 공부는 노력의 결과이지 적성이나 두뇌와는 상관이 없다고 생각했다. 공부를 못하는 학생은 곧 죄인과 같았다. 노력하지 않는 부도덕한 인간, 그래서 미래가 없는 인간이었다.

첫 시련이었다. 나희는 마당에 땅을 파서 성적표를 묻은 다음, 집에 와서 엄마가 남겨 놓은 진로 포도주를 조금 마셔 보았다. 알코올이 강했지만 달짝지근한 맛이 마실 만했다. 나희는 처음 두 자릿수 등수를 받은 시련을 알코올로 달랜다는 것이 근사하다고 생각했다. 어른들이 마시는 술, 그 경험과 호기심은 신비로웠다. 이것이 '사춘기'라는 것인가. 행복감에 빠졌다.

한 반에 60명인 중학생 모두가 인문계를 갈 수는 없었다. 20여 명은 실업계 고등학교를 가서 바로 취업을 했다. 제복을 입고 커피 심부름을 하는 직장이었고 승진이란 없었다. 절반 이상은 인문계 고등학교로 진학하여 대학에 갈 준비를 했다.

나희는 문득 '고등학교를 꼭 가야 하나?'라는 생각을 했다. 중학교만 졸업하여 바로 만화가 문하생으로 들어가 좋아하는 작가의 집에서 숙식을 하며 일을 거드는 것이 재미있을 것 같았다. 그래서 좋아하는 만화가 몇몇에게 편지를 썼다. 60원짜리 우표를 사서 빨간 우체통에 넣고 설레는 마음으로 답장이 오기를 기다렸다. 편지의 마지막에 선생님을 너무 좋아하는 팬이라고 쓰고 하트 하나를 그려 넣는 것도 잊지 않았다.

좋은 대학을 나오면 대기업에 들어가 인간답게 살 수 있다. 그러나 고졸로 공장에 들어가면 노동자의 삶이 어떠한지 뉴스를 통해 보았다. 국가가 노동자의 삶의 질을 개선해야 한다는 것은 배우지 않았다. 그것은 공산주의 사고방식이어서 자본주의는 오로지 개인의 노력과 성실만이 선(善)으로 인정받기 때문이다. '무능하고 게으른 자는 못산다.', '성실하고 열심히 살면 잘산다.'가 정답인 시대였다.

학생들의 행복은 성적순이 되어 성적 비관으로 자살하는 청소년이 생겼다. 1989년 개봉한 《행복은 성적순이 아니잖아요》라는 영화는 그야말로 대히트를 쳤다. 나희는 '행복이 성적순이 아니라면 무엇이 행복을 가져올까?' 고민하기 시작했다. 그러나 가희는 동생에게 '공부가 인생의 전부는 아니지만 학생의 대부분은 공부라는 사실을 명심해라.'라며 동생에게 공부에 전념할 것을 조언하였다.

그러나 나희는 '공부를 싫어하는 대다수는 그럼 행복할 권리가 없는 것일까?' 여전히 의문을 가졌다. 그리고 공부를 잘하는 서울대학생들은 왜 저렇게 최류탄 속에서 보도블록을 뜯어 던지며 싸우는 것일까. 그들이 빨갱이에게 속아 정부에 싸움을 걸 만큼 멍청하진 않을 텐데….

갈 곳 없는 사람들에게 '자진 철거'는 무슨 뜻일까? 포클레인이 허름한 집들을 밀어내고 있었다. 자진 철거 다음 순서는 강제 철거였다. 집이 없는 사람들은 어디 살아야 하는지 교과서에서는 가르쳐 주지 않았다.

1985년 11월 8일 전 염보현 당시 서울시장은,

"국가가 돈 없는 사람들에게 모든 혜택을 줄 수는 없다. 민주주의 국가는 능력대로 사는 것이다. 돈 없는 사람들은 없는 대로 그 수준에 맞는 곳으로 가면 되는 것이다. 그래서 민주주의가 좋은 게 아니겠느냐."

달리는 열차에 올라탄 사람 입장에선 손해 볼 거 없는 말이고, 열차에 오르지 못한 사람 입장에서는 공분할 말이다. 출발이 공정하지 않았기에 능력을 측정할 수 없는 것은 무시했다. 일본의 한국 침략을 정당화한 제국주의를 민주주의로 바꾼, 칼을 든 민주주의 시대였다.

나희의 짝이었던 성순은 롤러스케이트장을 갔다가 학생 주임 선생님에게 걸려 교무실로 불려 가 뺨을 맞았다. 두 손을 허리 뒤로 잡고 쓰러지지 않기 위해 양발을 살짝 벌리고 선 자세가 여러 번 맞아 본 자세였다. 성순은 반항적이지 않고 발그레한 뺨을 가진 착한 아이였다. 단지 술에 취한 아버지의 술주정을 피해 집을 나가 학교에서 금하는 롤러스케이트장을 갔을 뿐이다.

두 번째 걸렸을 때, 성순은 퇴학을 당했다. 교실에서는 올림픽 탁구의 여제 현정화 선수를 응원하는 함성이 울려 퍼지는 가운데 성순은 교문 밖을 걸어 나갔다. 어둡지도 밝지도 않은 표정이었다. 성순은 나가며 나희에게 "안녕"이라고 말했다. 나희의 마음이 묵직했다. 어디로 갈 것인지 물을 필요는 없었다. 성순도 모르기 때문이다.

아마 그녀는 집으로 가 가방을 내려놓고 아빠가 집에 들어오기 전 집을 빠져나갈 것이다. 그리고 롤러스케이트를 탈 것이다. 나희는 '가면 안 되는 곳'에 가는 이들이 다 '나쁜 아이'가 아니라는 것을 알았다. 저렇게 미소가 예쁘고 뺨이 발그레한 친구는 나쁜 아이가 아니라 롤러스케이트를 타는 소녀일 뿐이다. 언젠가 롤러스케이트를 타도 되는 세상이 오면, 성순은 멋진 묘기를 선보일 것이다.

서울올림픽은 국민들의 애국심을 고취시켰다. 올림픽의 개회식과 폐회식은 이어령[17] 선생이 기획하였다. 아이들이 굴렁쇠를 굴리는 장면은 모두가 칭찬하는 획기적인 기획이었다. 나희는 이어령 선생의 책 한 권을 빼어 들었다. "한국 여자는 전봇대에 개처럼 다리 하나를 올리고 소변을 보는 것이 유행이라면 그렇게 할 것이다."라는 내용은 중학생 나희에게 다소 충격적이었다. 유행을 좋아하는 나희를 멈추어 서게 하는 글이었다.

80년대 후반은 매일매일 유행이 무엇인지, 유행을 좇는 것이 최고였다. 옆집에서 세탁기를 바꾸면 앞집도 바꾸고, 옆집에서 라디오를 사면 뒷집도 라디오를 샀다. 정보라는 것은 서로의

17 이어령(1934~2022): 대한민국의 국문학자, 소설가, 문학평론가, 언론인, 교육자, 사회기관단체인, 관료이자 정치인으로서 노태우 정부의 초대 문화부장관을 지냈으며 소설가, 시인이자 수필에 희곡까지 써낸 작가 그리고 기호학자이다.

소문으로 주고받았기에 서로 가진 것을 서로가 갖고 싶어 미친 듯이 일하는 시대였다.

"요즘은 뭐가 맛있다."

"요즘은 무엇이 유행이다."

"요즘은 이런 걸 한다."

매일 새로운 것이 나오니 대부분의 대화가 이러했다. 한편 너도나도 비교하고 경쟁하는 구도는 한국 경제를 쭈욱쭈욱 올리는 데 한몫했다. 분단국가라는 것은 채찍질하기 좋은 명분이었다. 전쟁이 끝나지 않은 나라에서 다시 비극을 겪지 않으려면 하루라도 빨리 강해져야 했다.

나희는 학교에서 배우는 나라 사랑과 달리 한국을 비판하는 의견을 접했고, 이어령 선생의 『축소 지향의 일본인』이란 책을 통해 '일본은 잔인하고 나쁜 나라'라는 공교육과 달리 일본이 무엇을 통해 성장을 하는지 다른 시각을 접했다. 자유는 다소 없었지만 물질적 풍요가 시작되었기 때문에 국민들은 정치를 비판하는 사고만 갖지 않으면 불편함이 없었다. 나라가 100을 벌고 국민에게 20을 돌려주어도 80에 대해 눈을 가리면, 국민들은 0에서 20이 생긴 것이라 만족해했다.

대통령은 물론 정치인들조차 대부분 지독한 가난에서 일어난 사람들이라 돈 앞에서 의연한 자들은 드물었다. 사건 사고, 공무원들의 사소한 서류 접수, 학교에서의 성적 조작까지도 돈이 해결해 주는 부분이 많다 보니 돈의 가치가 점점 우세해졌다. 정직하지 않은 사회에서 돈의 위력은 더욱 거세기 마련이다. 공정과 도덕이 왜 중요한지 알 수가 없다. 흙수저에서 태어난 자본주의는 그렇게 자라났다. 가진 자와 가지지 못한 자가 갈리고 멀어졌다.

그래도 순수함과 낭만이 남아 있었다. 옳은 소리를 하는 문인들이 많았고 대학생들은 불의에 저항했다. '바른 방향'으로 가려는 의식은 잠들지 않았다. 한 끼 식사를 물에 만 밥으로 먹으면서도 평생 폐지를 모은 돈으로 장학금을 쾌척하는 사람들도 있었다. 모두가 같은 생각을 가질 수는 없지만, 사회는 결국 의인(義人)이 많아야 안전하다는 의식은 갖고 있었다. 권력과 돈의 힘을 가진 자들을 두려워하긴 했지만 존경하는 사람은 없었다.

가난이 가져다준 습관

교수는 주당 강의 시간이 15시간이고 일 년 중 방학이 5개월이었다. 교재용으로 쓴 책은 출판되는 대로 학생들이 다 구입했다. 인터넷이 없으니 책을 사야 숙제도 하고 시험도 볼 수 있었다. 대졸자들이 많지 않으니 교수의 권위는 대단했다. 출판사들이 서로 책을 내겠다고 제안해 왔고 자가용을 사 주겠다는 출판사도 있었다.

그러나 기철은 운전면허를 따지 않았다. 기름도 나지 않는 나라가 거품에 거들먹거리며 너도나도 차를 몬다는 것이 마땅치 않았다. 차곡차곡 모은 돈으로 집을 사서 준구 처남 집에서 나왔다. 가정과 직업과 집, 모든 것을 가지고 나자 절약에 대한 편집증적 성격이 드러나기 시작했다. 가난할 때는 그의 생활 태도가 자연스러웠고 성실하다는 평을 받았으나 세월이 흘러 여유가 생겼음에도 그의 생활 습관은 변하지 않았다.

휴지 두 칸과 신문지를 덧붙여 화장실에서 사용하였으며, 교수들과 세미나에 가면 호텔에서 나누어 주는 팬티를 옆 사람이 버리고 간 것까지 두 개씩 껴입고 오기도 했다. 지숙이 물을 쓸 때마다 수도꼭지를 반쯤 돌려 물을 줄이고, 식사를 할 때도 아이들이 먹다 남긴 것을 쓸어 먹었다.

또 수업 후에는 학생들이 바닥에 떨어뜨린 볼펜들을 주워 모으고, 놓고 간 우산도 모았다. 찾으러 올까 싶어 연구실에 두었다가 2주 정도 찾으러 오지 않으면 집으로 가져왔다. 구멍 난 양말은 꿰매 신었고, 구두는 닳을까 싶어 두 겹씩 밑창을 덧대었다. 버스 세 정거장 이하는 무조건 걸어 다녔고, 회의 후 남은 음료와 간식, 냅킨 등도 전부 챙겨서 사용했다. 스승의 날 선물로 받은 지갑도 사용하지 않고 돈은 늘 비닐 주머니에 넣어 와이셔츠 윗주머니에 넣고 다녔다.

반면 지숙은 소파를 사고 장롱을 바꾸었다. 공기청정기도 사고 에어컨도 사고 식탁도 바꾸었다. 새집으로 이사를 갔으니 지숙으로서는 이상할 게 없었다. 딸들 방은 분홍색 커튼과 침대보를 세트로 맞추었다. 과일은 항상 제일 좋은 것으로 샀고 냉장고도 양문형으로 바꾸었다. 기철은 아내와 딸들이 좋은 것을 입고 좋은 것을 먹는 것은 좋았지만, 자신을 위한 소비는 여전히 불편했다.

기철이 중학교 2학년을 중퇴하고 돌아서서 떠돌던 어느 날, 형 기수가 군에서 제대해 동생을 찾았다. 형제는 서울역 뒤 만리동에 방 하나를 얻어 함께 살았는데, 영하의 날씨에도 비싼 연탄을 땔 엄두를 내지 못하였다.

기수는 동생 기철이 중학교를 마치지 못했지만 고등학생 나이가 되자 1961년 환일고등학교에 입학시켰다. 교복은 누가 버린 것을 주워 왔다. 기철은 고등학생이 되었다. 3년 동안 옷은 그때 형이 주워 온 교복 딱 한 벌. 봄, 여름, 가을, 겨울 할 것도 없었다. 낮에는 일을 하고 야간으로 학교를 다녔다. 당시에는 야간 학생들이 공부를 더 열심히 하였다.

그해 겨울, 덜덜 떨면서 자고 일어나니 머리맡에 두었던 잉크병이 얼어서 깨졌다.

"너 남들한테 연탄 안 땠다는 말하면 안 된다. 절대 추운 내색하지 말아라."

"왜, 형?"

"난 남들이 우습게 보는 거 딱 질색이다. 밖에서 자는 것도 아닌데 뭐 하러 불을 때냐?"

기수는 체면을 중시해서 어려운 소리를 못 하니 먹을 걸 못 구해 오는 날도 잦았다. 고등학교 때 기철의 별명은 해골이었다. 평생소원은 무엇이든 배불리 먹어 보는 것이었다. 모두가 가난한 시대였지만 그중에서도 기철은 가장 남루하였다.

교수들은 점심시간이면 저마다 맛난 것을 먹으러 나갔고 자가용을 타고 좋은 식당을 찾아갔지만, 기철은 컵라면을 먹으며 글쓰기에 몰두했다. 자본주의의 발달에서 민족정신을 잃으면 안 된다고 생각하였기 때문이다. 몸과 마음의 균형이 깨어지면 마음의 가난이 밀려오고 그것은 육체적 가난만큼 고통을 가져올 것이라 생각했다.

그리고 박사 학위를 따기로 마음먹는다. 그는 교육학에 관심이 많아 D대학 박사 과정에 진학을 한다. 논문은 또 통과가 안 되고 또 통과가 안 되길 여러 해가 지났다. 얼굴에 근심이 가득하자, 가족들이 무슨 일이냐고 묻는다. 일곱 번이나 논문이 통과가 안 되어 포기해야 할 것 같다고 말하자, 딸 나희가 노래를 부른다.

"개구리 소년, 개구리 소년, 네가 울면 무지개 연못에 비가 온단다. 비바람 몰아쳐도 이겨 내고 일곱 번 넘어져도 일어나라. 울지 말고 일어나. 피리를 불어라."

텔레비전 인기 만화《개구리 소년》의 주제가였다.

드디어 여덟 번째 심사에서 논문이 통과되었다.「직업윤리에 관한 교육학적 연구」로 박사 학위를 받았다. 이제 안심하고 정년까지 재직할 수 있을 거라 기철은 생각했다. 감사한 마음으로 지도 교수님께 독일행 왕복 비행기표 2장을 선물로 드렸다. 적지 않은 금액이었지만 지숙의 의견이었다.

기수네 집은 성현의 죽음을 언급하지 않았다. 전쟁이 끝나면 사람이 죽지 않을 줄 알았다. 사람은 몸이 아프거나 늙어야 죽는 줄 알았다. 기수 처는 고된 노동에 몸을 적셔 아들을 잊어보려 애썼다. 새벽 5시에 일어나 아이들 아침을 준비하고 도시락을 싸고 새벽장을 보러 나갔다. 100원이라도 더 벌기 위해 가장 늦은 시간까지 일을 마치고 집에 오면 밤 12시가 넘었다.

성주는 학출 노동자가 되어 공장에 들어갔다. 그는 검정고시를 치고 K대에 진학하였지만 인천의 공장에 취업하여 가좌동에 거주했다. 그곳은 이 세상 불행한 사람을 다 모아 놓은 듯했다. 알코올중독자, 폐병 환자, 깡패, 몸 파는 여자 등이 쥐가 들락거리는 집에 모여 살았다.

그들의 처참한 노동 현장을 개선해 보겠다고 대학생이나 지식인들이 공장으로 위장 취업을 해서 노동운동을 벌이기도 했다. 뜻을 가지고 왔다가 열악한 환경에 몇 달을 못 버티고 나가는 학출 노동자 때문에 노동자와의 거리를 좁히기 어려웠다. 그럼에도 학출 노동자 가운데 노동자들의 저임금, 장시간 노동, 노동 삼권을 지키고 알리기 위해 견디는 자들도 상당수 있었다.

1986년 4월 28일 김세진, 이재호는 관악구 신림 사거리에서 "반전 반핵, 양키 고 홈, 전방 입소 거부, 미국의 한반도 지배 거부"를 외치며 분신해 사망했다. 그해 5월 3일, 인천항쟁[18]이 일어났다.

18 인천 5 · 3 민주항쟁: 1986년 5월 3일, 당시 인천시민회관 앞 광장(현 시민공원

성주와 함께 위장 취업을 하여 노동운동을 하던 여대생 미숙이 연탄가스에 죽자, 성주는 노동 현장을 떠나 학교로 돌아와서 투쟁을 이어 갔다.

누군가는 목숨을 걸었지만 누군가는 공장의 간부에게 몸을 팔고 학출 노동자를 신고하기도 했다. 많은 대학생들이 괴로워했다. 자신의 불투명한 미래를 두려워하지는 않았다. 대학생이라면 마음만 먹으면 취업하고 집도 살 수 있었다. 젊음은 대의에 자신을 불사르게 하였다. 1987년은 뜨거웠다.

기철의 가난은 배고픔이었지만 성주가 본 가난은 '비참함'이었다. 함께 굶는 가난이 아니라 아파트를 지어야 하니 정부가 용역깡패를 동원하여 철거민들의 집을 포클레인으로 밀고 불을 질러 버리는 상대적 박탈감이었다. 나라의 발전과 함께 계층이 생겨났고 경제적 재화는 나눌 수 없었다. 가난 위에 자본주의의 씨가 뿌려지며 인권은 땅에 묻어야 했다.

인간에 환멸을 느낀 성주는 공장에서 나와 목동에 학원을 차렸다. 사실 좋아하던 여학생이 대기업에 취업한 동창과 결혼한 것도 성주가 노선을 바꾸는 계기가 되었다. 돈을 못 벌어서 가

역)에 5만여 명이 모여 대통령을 직접 선거로 뽑자는 결성대회가 열린다. 강경진압으로 319명이 연행되어 모진 고문을 당하였으며, 이후 6월 항쟁의 불씨가 된다.

난한 것이 아니라면 벌 수 있다는 것을 보여 달라는 여학생의 말이 비수가 되어 꽂혔다. 자본주의 사회에서 돈이 중하지 않다는 그런 가식은 떨지 말라고 하였다.

쭉 뻗은 40.7㎞의 올림픽도로는 보기 좋았다. 도로 건설로 미처 이주하지 못한 갈 곳 없는 자들은 땅을 파고 그 안에서 올림픽이 끝날 때까지 살게 했다. 땅굴 집은 보이지 않게 거적을 덮어 놓았다. 72만 명이 집을 잃었다. 빠른 경제성장 뒤의 부끄러움은 무엇으로 감추어야 하나.

땅과 집과 돈이 없는 사람들이 움막을 짓고 산다면 국가는 그들을 어떻게 대해야 하는지 학교에서 배우지 않았다. 가진 자는 '성공한 사람'이고 가지지 못한 자는 '거지'라고 배웠다. 1등은 잘산다고 배웠지만 꼴등은 어떻게 살아야 하는지 배우지 못했다. 그것은 1등이 아닌 자들에게 불안감이라는 씨앗을 뿌린 것이었다. 또한 1등도 1등을 빼앗길까 봐 불안해했다.

사회는 집을 가지지 못한 자들이 어떻게 짓밟히는지 보여 주었다. 한 텔레비전 코미디 프로그램에서 '일등만 기억하는 더러운 세상'이라는 말이 유행하기도 했다. 20대가 부당한 권력에 참지 못하였다면, 10대는 승자가 될 것인지 패자가 될 것인지를 결정짓는 학교 성적에 대한 스트레스를 이겨 내지 못하는 아이들이 속출했다.

개발, 각자의 길

영숙의 딸 소영은 중견기업의 아들 윤기와 혼인을 하였다. 남자는 키가 훤칠하고 미소가 세련되었다. 당시 남자들이 아무데서나 이를 쑤시고 꾸미지 않으며 말을 호탕하게 하는 편이었다면, 윤기는 영화에서나 보던 서양 남자처럼 말을 조용히 했다. 남자들이 앞서 걸어가면 여자들이 종종걸음으로 뒤쫓아 가던 시절, 윤기에게는 문을 열어 주고 여자를 먼저 지나가게 하는 서양 에티켓이 있었다.

80년대 여행 가이드를 했으니 부자들만 상대하여 팁도 상당히 받았다. 게다가 영어를 할 줄 아는 것은 신기한 일이었다. 당시엔 영어 선생님들조차 회화를 하진 못했다. 윤기는 해외에 나갔다 올 때마다 진귀한 선물을 사 왔다. 그 선물 중 일부는 지숙네까지 흘러 들어왔다.

나희는 그중 향수를 가장 좋아했다. 향긋한 냄새도 좋고 무엇보다 향수를 뿌리고 학교에 가면 친구들이 몰려들어 코를 킁킁댔다. 나희가 향수를 보여주면 서로 한 번만 뿌려 보자며 모여들었다. 외국에서 사 온 담배는 무지개빛에 금테를 두르고 있었다. 나비 브로치는 영롱하게 빛이 났고 남자들은 양주도 마셔 볼 수 있었다.

그렇게 처가 식구의 마음을 사로잡은 윤기는 장모 영숙에게 사업 자금을 부탁하였다. 아버지가 중견기업 회장인데 왜 아들 사업 자금을 대 주지 않냐 묻자, 그제야 아버지는 재혼하여 모든 실권을 새엄마가 갖고 있고 본인은 무일푼이라 여행 가이드를 하고 있다고 했다. 대학도 중퇴한 상태였다. 그의 거짓말은 사랑이라는 이유로 이해되었고, 사위를 측은히 여긴 영숙은 남편과 의논하여 큰 사업 자금을 대 주었다. 윤기는 그 돈으로 여행사를 차릴 수 있었다.

목동 아파트 개발로 소영은 넉넉한 평수의 아파트에 입주하고 쇼핑을 즐기는 주부가 되었다.

올림픽이 끝난 다음 해인 1989년 폴란드 인민공화국이 붕괴되고 그해 11월 독일 베를린 장벽이 붕괴되었다. 1991년 미국과 쌍벽을 이루던 최강 소련의 해체로 조지아, 우크라이나, 아르메니아, 아제르바이잔, 벨라루스, 카자흐스탄, 키르기스스탄, 몰도바, 타지키스탄, 투르크메니스탄, 우즈베키스탄 등 11개국이 소련으로부터의 독립을 선언했다.

갑식이 산 서초동 농지에 교대역이 들어선다는 정보에 그녀는 은행 대출을 받아 건물을 지어 올렸다. 사는 것은 여전히 힘겨웠다. 자식들은 겨우 밥만 먹였고 명절에 고향에 내려갈 돈이 없었다. 사람들이 내 집 마련하고 해외여행 다닐 때, 그녀는 다른 꿈을 키웠다. 건물이 올라가고 조금씩 월세를 받아 대출금을 갚아 나가며 그녀가 이번에 눈을 돌린 곳은 허허벌판 분당이었다.

분당은 개발제한구역으로 묘지가 많은 곳이었지만, 강남이 개발되고 포화 상태가 되고 나면 강남과 출퇴근 거리에 아파트가 들어서야 한다는 계획이 거론되기 시작했다. 갑식은 조용히 서초동의 땅을 더 사들여 건물을 짓고 분당 아파트 입주가 시작되던 때 아파트를 샀다.

그녀는 부동산 시장을 읽었고 낡은 옷과 싸구려 파마머리를 한 채 입도 떼지 않고 세월을 기다렸다. 월세는 들어왔지만 빚을 갚는 데 우선적으로 썼고, 생활은 오로지 남편의 월급으로만 버텼다. 아이들은 정육점에서 버린 기름 섞인 고기를 얻어다 김치찌개를 끓여 먹였고, 딸 정미와 선미는 피아노 학원을 보내 달라 졸랐지만 단칼에 거절했다. 막내아들 상준은 그나마 아들이라 유치원을 1년 보냈다.

1982년 지하철 2호선이 개통되고 복잡한 강북을 강남으로 분산시키기 위해 학교를 이전시켰다. 서울고, 경기고, 휘문고, 풍문고등 8학군이 형성되었다. 갑식의 땅은 천정부지로 올랐다. 그녀는 몇억, 몇십억에 머물지 않고 더 원대한 꿈을 키웠다.

지숙은 고등학교 동창들과 여행사를 하는 조카사위에게 부탁하여 하와이로 여행을 갔다. 중학교 동창들과는 호텔을 빌려 파티를 했다. 지숙의 화려한 외모와 상냥하고 밝은 말솜씨는 사교계에서 통했고 어딜 가나 지숙은 환대받았다.

기철이 참석하는 각종 부부 동반 모임에서도 지숙은 돋보였다. 요리 학원에서 과일 깎는 법을 배워 손님들이 집에 오면 고급 술집 못지않게 과일과 안주를 내었다. 지숙 또래의 40년대생들은 집안일로 손마디가 굵고 피부가 거친 여자들이 많았지만 지숙은 미장원, 마사지샵을 좋아했고 집안일을 하지 않아 손마디가 고왔다.

교수 월급은 부족하지 않았고 남편 기철이 교수가 된 데에는 자신이 직장을 다니며 뒷바라지를 한 공이 있다는 생각에 지숙은 당당했다. 큰 가난을 모르고 자라기도 했거니와 천성도 유순하고 누구든 잘 믿었다. 힘들 때마다 친정 엄마, 친정 오빠가 도왔으니 의심이 없고 인간에 대한 사랑과 믿음이 깊었다.

허례허식적인 낭비는 하지 않았지만 씀씀이가 풍족했다. 일하러 오는 파출부에게 돈을 줄 때, 과일이나 고기를 살 때 물건값을 절대 깎지 않고 항상 돈을 조금 더 얹어 주었다. 지숙이 어렸을 때 양반들은 일을 하지 않았고, 먹을 것이 부족한 사람들이 노동품을 팔았다. 그래서 월급이 아닌 '품삯'을 줄 때는 항상 넉넉히 주라고 배워 왔다.

80년대 장사치들은 부를 축적했으나 일을 하는 동안 거칠어진 손을 돌보지는 않았다. 지숙의 눈에는 그들의 형편이 어려운 것으로 비쳤지만, 장사하는 사람들의 형편은 월급쟁이보다 실상 나았다. 고급 아파트를 지닌 사람들도 많았다. 일부는 강남으로 이사를 가기도 했으나 공부를 시키는 법까지는 알지 못하였다. 그래서 가방끈이 짧은 돈 많은 부모들과 가난하지만 좋은 대학을 다니는 학생 사이에 '과외'라는 수요 공급의 끈이 잘 형성되었다.

공부를 좋아하던 기철도 이재에 밝지 못했다. 기철이 배운 것은 지숙과는 좀 다른 '절약'뿐이었다. 많은 사람들이 강남 개발에 관심을 가질 때 직장 가까운 강북을 떠날 이유가 없었다. 마당이 있는 빌라에서 이웃들과 가족처럼 지냈다.

지숙의 친구 말숙이 목동 아파트 분양을 받아 입주하며 지숙에게 같이 가자고 권하였지만 지숙은 가지 않았다.

"자본주의 사회 아니니? 아파트로 가기만 하면 돈을 번다니까."

"아파트값이 오른들 계속 거기서 사는데 올라서 뭐 하는데?"

"아파트 팔고 다른 데로 이사 가면 되지."

"그 다른 데도 비쌀 거 아냐."

"서울은 아직 개발 안 된 곳이 대부분이라 이사만 잘 다니면 돈을 번다니까.”

“돈을 벌라고 막 여기저기 이사를 다니라고?”

“그래, 이사만 잘 다니면 돈을 번다고.”

“그럼 이웃들은 어쩌고. 이사 갈 때마다 낯선 사람들이랑… 무슨 유목민도 아니고.”

“자본주의에서는 돈이 친구도 만든다. 돈 없으면 인간관계도 없는 거야.”

“민주주의지 무슨 자본주의가.”

“우리나라가 민주 자본주의 아니가.”

“자본주의가 뭔데.”

“돈이 돈을 버는 사회 아니가.”

“일해서 돈 버는 게 아니고 돈이 돈을 번다고?”

“그래. 종잣돈을 가지고 돈을 불리는 거다.”

“무슨 말인지 모르겠다. 돈은 월급 받아 버는 거 아니가.”

“월급 받아 어느 세월에 돈을 버노. 돈은 투자라는 걸 해야 버는 기다.”

이야기에 열을 올린 말숙과 지숙은 어느새 고향 사투리로 이야기를 나누고 있었다.

“월급 받아 애들 먹이고 가르치고 나면 남는 것도 없는데 어떻게 투자를 하는데.”

“허리띠를 졸라야지. 몇 년 아껴가 쫌만 참으면 그 돈이 몇

배, 아니 몇십 배가 된다고."

"니는 해서 부자 돼라. 나는 자식들 잘 먹이고 잘 가르치는 게 돈보다 중하다."

"니는 남편이 벌어다 주니 아숩지가 않아 그런다. 나같이 배운 거 없으면 바짝 투자해서 먹고살 거 모아야 한다. 나라가 유럽처럼 노후를 보장해 주나. 아프면 죽어야 한다."

"유럽은 노후를 보장해 준다고?"

"그렇다 카대."

"어떻게 해 주는데?"

"일 못 하면 나라에서 돈을 준다 카대."

"와… 신기하네. 그러면 누가 일을 하나?"

"그래도 다 한다 카대."

"왜 일을 하는데?"

"일을 하면 돈을 쪼매 더 준다 하네."

"나라는 어디서 그래 돈이 나는데?"

"모른다. 천연자원이 많아 판다 카더라."

"없는 사람들도 먹고산다는 게 꿈같은 소리다."

"복지 국가라 카더라. 우리나라도 그렇게 될 거라 한다."

"어느 세월에. 김일성이 쳐들어 내려올지 말지 지금 평화의 댐을 짓는 마당에."

"쉽게 못 쳐들어온다. 미국이 있는데."

"북한은 핵이 있다."

"핵 터뜨리면 우리만 죽나. 지도 죽지. 핵 터질 때 터지더라도 난 아파트는 사야겠다. 니는 안 살 거지? 후회 안 하겠나?"

"사고야 싶지. 근데 이사 다니면 애들 학교도 글코 콘크리트 속에 들어가자고 허리띠 조르고 싶지도 않다."

"알았다, 그럼. 내중에 보자."

1983년 6월 30일, KBS 이산가족 찾기 생방송이 시작되었다. 11월 14일까지 138일 동안 453시간 45분 《이산가족 찾기 특별 생방송》을 하였다. 10만여 명이 신청해 5만 3,536명이 출연, 1만 189명이 상봉했다.

기철 가족도 눈물을 흘리며 함께 시청했다. 그것을 '생이별'이라 불렀다. 만날 수 없는 가족을 지닌다는 것은 묵직한 돌을 안고 사는 것이었다. 사람들은 때론 공감하며 눈물을 흘리지만, 또한 각자의 길을 걸어 나아가야 했다.

기철은 주말이면 아이들을 데리고 교보문고를 찾았다. 어린이 도서 코너에 아이들을 내려놓고 시내에 사람들을 만나러 나갔다. 가희는 책에 빠져들었고, 나희는 한두 권 읽다가 언니 주변을 빙빙 돌다가 또 책을 보며 아빠를 기다렸다. 기철이 돌아오면 나희는 팔딱팔딱 뛰며 좋아했다. 다음 순서를 알기 때문이다. 바로 소프트아이스크림 기계 앞이다.

당시 가게에서 파는 아이스크림이 50원이었는데, 교보문고에서 파는 아이스크림은 700원이었다. 가격도 가격이지만 어디에서도 팔고 있지 않았다. 아이스크림 파는 시간이 오면 사람들이 줄을 섰다. 교보문고는 새 책을 서서 아무리 읽어도 뭐라 하지 않는 유일한 서점이었다. 그것은 아마도 신용호 회장[19]의 철학 덕분이었다.

나희는 소프트아이스크림이 없었다면 교보문고에 가는 것이 신나지는 않았을 것이다. 나희에게 책은 곧 달콤한 아이스크림이었다. 가희는 바닐라 맛, 나희는 딸기 맛.

지숙은 교육보험을 들었다. 하루 담배 한 갑의 돈으로 자녀를 대학에 보낼 수 있다는 메시지는 많은 국민들의 가슴에 희망을 불러일으켰다. 공부를 하면 우리도 잘살 수 있다. 지긋지긋한

19 신용호 회장은 다섯 가지 지침을 정해 매장 직원들에게 알리고 이를 실천하도록 했다. 다섯 가지 지침은 ▲모든 고객에게 친절하고 초등학생에게도 존댓말을 쓸 것 ▲한곳에 오래 서서 책을 읽어도 그냥 둘 것 ▲책을 이것저것 보고 사지 않더라도 눈총 주지 말 것 ▲책을 노트에 베끼더라도 그냥 둘 것 ▲ 책을 훔쳐 가더라도 망신 주지 말고 눈에 띄지 않는 곳에서 좋은 말로 타이를 것. 여기에는 청소년들이 책을 통해 큰 그릇이 되고 국가와 인류에 공헌하기를 바라는 신용호의 소망이 담겨 있다. 5대 지침은 지금도 교보문고의 운영 방침으로 이어지고 있다. (출처: 인사이트코리아)

가난을 벗어나 저 미국 같은 나라가 될 수도 있다는 꿈이었다. 세계 최초의 교육보험을 신 회장이 만든 것이다.

그러나 아이러니하게도 보험을 만료일까지 넣은 사람은 드물었다. 대부분 큰 희망으로 시작해 짧게는 몇 달, 길게는 몇 년 보험료를 납부하다가 병원비로, 수해를 입어서, 친척한테 돈을 떼여서, 더 이상 벌이가 없어서 등등 수백 가지 이유로 원금 손실 후 해약을 했다.

지숙 역시 만기일을 앞두고 기철의 박사 과정 등록금을 내기 위해 아이들 교육보험을 해지한다. 그러나 지숙은 교육보험이라는 것을 들어 봤다는 경험만으로도 충분히 뿌듯해했다. 보험을 든다는 것은 금융상식이 있어 보이고 서울 사람 같고 복잡한 서류에 도장을 찍는 근사한 일이었기 때문이다.

'사람은 책을 만들고 책은 사람을 만든다'는 경구가 1981년 교보문고를 열면서 서점 입구에 큰 글씨로 새겨진다. 기철은 늘 광화문을 지나다니며 큰 돌에 새겨진 그 글을 읽다가 어느 날 신 회장에게 편지를 한 통 보낸다.

"회장님, 사람이 책을 만드는 것은 맞지만 책은 인간(人間)을 만듭니다. 사람은 저 혼자서도 사람이지만 인간은 사람의 사이, 타인과의 관계에 있는 사람을 말합니다. 사람은 타인과의 관계 속에서 무엇인가 옳은 것을 향해 지향해 나아가고 협력해

가는 인식을 책을 통해 배우게 됩니다."

얼마 후 기철은 부회장인 신창재로부터 연락을 받는다.

"좋은 말씀 감사합니다. 저희 아버지가 편찮으셔서 일본에 치료차 가셔서 제가 대신 연락드립니다. 저희 서점에 관심을 가져 주신 감사의 뜻으로 박기철 선생님께서 원하시는 만큼 교보에서 출판된 책을 모두 가져가실 수 있도록 책 목록을 보내 드립니다. 교보문고 사무실에 가시면 최 부장님을 찾아 주세요."

기철은 백여 권의 책을 표시하여 최 부장에게 보냈고, 다시 얼마 후 기철의 연구실로 책이 도착하였다. 신 회장은 이미 대기업 회장이었지만 일개 시민의 작은 말에도 귀 기울일 줄 아는 사람이었다. 그리고 책 장사꾼이 아니라 한국에 세련된 책 문화의 씨앗을 뿌린 사람이었다.

전두환 대통령 다음으로 노태우 대통령이 후보로 나왔다. 동네 아주머니들은 노태우 후보의 인물이 좋고 '보통 사람'이라는 구호를 마음에 들어 했다. 한 나라의 대통령으로 키도 작지 않고 머리숱도 있는 것이 외국에 나가도 부끄럽지 않을 뿐 아니라 미소 짓는 모습이 부드럽다고 했다.

1988년 7월 1일부터 40세 이상만 갈 수 있는 해외여행도 30세 이상으로 낮추어졌다. 종업원 16명 이상의 사업장에 적용됐던 직장의료보험 당연적용 범위가 근로자 5명 이상인 사업장에까지 확대된다. 쇠고기 수입도 한다고 한다. 고기도 좀 먹을 수 있고 아프면 병원도 갈 수 있고 여행도 갈 수 있는 시대가 열린 것이다.

보양식의 그늘

1981년, 정부가 농가 소득 증대 차원으로 수입을 권장하면서 국내 사육곰 사업이 시작됐다. 곰을 죽이지 않고 링거를 꽂아 '웅담'이라 불리는 쓸개즙을 채취하는 것이다. 곰은 철창에 갇힌 채 죽을 때까지 쓸개즙을 제공해야 했다. 웅담은 80년대 보약으로 알려지며 보양식으로 섭취되었다.

갑식의 남편 김종수는 오늘 동향 친구들과 보신 여행을 가기로 했다. 안양역까지 전철을 타고 가면 봉고차가 왔다. 그 봉고차를 타고 아는 사람만 갈 수 있는 산속 식당에 도착하면 보신탕과 함께 소주 컵에 웅담 0.5g이 담겨 나왔다. 화장이 짙은 주인아주머니가 옆에 앉아 농담을 건넨다. 중장년 남성들은 만병통치약을 먹은 기분에 취해 추가로 소주를 더 시킨다. 꼬리 없는 누렁개 한 마리가 어슬렁거린다.

"저 개새끼는 꼬리는 어디다 뒀대?"

종수가 묻는다.

"어휴 속상해. 어떤 새끼가 술 처먹고 개 꼬리를 잘라 먹었지 뭐예요."

"아니, 누구네 갠데?"

"모르죠. 동네 돌아다니다가 태어나서 알아서 크는 애들이니까."

"요즘 개를 집 안에서 키우는 사람도 있대."

"어휴~ 더러워라. 개새끼를 집 안에서 키워요?"

"외국에선 개가 친구래. 가족 수에 들어간대."

"뭔 그런 요상한 소리가 있대요?"

"저 녀석은 언제 잡아먹을 거야?"

"안 잡아먹어요. 밥 먹으러 자주 오는데 정들어요. 개는 그렇더라고요."

"놔두면 뭐 해. 다 크면 잡아먹지."

"난 개잡이는 싫어요."

"곰은 어떻게 키우고?"

"곰이야 우리 생업이니까 키우죠. 곰이 얼마나 많이 먹는 줄 알아요?"

"곰 웅담만 한 건 난 아직 못 먹어 봤어. 기력 회복엔 직방이더라구."

"자주 오세요, 사장님."

노예를 인간인 줄 몰랐던 것처럼 동물도 동물권이 있다는 것을 알아차리는 것도 학습이 되어야 했다. 우리나라에 '동물보호법'은 1991년에 법이 처음 만들어졌다. 그리고 정부는 2026년 1

월 1일부로 곰 사육을 종식하겠다고 선언했다.

마트에서 파는 애완동물인 기니피그도 안데스산맥의 페루와 볼리비아에서는 양식이다. 기니피그는 17세기 유럽에 도입되어 애완동물이 되었고 이후엔 과학 실험 대상이 되었다. 기니피그는 남아메리카 고지대 초원에 서식하는 설치류인 천축서과의 한 종인데 집 안을 자유롭게 돌아다닌다. 저녁 식사로 식탁에 오르기 전까지 말이다.

노새는 암말과 수탕나귀 사이에서 태어난 부자연스러운 짝에서 태어난 자식이다.[20] 노새는 힘이 좋고 짐을 끌기에 안정적인 발디딤 때문에 번식되어 미국 건설에 활용된다. 말과 당나귀는 저희들끼리는 번식을 하지 않는다. 또한 노새 자체는 번식을 하지 못한다. 모두 인간이 번식에 개입한다.

이처럼 인간은 늘 다소 이기적으로 살아왔다. 그리고 누군가가 '그 일을 그만두자'고 외치면 수십 년이 흐르면서 서서히 문화가 바뀐다. 실내동물원, 고래, 개 사육장 등 아직 해결해야 할 동물 문제는 산더미처럼 쌓여 있다. 인간과 인간의 행복한 공생도 서서히 풀려 가는 것처럼 인간과 동물도 그래야 할 것이다.

누군가는 개고기를 먹는 것과 소고기를 먹는 것이 무엇이 다르냐고 한다. 또 누군가는 개고기를 먹는 것은 야만적이라고

20 리처드 C.프랜시스, 『쉽게 쓴 후성유전학』, 시공사, p.165

한다. 다른 누군가는 육식을 아예 하지 않는다. 모두 똑같이 먹고 똑같이 살 필요는 없다. 하지만 한 국가는 같은 체제를 갖춘다. 법과 자유의 범위를 조절하여 배우고 따르고 필요하면 개혁하는 것은 인간이 살아 있는 동안 할 일이다.

그 시대 교사

1985년 4월 17일 고려대에서 전국학생총연합을 결성하고, 그 산하에 전위적 투쟁조직인 민족통일민주쟁취민중해방투쟁위원회(삼민투위)를 각 대학에 조직했다. 5월 23일 서울 지역 5개 대학의 학생 73명은 서울 미문화원 도서관에 "광주 학살 책임지고 미국은 공개 사죄하라" 등의 구호가 적힌 대자보를 창문에 붙이고 시위를 하였으나 20여 명이 구속되고 해산되었다. 80년대 학번 대학생들은 소명을 갖고 있었다. 그들이 가진 대학생이라는 신분이 앞으로 누릴 특권에 대해 혼자 독식해서는 안 된다는 젊은 의식이 있었다. 적어도 잠시는.

같은 해 소비에트연방은 미하일 고르바초프가 집권하면서 미소 냉전에 해빙의 조짐이 보인다. 그의 페레스트로이카정책은 소비에트연방(소련)뿐만 아니라 한국의 정치에도 영향을 미쳤다.

가희는 학교에서 상이란 상은 다 휩쓸었다. 반공 글짓기 대회에서 불쌍한 북한 어린이를 구해 주고 싶은 소망을 담은 글은 대상을 받았다. 나희도 반공 포스터 그리기 대회에서 붉은 악마 김일성을 묘사한 그림으로 상을 받았다. 아이들은 너나할 것 없이 포악한 인민군의 모습을 악마처럼, 도깨비처럼 그렸다. 아이들 사이에서 욕은 '김일성 같은 놈'이었다.

B고등학교 장학사가 오는 날이었다. 아침부터 3학년 7반 담임 강 선생은 마음이 분주했다. 70여 명의 남학생들은 오전 8시부터 자습을 시작했다. 강 선생은 몽둥이를 들고 돌아다니며 자는 학생들의 머리를 탁탁 때려 가며 깨웠다. 학생들은 잠과의 사투를 벌였다.

아이들을 모두 운동장에 줄 세웠다. 키 순서대로 매긴 번호순으로 줄을 섰다.

"야, 너 뒤로 가."

강 선생은 몽둥이로 1번, 2번, 3번의 가슴팍을 툭 쳤다. 학생들이 어리둥절 선생님을 쳐다보자 그가 말했다.

"키가 작아서 보기 안 좋아."

수철은 얼굴이 붉어졌다. 아이들이 뒤로 가는 키 작은 수철을 바라보았다. 한 친구가 슬쩍 발을 내밀어 수철은 발에 걸려 넘어졌다. 163㎝에서 멈춘 그의 키에 1번이라는 번호는 소년의 가슴에 주홍글씨[21] 같은 낙인이었다. 아무도 수철이라고 부르

21 『주홍 글씨(The Scarlet Letter)』는 미국의 소설이다. 미국 소설가 너새니얼 호손의 대표작으로, 1850년 발표되었다. 간음한 헤스터에게 A라는 붉은 낙인을 찍는다는 설정에서 붉은 낙인 '주홍 글씨'는 인간을 얽매는 굴레를 뜻한다. (출

지 않았다. 수철의 이름은 그저 '1번'이었다. 누구나 '야! 1번'이라고 불렀다.

수철이 영어 교과서를 안 가져온 날, 담임은 출석부로 그의 머리를 내리쳤다. 비틀거리자 정강이를 발로 걷어찼다. 훈육을 넘어선 폭력이 시작되었다. 잠을 자던 아이들도 수철이 맞는 것을 목도했다. 그날 수철은 유난히 많이 맞았다.

"공부도 못하는 새끼가 책도 안 가져와?"

강 선생은 육성회 할당을 못 채워 교장으로부터 힐책을 당한 분풀이를 했다. 한 반에 8명은 기본인데 6명밖에 못 채웠다. 육성회비를 내는 집 아이들은 단체 기합은 받았으나 벌을 가볍게 넘어가는 경우도 많았다.

아이들은 부당함을 느꼈으나 선생에 대한 원망보다는 가난에 대한 원망을 더 키웠다. 가난해서 받는 대접이 응당 이러한 것이라 생각했다. 집안 형편이 어려운 아이들은 더욱 함부로 대했다. 그 시절 많은 교사들은 학생들에게 애정을 가진 따뜻한 스승이었다. 단지 체벌 수위를 조절하지 못하거나 문명화된 교육관을 갖지 못한 교사들이 있었던 것도 사실이다.

1989년 5월 10일, 조선대 교지 「민주조선」 창간호의 북한동조

처: 위키백과)

논문 게재 사건과 관련하여 국가보안법 위반 혐의로 광주·전남 지역 공안합동수사부의 지명수배를 받아 오던 교지 편집위원장 이철규(전자공학과 4년)가 광주시 북구 청옥동 제4수원지 상류에서 변사체로 발견되었다.[22]

1989년, 독일의 통일을 상징하는 베를린 장벽이 무너지는 뉴스는 한국인들에게는 이중적인 감정이었다. 자본주의의 승리라는 자부심과 함께 '우리도 과연 통일이 될까?', 통일을 꿈꾸는 것 자체가 국가 반역이라는 두려움도 올라왔다. 이철규처럼 통일을 꿈꾸었던 자들은 종종 의문사로 사라지곤 했다. 그가 망원(網員)[23]이었든, 프락치(fraktsiya)[24]였든, 안타까운 민주열사였든 중요한 것은 진실이 밝혀져야 한다는 것이다. 진실을 드러내지 않으면 해결되는 것은 없다.

통일을 해야 하는 것인가 하지 말아야 하는 것인가에 대한 가치관에 대한 토론을 해 본 적이 있던가. '북한은 나쁘다' 이외에 배운 것은 없었다. 언론에서는 통일을 원치 않는 젊은이들의 인터뷰를 방송했다. 통일이 되면 가난해질 것이다. 이제껏 이룬 경

22 한국근현대사사전
23 망원(網員): [북한어] 간첩이나 특무 조직 따위의 비밀망에 속하여 있는 사람.
24 프락치(fraktsiya): [러시아어] 특수한 사명을 띠고 어떤 조직체나 분야에 들어가서 본래의 신분을 속이고 몰래 활동하는 사람.

제적 부를 가난한 북한 주민들과 나누기 싫다는 젊은이들의 생각은 언론에 보도되고, 통일을 염원하는 젊은이들은 사라졌다.

학교에서는 〈우리의 소원은 통일〉이라는 노래를 배웠다. 통일을 하되 그것은 먼 꿈같은 소원이라야 한다. 어떤 행동을 하는 것은 법에 저촉된다는 것이다. 아이들은 종종 길거리에서 삐라[25]로 불리는 전단을 발견하면 학교에 가져갔다. 담임 선생님은 칭찬을 해 주며 새 연필 한 자루씩을 주었다. 아이들은 전단을 발견하면 어디선가 간첩이 나타날 것만 같아 심장이 오그라들면서도 새 연필 한 자루를 얻을 생각에 신이 나서 팔짝팔짝 뛰었다.

무서운 간첩이 곳곳에 있으니 매일 저녁 6시 애국가가 울리면 국기를 향해 가슴에 손을 얹고 애국가를 부르는 것은 국가에 대한 충성심을 키워 주었다. 가희와 나희는 집에 아무도 없어도 애국가가 울리면 놀다가도 학교 태극기를 향해 가슴에 손을 얹고 노래가 끝날 때까지 겸허히 기다렸다.[26] 국가가 간첩으로부터 시민을 지켜 줄 것이다.

국가가 원하지 않는 일을 하면 소리 소문 없이 죽을 수도 있

25 삐라(bira): [일본어] 전단.

26 1971년 3월부터 1989년 1월까지 민간에서도 오후 6시(동절기에는 5시)가 되면 사이렌이 울리고, 행인들도 멈춰서 국기에 대한 경례를 하고 운전 중일 때는 정차하고 차에서 내려 차렷 자세를 취했다.

다. 제대로 된 정치교육은 할 수 없었다. 생각하는 교육은 국가 반역이었다. 학생을 매로 교육하는 것이 옳다고 믿었던 시대였기에 그 시대 교사들을 향해 누가 잘못했다고 말할 수 있을까. 압구정동에 올라가는 현대아파트 입주를 원한다면 입 다물고 공부나 하라는 소위 소몰이식 교육이었다. 성공의 상징은 얼마짜리 아파트에 사느냐는 것이었고, 그것은 행복을 수치화할 수 있는 논리였다. 압구정 방 7개짜리 아파트는 노력하면 진입할 수 있는 목표였다.

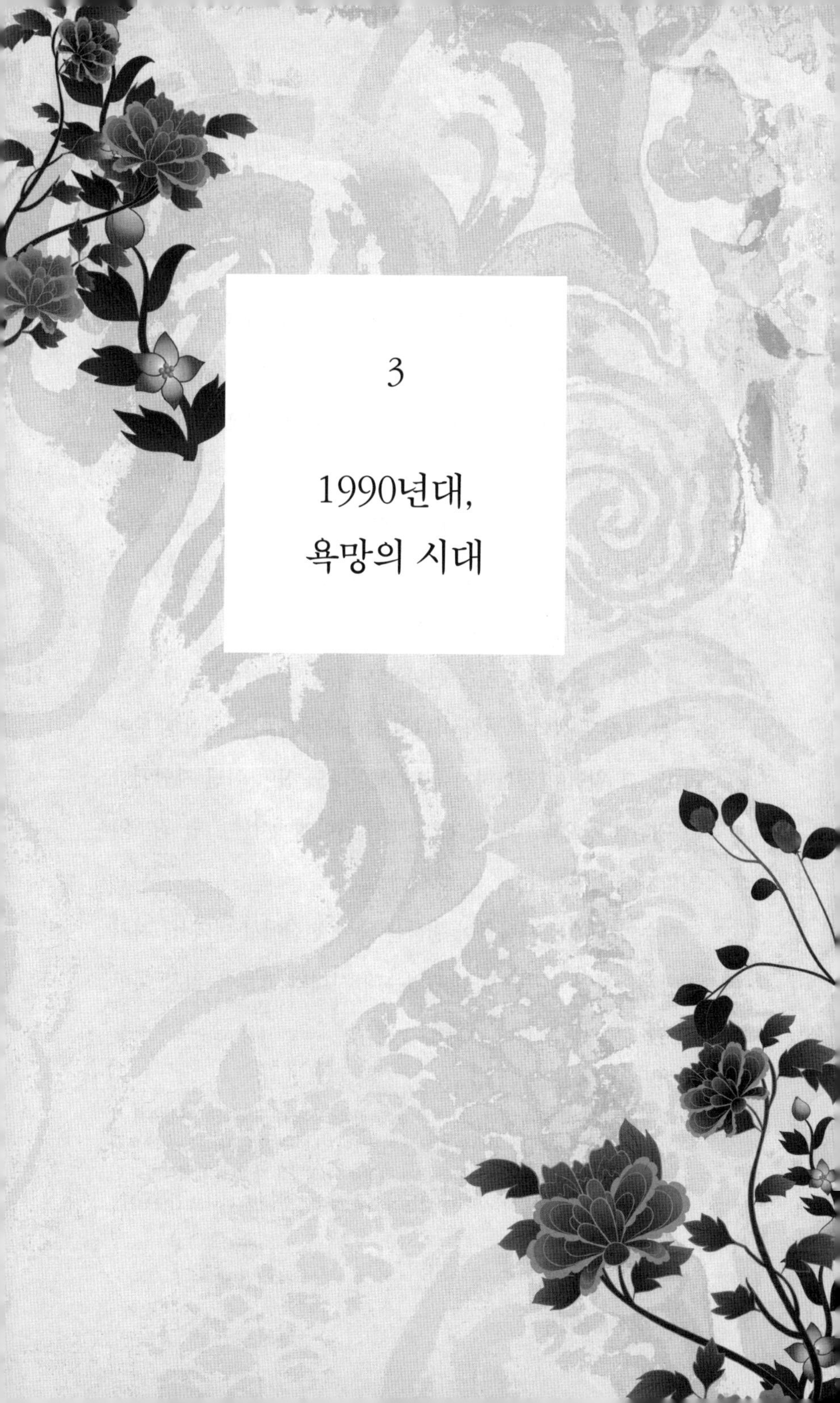

3

1990년대, 욕망의 시대

충돌과 공존

기수가 차린 출판사가 경영난으로 폐업을 하게 되자, 기수는 조상 중 묘를 제대로 모시지 못해 벌어진 일이라 장담하였다. 친척들로부터 십시일반 돈을 걷어 묘를 이장하기로 한다. 몇몇 친척들은 투덜거리면서 돈을 냈고 몇몇은 집안의 어른이 하자는 일이니 따르는 것이 맞다고 하였다. 기수는 휫손[1]이 부족하여 사업이 흥하지 못하였으나 보스 욕구는 강하여 그 욕구가 집안 내부로 향하였다.

나일강이 범람하는 것을 신의 분노라고 모두가 여길 때 탈레스[2]는 그것은 신의 분노가 아니라 강바닥에서 이는 바람 때문이라며, 그 원인이 정확하지 않다 하더라도 신이 아닌 자연에서 그 원인을 찾으려 시도했다. 그래서 철학계에서는 그를 최초의 철학자라고 말한다.

기수의 실패는 사람들이 원하는 책이 전집에서 번역서, 자기계발서, 경영서 등으로 바뀌었는데 시대의 흐름을 읽지 못한

1 휫손: 남을 휘어잡아 잘 부리는 솜씨.

2 탈레스(Tales): 고대 그리스의 철학자, 과학자, 수학자 및 철학적 사상가로 약 624년경에서 546년경 사이에 활동한 인물. 이오니아학파(Ionian School)의 핵심 인물 중 하나로, 철학과 과학의 초기 발전에 큰 영향을 끼쳤다. 과학적이고 합리적인 방식으로 세상을 이해하려는 노력을 시작한 인물 중 하나로 간주된다.

탓이었다. 그는 실패의 원인을 경영 분석으로 이어 나가지 않고 조상을 모시는 일에 대한 소홀함으로 그 원인을 찾았다. 기수만 그런 것은 아니었다. 나이 든 사람들은 몽니[3]를 부리지만 그 권위가 빠른 속도로 사라지고 있었다. 기성세대의 성실함으로 일군 경제력에 대한 자부심과 자녀 세대와의 갈등도 컸다.

기수는 아들 성현을 잃은 것은 슬픔으로 내색하지 않았다. 1950년대 집집마다 아들 하나 안 잃어 본 집이 있던가. 자식이 죽어도 남은 가족을 부양하는 것이 가장의 역할이었다. 그래서 가장은 슬픔도 기쁨도 표현하지 않았다.

그리고 정리되지 않은 분노를 표현할 수 있는 공식적인 명분은 '제사'였다. '제사'에 그가 가족, 친척, 자손들을 모을 수 있는 역량을 가진 것. 그것이 그가 잘 살고 있다는 안정감을 찾는 통로였다. 국가도 불안했고 삶도 불안했고 내일도 불안했다. 그 불안감을 잠재우는 것은 조상에 대한 정성스러운 제사였다.

그 제사 음식을 준비하는 것은 모두 아내 정자의 몫이었다. 정자는 아비 없는 자식을 만들지 않겠다는 신념이 누구보다 강한 여성이었다. 그녀는 생계를 위해 고된 식당 일을 마치고 와서도 남편 기수의 비위를 맞추었다.

3 몽니: 받고자 하는 대우를 받지 못할 때 내는 심술.

11월 9일, 성주는 차가 막혀 제사에 늦었다. 제사는 저녁 9시에 시작되는데 성주는 9시에서 20분이 지난 시간에 겨우 도착하였다. 방 안에는 향 냄새가 그득했다. 쌓아 올린 전과 산적에는 향 냄새가 배어들었다.

기수는 정자관(程子冠)을 쓰고 도포를 두른 채로 아들을 기다리고 있었다. 그의 마음에 나일강의 범람과 같은 분노가 일었다. 그것은 신의 뜻은 아니었지만 누구도 그의 분노의 이유를 알 수 없었다. '심리 상담'이라는 것은 돈 많은 서양 사람들이 하는 것이라 생각했다.

"성현이였다면 제사에 절대 안 늦는다."

해선 안 될 말이었다. 가족이라 해도 아무 말이나 하면 안 된다. 가족이기 때문에 더욱 소중히 말을 가려서 해야 했다. 기수는 성현에 대한 그리움을 그렇게밖에 표현하지 못했다. 살아남은 성주는 문을 박차고 나가 버렸다.

"저… 저… 저 자식이…."

기수는 성현의 뒷모습을 향해 소리를 질렀다.

"당장 네놈을 호적에서 파 버릴 것이야!"

정자는 속으로 기도했다.

"병든 자를 굽어살피소서. 불쌍한 자를 굽어살피소서."

아버지는 사회에서뿐만 아니라 가정에서도 불편한 존재였다.

젊은이들이 특별히 변한 것이 아니라 전자제품과 기술의 보급으로 생활 패턴이 변하고 서양 사회에서 배운 학문과 생활양식이 한국의 기존 문화와 부딪히고 있다는 분석도 있었지만, 사실 이러한 분석은 한국의 기존 문화에 대한 폄하이다. 한국의 고유 문화는 가부장적이긴 해도 폭력적이지 않았다. 한국전쟁이 남긴 트라우마가 가부장적인 사고방식 위에 겹쳐 수많은 가정 내 폭력을 낳았다.

아버지들은 때로 가족들에게 고기 한 번 사 주는 것으로 미안함을 표현했지만 일반적으로 자녀, 특히 아들 그중에서도 장남에 대한 사랑만큼은 군사 문화와 흡사했다. 젊은 세대들은 서양 영화를 통해 '친구 같은 부모 자식' 간의 관계나 여유로운 미소의 노인들을 접하게 되자 서구 문화에 대한 동경이 커졌다.

국내에도 프로이트(Sigismund Schlomo Freud)[4]에 대한 관심이 높아진다. 인간은 '미쳤다', '안 미쳤다'로 나누어지지 않고 보다

4 인간은 왜 행복하지 못할까. 프로이트에 따르면 우리가 우리 마음의 주인이 아니기 때문이다. 우리 행동의 뿌리는 무의식이다. 인간의 행동에서 무의식이 중심적인 역할을 한다. 일상생활에서 우리의 경험 · 행동 · 생각을 결정하는 것은 의식적인 합리성이 아니라 무의식에 담겨 있는 에로스 · 타나토스 같은 비합리적인 힘들이다. 하지만 무의식을 이해하고 통제하는 게 가능하다. 정신분석을 통해서다. '정신분석의 아버지'인 프로이트는 20세기에서 가장 큰 영향력을 미친 사람이다. 20세기는 '프로이트의 세기'라 불린다. 그는 예수 · 마르크스 · 아인슈타인과 더불어 세계사를 바꾼 '4대 유대인'이다. (김환영 중앙일보 심의실장 겸 논설위원)

세세한 병이 있는데 그것은 약물과 상담으로 나아질 수 있다는 인식이 자리 잡았다. 그것은 사람을 '나쁘게' 바라보는 시각을 '병리학'적으로 이해하려는 전환이었다.

수렵 시대에는 능력이 중요하지만, 농경 시대에는 성실함이 중요하다. 농경 사회에서는 가족 중 윗사람에게 모르는 것을 물어보았지만, 산업 사회에서는 전문가에게 물어본다. 그리고 AI 시대에는 인터넷으로 찾아보면 그만이다. 어떤 일에 대한 원인을 정확히 찾는 일은 매우 중요하다. 우후죽순 모든 일을 부처님이나 하느님 혹은 조상님에게 돌리면 문제가 해결되지 않는다.

한국의 종교는 유난히 기복신앙의 형태와 결합되어 있다. 유럽에서는 전쟁과 잔혹한 역사를 가진 기독교가 르네상스를 거쳐 종교 본연의 의미를 되찾았으나 한국은 아랍과는 또 다른 독특한 종교 문화를 가졌다. 어쩌면 종교에 있어서는 어느 나라보다도 똘레랑스(관용, tolérance)[5]를 갖고 있는지도 모르겠다. 기독교, 불교, 천주교, 유교 외에 여러 종교가 모두 활발히 역

5 관용은 특히 다른 사람에게 해를 끼치지 않는 경우 자신과 다른 행동, 의견, 신념 또는 관행을 받아들이거나 용납하려는 의지를 설명하는 데 사용되는 용어이다. 가치관이나 문화, 관점에 근본적인 차이가 있더라도 다양성을 존중하고 공존할 수 있는 능력이다.

동적인 포교 활동을 하고 있으니 말이다.

1937년생인 기수가 보낸 젊은 시절은 백가쟁명(百家爭鳴)[6]의 시대였다. 그것은 온갖 사상이 자유롭게 넘쳐나는 르네상스와 달리 자신의 생각과 맞지 않으면 '불온(不穩)'이라는 딱지를 붙여 마구 탄압이 가능했다. 또한 충돌이 싫어 '침묵'으로 일관하는 자들도 있었다.

서양 사상이 일본을 통해 들어왔고 서양이란 또 다른 나라를 지배했던 나라이니, 기수와 같은 세대들에게 서양이란 일본과 다를 바 없는 곳이었다. 그가 고유성과 주체성을 지키는 방법으로 '제사'를 중시 여기는 이유이다. 권력이 없는 사상은 짓밟힌다. 그러니 제사 그 자체의 의미보다 중한 것은 제사를 지낼 수 있는 집안 내의 권위인 것이다.

1922년 12월 30일에 건국된 소련은 건국 69주년을 4일 앞둔 1991년 12월 26일 붕괴하였다. 소련이 무너지면서 소련으로부터 독립한 국가들은 새롭게 국제 사회에 등장하였다. 미국에 대적하던 초강국 소련이 라트비아, 아르메니아 등 어려운 여러 이름으로 나누어졌다. 소련이 해체되면서 공산진영 또한 막을 내리며 20세기 후

6 백가쟁명(百家爭鳴): ① 많은 학자, 문인 등 지식층의 활발한 논쟁. ② 여러 사람이 서로 자기주장을 내세움. (출처: 한자성어 · 고사명언구사전)

반 자본주의와 공산주의 세력이 이념적으로 대립하던 냉전 시대가 공식적으로 완전히 막을 내렸다.

대한민국과 북한은 각각 UN에 가입하였다. 즉, 1991년은 휴전 상태에서 각각 독립국처럼 변모한 해이기도 하다. 젊은이들의 통일에 대한 열망도 함께 줄어들었다. 소련의 해체는 공산주의의 실패를 뜻했고, 이제 대한민국의 젊은이들은 북한과 선을 긋고 싶어 했다. 대학가에서는 민족해방이니 통일전선이니 하는 말 대신 토익과 토플 광고지가 나부꼈다.

우리 사회의 정치적 · 문화적 변화는 다양한 가치관을 가진 사람들과의 공존이었다.

스마일슈퍼 딸 미숙이 잦은 기침으로 약국에서 기침약만 먹고 지내다가 피를 토하기 시작했다. 병원에 가야 하는데 병원비가 엄두가 나지 않았다. 스마일슈퍼 댁은 지숙을 찾아가 의료보험 카드를 빌려 달라 했다. 지숙은 종이로 된 의료보험증을 내어 주었다. 동네에 의료보험증 있는 집은 몇 안 되었다. 의료보험증을 가진 집은 아파도 병원에 갈 수 있는 집이었다. 미숙을 가희로 가장하여 진료를 받았다. 그 후로도 아픈 적 없는 가희 대신 미숙은 의료보험증을 자주 빌려 몇 년간 사용하여 완쾌되었다.

1991년 5월 11일, 기철네 가족은 텔레비전 앞에 모여 앉아 미스코리아 선발대회를 시청했다. 전국 각지에 미인들이 모여 파란색 수영복과 사자 머리를 하고 미소 짓고 있는 모습은 시청자들의 눈을 사로잡았다. 딸이 있는 부모라면 슬며시 자기 딸도 '혹시 미스코리아를…' 하며 바라보다가 쌍꺼풀 없는 눈과 납작한 코를 보며 '공부를 열심히 시켜야겠다'고 다짐하곤 했다. 최종 후보 2명이 남아 누가 진(眞)이 될지 사회자가 시간을 끌며 인터뷰를 할 때면 기철도 지숙도 가희도 나희도 서로 '이영현이 진이지', '아니야, 염정아야' 하며 아웅다웅 내기를 했다.

초등학생 여자아이들은 미스코리아 놀이를 하고 놀았다. 띠 하나를 두르고 멋진 포즈로 걸어 다니기도 하고, 서로의 머리를 땋았다가 풀어 곱슬머리로 만들기도 했다. 고등학생이라 하더라도 미스코리아 선발대회만은 꼭 시청하였다. 그리고 뽑힌 후보는 MC로, 리포터로, 방송인으로 종횡무진 활동하였고 대중들은 그 행보를 뒤쫓아갔다.

저렇게 예쁜 여자들은 어떤 삶을 살게 될까. 콩나물값도 안 깎고 멋진 자가용을 타고 다니겠지. 아줌마 파마 대신 고급스러운 헤어스타일을 유지하겠지. 슬리퍼 대신 굽 높은 구두를 신고 다니겠지. 예쁜 여자의 삶을 상상하는 주부들은 미스코리아의 일거수일투족에 관심을 가졌고 기업은 광고를 통해 그녀들이 쓰는 화장품, 입는 옷, 가는 곳, 사는 물건들을 홍보했다.

'미스코리아 선발대회'는 단순한 재밋거리를 넘어 예쁜 여자는 행복하게 산다는 공식을 만들어 냈고 아무도 의심하지 않았다. 1957년부터 2001년까지 예쁜 여자가 만들어 낸 환상은 대한민국의 역사와 함께했다. 성형수술이 발달하고 미의 기준이 다양화되면서 2002년부터 미스코리아 선발대회는 케이블 텔레비전으로 옮겨 가고 그 관심도 낮아졌으나 80~90년대 미스코리아대회의 인기는 대단했다.

국제 무대에 나가야 하는 후보들로서는 미의 기준이 점차 서구적으로 맞춰질 수밖에 없었다. 전 국민에게 외모의 아름다움은 곧 서구적인 것이라는 이미지가 스며들었다. 유럽에서 예쁜 여자는 모델뿐만 아니라 본인이 원하는 다양한 직업을 가졌지만, 한국에서 예쁜 여자가 누릴 수 있는 것은 직업뿐만 아니라 돈 많은 남자와의 결혼까지 이어진다는 환상이 병행했다. 실제 미스코리아 출신 여자들은 동화 속 신데렐라를 현실로 보여 주는 표본이기도 했다.[7]

한국의 페미니스트들은 여성의 삶이 결혼에서 마무리되는 것

7 과거 세리미용실과 마샬미용실은 1980년대 후반부터 1990년대까지 미스코리아 미용실의 양대산맥으로 유명했다. 기존에 마샬이 패권을 가지던 상황에서 1988년 미스코리아 진 김성령을 세리가 배출하면서 라이벌로 떠올랐고, 분노한 마샬의 원장이 다음 해 고등학생 고현정을 발굴하였다. 당시 1989년 진 오현경과 선 고현정의 대결이 유명했다고 한다. 당시 미용실 원장끼리 누가 더 자기 미스코리아 머리를 크게 키우나 경쟁을 했다고도 알려져 있다. (출처: 나무위키)

에 반발하였다. 결혼 이후의 삶엔 자물쇠가 채워졌다. 결혼 전 현대적인 삶은 결혼 후 근대적인 삶이 되었지만, 여성도 남성도 어디서부터 잘못되었는지 알지 못했다. 결혼은 두 남녀의 만남에서 시작되는 것이 아니라 다시 부모님 세대와의 결합이기 때문에 새로운 문화를 만들어 내는 것은 불효였다.

기철의 친구 신가의 아내 석이댁은 미영, 은영, 수영 딸 셋을 낳았다. 셋째 딸을 낳고 나서는 몸조리도 못 하고 부엌에 가 소금 주먹밥을 만들어 먹었다. 시어머니는 부지깽이를 들고 며느리를 매질했고, 넷째를 임신했을 때는 병원에 가 태아 성별을 감별하였다. 불법이었지만 '예쁘네요'라고 하면 딸이라는 뜻이고 '건강하네요'라고 하면 아들이라는 뜻이었다.

석이댁은 수영을 낳고 두 명을 임신 중절 수술을 하고 나서야 아들 영석을 낳았다. 석이댁은 자신의 몸을 보호하고 낙태를 거절할 수 있는 권리가 없었고, 거절할 수 있다는 것을 배운 적도 본 적도 없었다. 여자가 시집을 가 아들을 낳는 것은 그녀가 꼭 해야 할 일이었고 마침내 본분을 다한 그녀 자신조차 만족해 했다. 이제 집안의 밭떼기를 물려줄 아들이 생긴 것이다.

서울에 최루탄 냄새가 매캐하여 시민들은 손수건으로 코를 틀어막고 다녔다. 수영의 담임 선생님 정문수가 해고되었다. 학교는 술렁였고 학생들은 잘 모르지만 선생님이 무엇인가 옳은 일을 향해 항변하다가 쫓겨난 것으로 짐작하였다. 남은 선생님들은 입시를 향해 더욱 아이들을 닦달하였고 한 반 60명 중 상위 5명은 따로 특별하게 심화반을 만들어 공부시켰다. 하위 20명은 '공순이'라고 불렸다.

수영의 반 반장 혜수가 죽었다. 학교 건물 옥상에서 뛰어내린 것이다. 경찰이 다녀갔는데, 성적 비관이라고 지역 신문에 자그맣게 한 번 기사가 실리고 끝났다. 반 아이들이 울먹였으나 학교에서는 아이들에게 기자들이 무엇을 물어도 함구하도록 했다. 혜수의 죽음이 성적 비관이라는 것에 아이들은 믿을 수가 없었다. 전교 1등으로 서울에 있는 대학으로 갈 거라고 좋아하던 혜수였다.

1991년 불법이었던 과외가 합법화되었다. 지방에서는 서울대, 고려대, 연세대 학생을 과외 선생님으로 구하기가 어려웠다. 과외비는 부르는 게 값이었다. 전교조(전국교직원노동조합 全國敎職員勞動組合) 출신 교사 중 일부는 대치동에서 학원을 시작하였다.

태풍 글래디스가 불어 수영은 우산도 포기하고 비를 맞으며 친구들과 깔깔거리며 집까지 걸어왔다. 태풍으로 차도 움직일 수가 없어 사람들은 모두 버스에서 내려 무릎까지 차오르는 빗속을 첨벙첨벙 걸어갔다.

SBS 방송국이 개국하여 음악 프로그램과 코미디 프로그램을 많이 방송하였다. 타 방송국에서 잘나가는 연예인도 이적을 했다. 갈아타기를 한 연예인에 대해 곱지 않은 시선도 있었다. 오락 프로그램은 일본 방송을 많이 참조하는 풍토여서 방송 작가들 중에 더러 일본어 학원을 다니기도 했다. 뉴스를 8시에 시작한 것도 국민의 루틴을 흔들었다. 방송국 채널이 하나 더 생겼다는 것은 획기적인 일이었다. SBS를 볼 때면 괜스레 MBC와 KBS에 미안해지기도 했다.

가희는 서울대생으로부터 수학 과외를 받았는데, 지숙은 과외비를 벌기 위해 공장에서 어떤 기계의 부속품인지 모르는 쇳조각을 몇백 개씩 가져와 조각에 붙어 있는 비닐을 떼었다. 개당 10원이라고 하였다. 그렇게 하루에 몇 시간씩 떼면 한 달에 40만 원을 벌었다. 가희의 수학 과외비는 일주일에 한 번 2시간이었지만 90만 원이었다.

1991년 진주댁이 지숙의 아버지 정근모의 사망 소식을 전한다. 지숙은 오빠 승구, 민구, 준구, 언니, 명자, 영숙과 통화하여 경주로 내려간다. 준구의 차에는 준구의 처 송희숙, 남편 기철과 둘째 딸 나희가 함께 탔다. 가희는 고3이라 데려가지 않았다.

진주댁은 마루에 서서 '에고 에고' 곡을 했고 진주댁이 쉴 때는 둘째 아들 민구의 처가 곡을 했다. 나희는 울지도 않으면서 슬픈 소리를 내는 것이 매미 같아 웃기기도 하고 슬프기도 하였다. 지숙은 가장 깊은 슬픔으로 울며 애도하였다. 근모는 평생을 온화하게 자식들 한 번 나무라지 않고 큰소리 내지 않고 미소만 짓다가 세상을 떠났다.

명자와 영숙은 어머니를 도와 집안일을 하고 승구는 집안의 장남 역할을 하였다. 민구는 동생 공부시키느라 대학 진학을 못 하고 형과 함께 동생 뒷바라지를 하였다. 막내 지숙은 아빠 옆에 앉아 고래고기며 문어, 상어고기 등을 먹고 자라 어려운 시기를 모르고 지냈다. 아버지에 대한 애정과 사랑이 큰 만큼 슬픔도 컸다.

장례가 끝나고 형제들은 진주댁의 거처를 논의하였다. 며느리들은 시어머니도 아닌 새시어머니를 모시는 것을 부담스러워 했다. 명자와 영숙도 어머니도 아닌 분을 모시는 것은 불편하다고 했다.

사촌 갑식이 말을 꺼냈다.

"작은아버지 땅이랑 집은 어떡할 기고? 요즘은 딸도 물려받는다 카더라. 법이 그렇다대."

이에 갑식 남편 종수도 "진주 어무이는 아직 젊어서 당분간 혼자 계실라 안 하겠나."라며 의견을 내었다.

"딸이 무슨 재산을 물려받노. 상놈도 아니고. 제사 지낼 아들이 물려받는 기지.”

“배우자도 물려받는다 카던데.”

“어무이가 물려받아 뭐 하노. 아들이 모셔야 할 긴데.”

“우린 법대로 하는 상놈 집안이 아니지.”

“하모, 양반은 장남이 물려받는 기지.”

가족들 모두 의견은 장남 승구가 상속을 받고 진주댁도 모시는 쪽으로 기울었다.

“나는 진주 어머니는 못 모셔요.”

승구 처가 못을 박듯 말하자 승구가 난처해한다.

“그래도 아버지랑 10년을 살던 어무인데 모셔야지.”

“언니가 못 모시면 제가 모실게요.” 지숙이 나선다.

“지숙이 니가?” 명자가 물었다.

“난 좋아요. 갈 데 없는 불쌍한 노인, 같이 살아야죠.”

“우린 어무이라고 부르긴 해도 나이 차도 많이 안 지고 영 살아생전 어머니 생각에 새어머닌 모시기가 껄끄럽다.”

“땅은 우얄 낀데요?” 갑식이 궁금해서 묻는다.

“땅값 많이 안 올랐어예? 개발한다고… 몇십억은 할 긴데.”

“몇십억만 할라꼬. 백억도 넘을 기다.”

“백억이고 십억이고 묘가 있는데 그게 무슨 소용이고.”

“묘 옮기면 자손이 망한다. 가만 냅둬라.”

“맞다. 조상 땅은 파는 기 아니다.”

1990년 새아버지 또는 새어머니와 그의 자식은 법적으로 부모 자식 관계가 아닌 동거인으로 법이 개정되어 계부나 계모의 재산은 직접 낳은 자식이 아닐 경우 상속되지 않는다. 그러나 관습법상 누구나 부모가 재혼을 하면 부모라 생각했고 상속 여부에 대해 살아생전 논의하지 않았다.

드라마 《여명의 눈동자》는 많은 국민을 텔레비전 앞으로 모이게 했다. 가희는 고3이라 텔레비전과는 담을 쌓고 공부에 매진했다. 일주일에 한 번 오락실에서 딱 30분 테트리스 정도의 오락을 했는데, 기철이 오락실 앞에서 기다려 주었다.

나희는 학교 역사 시간에 접하지 못했던 '빨치산', '위안부', '731부대', '마루타' 등의 역사를 영화를 통해 접하고 적잖이 충격을 받았다. 나희가 할 수 있는 질문은 "엄마, 빨치산 여자들은 생리대를 어디서 구해?", "위안부 할머니들은 어디 있어?" 정도였다. 역사란 '태정태세문단세' 외우기 아니었던가. 드라마는 드라마일 뿐인가.

"엄마, 공산주의가 그렇게 나쁜 거야?"

"빨치산이랑 빨갱이랑 같은 '빨'로 시작하는데 빨치산도 빨갱인가?"

"북한 사람은 진짜 완전 무섭고 사람 막 죽여?"

초등학생 같은 질문이지만 그 어디서도 궁금증을 풀 수 없었고, 제대로 답해 주는 어른도 없었다. 이번 중간고사 국사 점수가 몇 점인지 하루하루 살아가기가 바빴다. 가방은 무거웠고, 나희는 종종 버스에서 쓰러졌다. 기철과 지숙도 나희한테는 공부에 대해 부담을 주지 말고 내버려 두자고 했다.

그러나 가희에 대한 기대는 은근히 있었다. 알아서 공부를 하니 잔소리할 일은 없었지만 4당5락은 옛말이고 3당4락이란 말이 나돌았다. 잠과의 사투였다. 실제 공부를 하고 있진 않았지만 어쨌든 모두 책상을 떠나지는 못했다. 책상에서 엎드려 자는 한이 있어도.

학력고사는 단순히 암기한 사실을 점수화하여 한 줄로 세우기 때문에 본인 의지만 있으면 사교육을 받지 않아도 공부를 할 수 있었고 친구 간 경쟁의식도 없었다. 8학군이 아니면 3분의 1 정도가 4년제 대학에 가고 3분의 1은 전문대학, 나머지는 취업을 하였다. 여자들은 전문직이 아니면 대학 졸업과 동시에 결혼을 하는 추세였다. 그러나 대학의 문은 좁았고 취업을 하든 결혼을 하든 대학을 나와야 한다는 치열한 열기는 뜨거웠다.

세대교체

1992년은 가희는 서울대 영문과에 입학하고, 나희는 고3이 되었다. 고3인 나희에게, 아니 대한민국 청소년들의 마음을 뒤흔든 사건이 발생한다. 바로 '서태지와 아이들'이라는 가수였다.

서태지(본명: 정현철)는 문화대통령이라는 타이틀을 얻는다. 통기타를 들고 음유시인처럼 부르는 기존 가요와 달리 이들은 새로운 패션, 새로운 노래로 K-문화의 충격을 가져왔다. '랩'이라는 것을 듣고 기존 음악평론가도 좋은 평을 내놓지 않았지만 아이들에게 이미 서태지는 우상이었다. 일부 어른들은 랩이 무슨 노래냐며 귀를 틀어막기도 했다.

아이들은 청바지를 찢어 입고 할머니들은 손자의 청바지를 밤에 꿰매 놓는 일도 생겨났다. 바닥을 쓸고 다니는 바지 등 경직된 패션과 문화에 새바람이 불었다. 서태지가 고등학교 중퇴라는 학력으로 성공했다는 것은 학생들의 마음을 설레게 하기도 했지만 그런 경우는 오롯이 서태지만의 것이었고 교육계는 여전히 보수적이었다.

나희는 서태지 음악을 들으며 교련 수업 시험으로 '붕대 감기' 연습을 했다. 붕대를 빠르고 예쁘게 잘 감으면 A, 모양이 예쁘지 않으면 B, 풀어지거나 시간을 넘기면 C를 받았다. 교련 선생님은 여학생들에게 전쟁이 나면 전쟁터로 나가 붕대를 잘 감아야 한다고 가르쳤다.

또 단체로 국군 위문편지를 써서 군대로 보내기도 했다. 반에서 한 명 정도 군인 아저씨로부터 답장을 받으면 반 전체가 함께 돌려보며 난리가 났다. 남자고등학교와 여자고등학교가 거의 나뉘어 있어 학생들 간 교류가 거의 없었고 연애를 하는 아이들도 드물었기에 군인의 편지 한 통은 소녀들의 관심을 받았다.

학교에서는 교복이 부활하였으나 첫해라 학생 자율에 맡겼다. 지숙은 세일러 교복이 지긋지긋했다며 나희에게 교복 착용을 권하지 않았다.

지숙은 카폰과 차를 샀다. 여성 운전자들은 거리에서 조롱당하는 일이 많았다. 조금 운전을 서툴게 하면 '김 여사 운전'이라고 남자들이 빈정거리고 차 창문을 열고 '집에 가서 밥이나 해'라고 소리 지르기도 했다. 일부 여성 운전자들은 '밥 이미 하고 나왔음'이라고 써 붙이고 다니기도 하였다.

1903년 구한말 고종황제의 어용 승용차로 캐딜락 1대가 처음 국내에 도입되었다. 그로부터 94년 후 1997년 7월 15일, 한국의 자동차 보유 대수는 1,000만 대를 넘어 세계 15번째로 1,000만 대 국가에 진입하였다. 또한 같은 해 휴대전화 500만 시대가 열렸다.

가희는 학교방송국 SNU 기자를 지원했다. 동아리 정도라고 생각했으나 꽤 전문적으로 운영되고 있었다. 아나운서부, 편집부, 보도부, 기술부로 각각 학생을 선발하여 선배가 후배를 가르치는 방식이었는데 수업을 제외하고는 늦은 시간까지 매일 회의, 기사 작성, 트레이닝이라 불리는 교육이 반복되었다.

가희는 한총련[8] 출범식 취재를 가게 되었다. 6만여 명의 학생들이 강의실 곳곳에 자리 잡고 있었고 깃발을 흔들며 붉은 티셔츠를 입은 남녀 학생들은 〈진군가〉를 부르고 있었다. 그 광경은 이념을 모르더라도 심장을 두드리게 하였다. 모두들 학교에서 밤을 새우고 다음 날 광화문 거리로 진군할 계획이었다. 그들이 원하는 것은 '조국 통일'이었다. 학생들도 어리고 전경들도

8 1987년부터 1992년까지 학생운동을 이끌던 전대협을 계승하여 창립하였다. 전대협이 이름 그대로 대학생 대표자들의 협의체여서 아무래도 조직 구조가 느슨할 수밖에 없었던 한계를 극복하기 위해 강력한 조직력과 투쟁력을 갖춘 학생 연합체를 결성하고자 한 것. 그 결과 1993년 5월 고려대에서 전국 186개 대학이 가입한 한총련이 공식 출범하게 된다. 1기 의장은 한양대 김재용이었다. (출처: 나무위키)

어렸다. 한쪽은 쇠파이프를 휘두르고 다른 한쪽은 최루탄을 쏘았다. 길거리 보도블록을 떼어 내 던지니 보도블록이 남아나질 않았다.

최루탄 데모 부대는 하이텔, 천리안 등의 인터넷 보급으로 외면받기 시작했다. 검 · 경이 막아 내지 못한 데모 부대는 세대 교체가 되며 소비문화에 밀려났다. 새로운 신입생은 선배들의 이념을 이해하지 못하고, 세미나를 통해 배웠던 국가관보다는 유행하는 가요와 새로운 문화에 더 빨려 들어갔다. 쇠파이프보다는 휴대용 CD플레이어를 들고 다녔다. 사회과학 서적보다는 토익 준비를 했다. 막걸리보다는 맥주를 마셨으며 홍대 거리엔 원두커피를 파는 고급 카페가 들어섰다.

1993년 김영삼 문민정부가 출범하였다. 30년의 군사정부가 끝나고 처음 철학과 출신의 대통령이 당선된 것이다.

일부 고등학교에 철학 과목이 신설되었다. 가희와 같은 학교 방송국 기자 활동을 하던 철학과 민정은 지금껏 억눌린 철학과에 희망을 가졌다. 철학과는 그 전공 자체로 취업을 할 수 있는 진로가 없었다. 철학 교수가 되는 학생이 간혹 있었지만 10여 년의 학 · 석 · 박사 과정과 다시 10여 년의 대학 강사 생활을 거쳐 마흔이 되어서야 그중 한 명이 교수가 될 수 있었다. 게다가 데모의 주동 학과로 인식되어 취업이 어려우니 비인기학과였다.

그러던 중 문민정부에서 철학과 학생도 교직을 이수하면 중등 정교사 자격증을 주고 중고등학교 도덕 윤리 교과 교사가 될 수 있는 문이 열렸다. 취업이 난항이던 많은 철학과 학생들이 교직을 이수하였다. 일부는 김영삼이 서울대 철학과인 것에 학연의 기대도 걸었다. 그러나 문민정부는 동국대의 시대였다고 해도 과언이 아니었다.[9]

"대통령이 출신 대학 지인을 기용(起用)하지 않는 건가? 정말?"

"학연 지연을 따지는 편파적인 정치의 종식인 거야?"

서울대 철학과 학생들은 수근거렸다.

"김영삼 대통령이 원래 동국대에 입학해서 그쪽 지인이 많은 거지."

가희가 말했다.

"동국대라고? 서울대 아니고?"

9 특히 70~80년대부터 정계에 입문한 동국대 출신 인사들로 인한 한국 정치계의 새로운 변화는 주목할 만하다. 군사정권을 무너뜨리고 등장한 문민정부의 탄생이 바로 그것이다. 당시 문민정부의 주역은 바로 최형우 씨와 김동영 씨였다. '좌동영 우형우'라 불릴 정도로 김영삼 전 대통령의 신임을 받았던 이들은 60년대 동국대에서 민주화 운동을 주도했던 선·후배 사이로 독재 정권의 압제 속에서 민주화의 불꽃을 지폈던 대표적인 인물들이다. 이런 까닭에 문민정부 시절은 동국대 출신 정치인의 '전성시대'였다. (출처:불교언론 법보신문)

"김영삼 대통령은 피난 시절 서울대가 부산에 임시 운영되었던 당시에 다녔어. 여기 자료 좀 봐."

문교부는 1951년 5월 4일 문교부령 제19호로 전시연합대학의 운영 등에 관한 '대학교육에 관한 전시 특별조치령'을 공포하였다. '특별조치령'에는 "전화(戰禍)로 인하여 정상 수업을 실시할 수 없는 대학의 학생은 그 기간 동안 타 대학에서 수업을 받을 수 있다."라는 규정과 "정상적인 수업을 실시할 수 있는 대학은 그 학교 소재지에 소개한 타 대학의 학생이 취학을 지망하는 경우 사정이 허하는 한 이를 허락하여야 한다."라는 규정이 포함되어 있었다. 지역별로 교수와 학생을 불문하고 각기 피난지에서 연합대학을 형성하고 교육받도록 조치한 것이다. 이에 따라 서울대학교, 고려대학교, 국학대학교, 한국대학, 국민대학, 신흥대학(경희대학교), 단국대학, 세브란스의과대학, 숙명여자대학교, 서울여자의과대학 등 10개교가 참여한 가운데 전국 4개 지역(부산, 광주, 대전, 전주)에 전시연합대학이 설치되어 1년 동안 합동수업을 진행하였고, 이후 청주와 대구에도 추가로 설치되었다.[10]

"그렇구나. 어쨌든 교육열은 대단하구나."

10 서울대학교 홈페이지, 기록으로 만나는 서울대

1995년 김건모가 발표한 3집 〈잘못된 만남〉은 200만 장이 팔렸다. 이어 혼성그룹 룰라의 〈날개 잃은 천사〉가 150여 만 장 팔렸으며 서태지와 아이들의 4집 〈컴 백 홈(Come Back Home)〉은 100만 장이 팔렸다. 96년 서울에만 불법 복제 음반을 판매하는 리어카 상인들이 2,000여 명이었으니 실제 판매량은 그 두 배를 넘어설 것이다.

길거리 리어카에서는 인기 있는 여러 가요들을 모아 복사해 팔았는데, 제재나 구속도 없었고 사는 사람들도 그것이 불법이라는 인식을 하지 않았다. 정부는 문화적으로는 지나친 자유를, 정치적으로는 가혹한 탄압을 하며 국민들을 조절해 나아갔다.

또한 SBS-TV가 방송한 《모래시계》(극본 송지나, 연출 김종학)의 마지막 시청률은 무려 64.5%였으니 전 국민이 《모래시계》를 보기 위해 집으로 갔다고 해도 과언이 아니다. 가희는 데모와 토익 그 어디쯤을 헤매다가 졸업했다.

1995년 수출이 1,000억 달러를 넘어섰고 국민 1인당 소득도 1만 달러를 넘어섰다.

1996년 8월 21일 연세대 범청학련 통일대축전에 검·경이 투입되어 5,848명이 연행돼 462명이 구속되고 3,341명이 불구속 입건됐으며 373명이 즉심에 회부되고 1,672명이 훈방 조치되었다. 그해

10월 11일 경제협력개발기구(OECD)에 한국은 29번째 회원국으로 가입하게 됐다.

한국은 경제 선진국과 정치 후진국을 병행해 나아가고 있었다. 한국은 물질 선진국과 문화 후진국을 함께 끌어안고 있었다. 그리고 이어 영어 광풍의 시대가 시작된다. 96년 영어 과외를 받는 초등학생은 53만 명, 조기 영어 교육에 투자되는 돈은 교재 시장까지 6,000억 원대에 이르렀다. 95년 토익 시험 응시자는 42만 명에 이르렀고, 토익 점수를 사원 선발과 인사 고과에 반영하는 기업체 수는 500곳 이상이었다. 가희는 회사를 그만두고 영어 교육 사업에 뛰어들었다. 서울대학교 영문과라는 타이틀은 날개를 달았다.

각자의 자리로

영숙이 지숙에게 전화를 했다.

"어무이가 사라졌다."

"응? 무슨 일인데, 언니?"

"승구를 만나 얘기를 하고 정리를 해야겠다."

"앞뒤 설명 좀 해 봐. 답답해."

"내가 반찬을 쪼매 해서 어무이 집을 갔거든. 근데 모르는 사람이 누구세요, 하는 기라. 그래서 내도 누구세요, 했지. 그랬더니 여기 사는 사람인데요, 카더라. 그래서 저는 이 집 주인 딸인데요, 했지. 그 사람이 이 집 주인은 집 팔고 이사 갔는데요. 그래서 내가 언제요? 그랬더니 한 닷새 됐다 카더라. 내사 마 우옌 일인고 부끄러바서 줄행랑을 쳐 뿌렸지."

"어머니가 이사를 가셨다고? 말도 없이?"

"하모 하모, 이게 우예 된 일인고?"

"오빠한테 전화해서 내려가 보라 해. 어머니가 왜 말도 없이 가셨지? 우리한테 서운하셨나?"

"서운할 게 뭐 있노? 승구가 또박또박 용돈 보내 드리고 명절이면 우리가 어머니를 을매나 잘 모시며 지냈노."

진주댁이 사라진 일로 승구는 포항에 다녀왔고 승구, 민구,

지숙이 자초지종을 의논하기 위해 만났다. 포항 사는 영숙과 불교에 귀의한 명자, 병원 일로 바쁜 준구는 다른 형제자매들에게 집안일을 일임했다.

"아버지가 살아생전 재산을 어머니에게 다 넘겼다."

"…."

승구가 말을 하자 민구와 지숙은 숨을 죽이고 입을 떼지 못한다.

"집과 통장은 어머니께 넘겼고, 땅은 사촌 이름 2명을 넣어 문중 땅으로 묶어 두셨다. 우리가 멀리 살아 6명의 이름이 필요한데 위로 4명은 넣으시고 준구와 지숙 이름 대신 사촌 이름을 넣으셨다. 땅을 팔아 우리 육 남매가 나눠 가지면 각 집에 20억은 돌아갈 터이나 이미 문중 땅으로 묶여 어찌할 도리가 없으니 그대로 두도록 한다. 조상의 묘가 있는 곳이니 아버지 뜻이 그러했던 것 같다. 어느 집은 묘를 이장하고 납골당으로 모시고 땅을 팔고 그러기도 하지만, 우리 땅에는 조상들의 묘가 많아 그 자손들을 다 설득하긴 어려운 일일 것이다. 너흰 어떻게 생각하냐?"

"소송하여 그런 사건을 맡아서 해결해 주는 법률사무소도 있다 하던데요."

"오빠, 소송하다가 열받아서 먼저 죽는다 하더라. 하루 이틀 걸리는 일이 아니래."

“조상 땅 때문에 우리 일상을 망가뜨리는 것보다 현재 각자 열심히 이대로 사는 방법도 있다.”

“부모님 재산 때문에 형제자매가 의 상하는 일도 많지요.”

“난 골치 아픈 건 싫어. 그냥 없는 셈 쳐.”

“적은 돈은 아니지.”

“큰돈이니까 골치 아프지. 적은 돈이면 골치 아프겠어?”

“그리고 그 땅이 여러 용도가 혼합되어 팔고 묘 이장하고 나면 그 돈이 그 돈 아니겠냐. 무엇보다 아버지 뜻이 그 땅을 그대로 두는 것이고.”

“그건 그렇다 치고 어머닌 어떻게 된 거래?”

“거참… 기가 막힐 일이었지.”

“뭔데, 뭔데?”

“아버지 집에 세 들어 살던 젊은 부부 내외가 어머니의 친아들네였대.”

“뭐라고?”

“어쩐지 엄청 친하더라. 그래도 정말 감쪽같이 몰랐어.”

“아버지는 알고 계셨다 하더라.”

“정말? 와 우리 아버지 로맨티스트셨네.”

“아버지가 대단한 재산가도 아니고 한 10년 같이 산 진주댁에게 집과 돈을 남겨 주시고 진주댁은 당신 친아들과 고향으로 떠나신 모양이야.”

"와~ 완전 몰랐네."

"몰랐던 게 약이지. 알았으면 껄끄럽지 않았을까?"

"그래도 섭섭하긴 하다. 자식 없는 줄 알고 모시려고 했잖아."

"서울 생활에서 노인 모시는 게 보통 일은 아니지. 어머니도 서울 생활에 적응하기 힘들고."

"그간 아버지 잘 모셨으니 이젠 친아들과 당당하게 살 권리 가져도 되지 않을까?"

"그래, 우린 부모님으로부터 사랑과 지원을 잘 받았으니 가장 깨끗하게 정리하고 가신 아버지 뜻을 헤아리자."

"어떻게 보면 아버지가 현명하신 거야."

"아버진 참 행복하셨네. 돌아가시기 전까지 사랑 듬뿍 받고. 어머니, 아니 이젠 진주댁인가… 암튼 어머니에게 진심 필요한 사랑을 남기셨으니."

"그래도 우리에게 자초지종 말이라도 하고 떠나야 하는 거 아냐?"

"글쎄, 말했으면 우리가 그 자리에서 웃으며 인사해 드렸을까? 놀라서 우왕좌왕하고 이런저런 의견들 나오고 번거로웠을 수도 있어."

"결론은 그래도 어머니가 가장 행복한 방향으로 마무리되었다는 거. 그럼 우리도 반자식으로서 된 거 아냐?"

"그래, 우리 아버지 멋지다."

근모 육 남매는 그렇게 모든 일을 마무리 지었다. 문중 땅은 남아 누구나 묘를 쓸 수 있었고, 누구나 한편에 고구마며 고추를 심을 수 있었고, 누구나 오다가다 만날 수 있었다. 개발을 하지 않으니 포클레인이 들어오지 않았고 여러 사람의 명의로 쪼개지지도 않았다. 평화롭고 조용히 바람을 품고 추억의 숨결을 남겼다.

육 남매는 그렇게 근모의 뜻을 이해하고 각자의 자리로 돌아갔다.

그녀가 이혼한 이유

연세대학교 아동학과를 졸업한 은정은 학원에서 몇 년 일하다가 결혼을 하였다. 남편은 대기업에 다니고 있었고 시댁에서는 판교에 38평 아파트를 사 주었다. 남편 태현은 결혼할 때 딱 한 번 은정의 부모님 댁에 방문을 한 이후 다시 방문하지 않았다. 은정도 그 일에 대해 더 이상 말을 덧붙이지 않았다. 촌스러운 인테리어의 낡은 빌라에 남편이 어울리지 않다고 생각했다.

태현은 매사에 지나치게 깔끔하여 늘 먼지를 불고 터는 습관이 있는 데다 하얀 와이셔츠를 1년 이상 입지 않았다. 은정의 엄마가 사위가 온다고 한 상 차려 주었을 때 젓가락으로 딱 두 번 잡채 한 가닥과 채 썬 당근 한 조각을 먹었을 뿐이다. 그리고 돌아오자마자 양복을 드라이 맡겼다. 태현은 신혼여행에서 돌아온 이후부터 외박이 잦았다. 회식, 출장 따위의 핑계라도 대었으면 좋았을 테지만 그는 대꾸조차 하지 않았다.

시댁 가족들과 모였을 때 시어머니는 은정에게 과일을 깎으라고 시켰다. 은정이 배를 깎자 시어머니가 "가난한 집 딸은 예부터 배 껍질을 얇게 깎는다. 배 껍질은 조금 더 두껍게 깎아야 되느니라."라고 했다. 은정은 그 '예'가 정확히 몇 년도인지 묻고 싶었으나 말을 삼켰다. 시어머니는 짧은 파마머리에 일 바지 차림이었지만 말투는 짐짓 양반집 안주인의 말투를 흉내 내는 듯 보였다.

아랫것을 부려 보고 싶으나 신분 사회는 아니니 그나마 남은 아랫것은 며느리라 생각했을 뿐, 그 이상의 나쁜 의도는 없었을 것이라 보인다. 한국의 오랜 신분 사회는 일제 식민지를 거쳐 사라졌으나 사회 곳곳에서 틈만 나면 고개를 디밀었다. 돈으로, 학벌로, 나이로, 지위로, 성별로 사회적 지위를 갖고 싶어 했다. 평등은 신분 사회를 벗어난 곳에 자리 잡기까지 시간이 걸린다.

제사용 배는 아기 머리통만큼 커서 은정은 배를 깎기가 쉽지 않았다. 이어 시누가 묻는다.

"언니, 학원에서 월급 얼마 받아요?"

"네? 그냥 받을 만큼."

"천 안 되죠?"

"네… 삼백인가."

시누가 깔깔거리자 시어머니가 두둔하는 건지 비웃는 건지 모를 톤으로,

"많이 받네. 우리 며느리 월급 많아서 생활비 안 줘도 되겠다. 그치? 애 들어설 때까지만 다니면 되지, 뭐."

"언니, 집들이 언제 해요?"

"언제 할까요?"

"언니 요리 솜씨 좀 보자."

시누가 은정 시어머니를 향해 눈을 찡긋한다.

"음식은 먹어 본 게 있는 사람이 만들지. 뭘 먹고 자랐나 몰라."

"율란찜 할 줄 아는데, 좋아하세요?"

"우린 그런 거 안 먹는다."

"고기 굽고 회 뜨고 간단하게 하거라."

"난 양식도 먹고 싶은데." 시누가 말한다.

"그거야 점심에 밥 먹고 저녁 안주로 해 먹어야지."

은정은 인터넷을 뒤적이며 한껏 장을 봐서 이틀이 넘도록 준비를 했다. 식탁엔 다 앉을 수가 없어서 거실에 상을 펴고 수저를 받침대에 가지런히 놓고 앞접시도 놓았다. 시어머니는 먹을 만한 게 없다며 숟가락을 뒤적거렸고, 시누는 계속 양식 타령이었다.

은정이 토마토 속에 다진 고기를 넣은 양식과 소시지를 빵으로 감싸 시나몬 가루를 뿌려 구운 요리를 내놓았다. 시누는 "나 계핏가루 안 먹는데."라며 밀었다. 시어머니는 "우린 안 먹던 건 잘 안 먹어."라며 손도 대지 않는다.

가까이 사는 시어머니는 이틀에 한 번꼴로 와서 '빨래를 탁탁 털어 널지 않았다, 태현이 아침에 뭘 먹었느냐, 무슨 국을 끓여 주었느냐.' 매일 확인을 하고 하루에 전화 세 번은 기본이었다. 퇴근을 하면 저녁은 시댁에서 먹게 했다. 퇴근 후 시댁에서 저녁을 먹고 설거지를 마치고 과일을 깎아 앉아 이야기를 하고 집에 오면 밤 10시가 넘었다.

결혼 후 두 달 정도 지났을 때, 시어머니가 은정을 불렀다.

"여자가 시집와서 애를 못 낳으면 알아서 물러가는 법이다. 우리 태현이 외아들인데 대를 끊을 수는 없다."

은정의 시어머니는 며느리에게 약을 지어 주고 두 달 안에 애를 가지라고 했다. 그리고 학원을 그만두게 했다.

"먹고살도록 해 줄 테니 직장은 그만두고 애 가질 생각만 하거라."

은정은 눈앞이 캄캄했지만 당시 여자들이 애가 생기면 직장을 그만두는 경우가 많아 어느 정도 수긍은 했다. 전업주부인 시누는 애를 유치원에 보내고 나면 늘 시어머니 옆에 붙어 은정에게 훈수를 두었다.

"의사나 변호사도 아닌데, 직장은 뭐 하러 다녀?"

시어머니는 직접 장을 보아 냉장고에 넣어 주고 태현은 아파트 관리비를 냈다. 생활비를 따로 주지는 않았다. 은정이 산책을 하다가 문득 커피를 마시고 싶어 지갑을 열었는데 돈이 한 푼도 없었다. 통장의 돈도 서서히 바닥이 났다.

태현의 외박은 일주일에 한 번꼴이었고, 휴대폰을 두 개 쓰는 태현은 아예 은정이 아는 번호 하나는 꺼 두었다. 날짜 맞춰 한 번 부부관계를 한 후 은정은 임신을 했다.

은정이 이웃 여자 혜린과 엘리베이터에서 만나 눈인사를 나누었다. 혜린의 아기는 유모차에 앉아 있었고 유모차에는 모빌과 가방걸이, 젖병 홀더 등이 달려 있었다. 유모차 방향은 엄마를 향해 있었고 엄마와 눈을 마주칠 수 있는 높이였다. 물론 회전이 가능하여 아기가 전방을 볼 수도 있었다. 은정도 임신을 한 터라 아이와 아기용품을 유심히 살피게 되었다.

혜린이 먼저 말을 건다.

"임신하셨나 봐요."

"아… 어떻게?"

"임신한 여자는 티가 난다? 는 거짓말이고 사실 잘 몰라요. 그냥 찍었는데 맞췄네요."

혜린의 목소리와 표정이 밝다.

"아기가 예쁘네요."

"네, 울 오빠 닮았어요."

그녀의 오빠란 남편을 말하는 것이다.

"아기 이름이 뭐예요?"

"경훈이요. 좀 촌스럽죠? 전 요즘 스타일로 짓고 싶었는데 시댁에서 돌림자라고 이렇게 지어 주셨어요."

"아녜요. 멋있어요. 가수 민경훈 잘생겼잖아요."

"듣고 보니 그러네요. 고마워요. 우리 아긴 최경훈이에요. 바쁘시지 않으면 커피 한잔하실래요? 제가 살게요."

은정은 혜린과 아파트 내의 작은 카페로 갔다. 테이블은 야외에 있는 곳이었다. 곧 혜린의 휴대폰으로 전화가 울렸다.

"응, 오빠. 경훈이? 잘 있지. 이모님 하루 안 계시다고 뭐 별일 있나? 혼자 보면 되지. 괜찮아. 걱정 말래두. 알았어, 알았어. 설거지 손 안 댈게. 저녁? 해물찜 시켜 먹자. 응, 수고해."

혜린이 전화를 끊고 은정에게 말한다.

"어휴… 입주 이모님이 하루 휴가를 가셨는데 저 난리예요. 혼자 애 어떻게 보냐고요."

"남편분이 자상하시네요."

"네. 참 전 윤혜린이에요. 성함이?"

"엄은정이요. 76년."

은정은 순간 자기가 왜 굳이 나이까지 밝혔는지 스스로 의아했다.

"제가 동생이네요. 전 79예요. 언니라고 부를게요. 저도 초보지만 애 낳을 때 어떤지 다 여쭤보세요. 호호홋!"

"뭘 물어봐야 할지도 잘 몰라요."

"병원은 어디 다니세요?"

"아직요."

"음… 병원은 전 J 추천이요. 조리원은 K. 조리원 동기 모임도 재밌어요."

"커피 잘 마셨어요. 다음엔 제가 살게요."

은정이 그날 저녁 남편 태현에게 생활비를 좀 달라 하자, 쌀 사 주고 과일 사 주고 고기 사 주고 전기세 내는데 또 무슨 돈이 필요하냐고 했다.

"304호 아기 엄마가 커피를 사 줬는데 다음에 사야 할 것 같아서."

이렇게 말하고 나서 은정은 굴욕을 느꼈다.

"얼만데?"

"아메리카노 2,500원. 라떼는 3,000원."

태현이 5천 원짜리 한 장과 5백 원짜리 한 개를 건네준다. 은정은 순간 그 돈을 던져 버리고 싶은 욕구가 치밀었으나 이웃에게 신세를 질 수는 없어 돈을 주먹으로 꽉 쥐었다. 차마 고맙다는 말은 나오지 않았다.

"여자들이 맨날 커피야, 커피는."

태현이 한마디 덧붙이고 화장실로 들어간다.

핸드폰 요금은 최저요금제라 친구와 조금만 통화를 하면 통화 시간이 끝났다. 은정은 자가용이 있었지만 태현이 직접 주유를 하기 때문에 허락된 곳을 허락된 날에만 차를 쓸 수 있었다.

얼마 후, 은정 이모부의 부고 소식이 있었다. 부의금을 보내고 싶어 태현에게 돈을 좀 달라 하자 태현은 대꾸 없이 방문을 쾅 닫고 들어가 버린다. 시어머니에게 "부의금이 필요한데 현금이 없어요."라고 말하자 시어머니는 "각자 경조사비는 자기 부모랑 해결하는 거야. 난 우리 집 경조사비, 태현이 몫까지 내가 내주거든."이라는 답변이 돌아왔다.

그러나 은정은 차마 친정 엄마에게 말할 수가 없었다. 점점 숨이 막혀 왔다. 아무것도 할 수 없는 무력감이 몰려왔다. 가는 것도, 먹는 것도, 친구를 만나는 일도 그 어떤 것도 돈 없이 할 수 있는 것이 없었다. 멋모르는 친구들은 부잣집에 시집가서 좋은 아파트에 산다며 밥 좀 사라고 한다. 이모부 장례식에 가고 싶다. 그러나 교통비도 없고 부의금도 없다.

은정은 결혼반지를 빼고는 금은방에 가서 다이아몬드를 큐빅으로 바꾸고 같은 자리에 두었다. 금은방 주인이 큐빅은 얼핏 보면 다이아몬드 같지만 7년 정도 지나면 빛을 잃을 거라고 했다. 은정은 속으로 '이 결혼이 7년까지 갈지 모르겠어요.'라고 말했다. 은정은 가슴이 뿌듯했다. 일단 이모부 부의금을 보내고 나머지 돈은 통장에 넣어 주식을 공부했다.

시아버지 생신에 장어집에서 모였다. 시어머니는 은정이 앞에 앉아 장어가 구워지면 젓가락으로 집어 이 사람 저 사람 접시에 옮겨 놓았다. 시아버지에게 한 개, 아들 한 개, 손자 한 개 여기저기 집어 주는 사이, 은정은 하나도 먹을 수가 없었다. 은정은 기다렸다.

장어가 거의 다 없어질 때쯤 은정이 한 개라도 집어 먹으려고 하자, 시어머니는 젓가락을 탁 치고 낚아채더니 남은 건 포장해 가야겠다고 한다. 시아버지가 "넌 안 먹냐?" 한마디 하자 시어머니가 "애는 원래 장어 안 좋아하잖아요."라고 대꾸한다.

은정은 어안이 벙벙해 할 말을 잃었다. 그 자리에서 장어를 좋아한다고 하면 시부모님 사이를 상하게 하는 것 같고, 또 안 좋아한다고 하기에는 거짓말이라 잠자코 있었다. 태현은 혼자 실컷 먹고는 자리에서 일어난다. 결국 은정은 물 한 모금만 꼴깍 마시고는 그 자리에서 나와야 했다.

시어머니는 여행을 갔다 와서 고추장을 만들어야 한다며 건고추 다섯 포대를 마른행주로 닦아 두라고 했다. 생강, 마늘, 파를 몇 접씩 다듬어 오라고 시켰다.

"학교도 좋은 데 나와 봤자 소용이 없어. 사람이 김치를 먹고 살아야 하는데 영어 알면 뭐 해? 김치를 못 담그는데."

"언니, 몸에 비해 다리가 굵네요. 호호호…."

"연세대 나와 봤자 할 일이 없잖아."

"서울대 박사도 논다더라."

"얘, 너 퀴즈 프로에 나가서 상금 좀 타 와서 나 여행 좀 보내 줘라. 다른 집 며느리들은 다 시어머니 해외여행 보내 주고 그런다더라."

"너네 부모님은 연금 얼마 받니? 오빠가 약국 한다며. 오빠가 생활비 대니? 그래서 장가를 못 가나?"

"아니, 부모님이 왜 빌라에 사니? 아파트에 안 살고? 거기 집값이 얼마야?"

"너희 아버지는 운전 안 하셔? 하긴 거기 주차할 데도 없지?"

"우리 이번에 세금 1억 내서 돈이 없으니까 아껴라."

"참, 겨울 이불 없지? 여기 이거 덮던 거 가져가라."

"옷은 그게 뭐냐? 내 옷 갖다 입어라."

"자, 여기 먹던 거. 날짜 살짝 지났는데 먹을 만해. 난 요즘 입맛이 없잖아."

"너네 엄마 쌍꺼풀 했니? 티 나더라."

"자식 교육에 극성이었지? 그러니 빌라 살면서 애들 공부시켰지. 공부만 하면 뭐 해? 재테크를 해서 먹고살도록 해 줘야지."

"나 봐라. 우리 태현이 평생 먹고살도록 딱 마련해 뒀잖니. 여자들이 줄을 섰는데 애가 착해 가지고 그냥 너랑 결혼하겠다고 하더라. 하긴, 의사 며느리는 부려 먹기 어렵지. 역시 여자는 약간 가난한 데서 데려와야 좋아. 2세를 생각해서 공부는 적당히 하고 말이야. 근데 너 애 낳으려면 살은 좀 더 쪄야겠다."

고깃집을 갔을 때도 시어머니는 계속 은정에게 심부름을 시켜 끝내 고기를 못 먹게 했다. 은정은 조금씩 살이 빠졌다. 엄마가 보고 싶었다. 그날 밤, 운전을 해서 친정을 갔다. 시어머니가 은정의 엄마에게 전화를 해서 큰소리를 내었다.

"우리 집 자손을 가진 여자가 어디 마음대로 친정을 갑니까? 그리고 친정에 갔으면 바로 돌려보내야지. 애 잘못되면 저 가만 안 있어요. 어디까지나 '내' 며느리가 '내' 손주를 가졌단 말입니다. '내' 돈으로 키울 건데 김씨 집안 아이죠. 엄씨 집에서 애 키울 돈 대 줄 거예요?"

그저 평범하게 자란 은정은 시어머니의 요란한 말솜씨가 모두 처음 들어 보는 내용인지라 대응을 할 줄 몰랐다. 무엇보다 엄마가 아무 말도 하지 않는 것이 속상했다.

"엄마, 엄마는 왜 가만히 있어?"

"네 배 속에 애가 없으면 이혼시키고말고. 그런데 손주 생각해서 참는 거야. 네 애 생각해서 참는 거야. 너 생각해서 참는 것도 아니다. 넌 내 자식이잖아. 내 자식 당하는 건 나만 아프면 돼. 근데 너, 네 자식 안 보고 살 자신 있어? 너 애 낳고 이혼하면 애 보고 살 수 있을 것 같아? 그 시어머니가 네가 애 보고 살게 해 줄 것 같아?"

"엄마, 법이 있어. 법대로 하면 돼."

"그 집에서 너한테 뭘 잘못했는데? 너 증거 있어? 법 위에 돈이야. 네가 500만 원짜리 변호사 사면 그쪽은 1,000만 원짜리 변호사 사. 애 안 보고 살 거 아니면 가만히 있어."

"엄마, 나 못살겠어요."

은정은 소리 내어 울었다. 은정 엄마는 소리 죽여 울었다.

"애 태어나면 변할 거야. 애 예쁜 거 보면 견딜 수 있어. 그렇게 엄마가 되는 거야."

"엄마, 나 돈도 한 푼 없어."

"애가 태어나면 먹고살게 해 줄 거다. 설마 사람인데… 기다려 봐라."

은정은 전화를 끊고 나니 지나간 시간들이 주마등처럼 스쳤다. 사사건건 비웃고 멸시하고 함부로 말하는 사람들 틈에서 한마디도 못 하는 자신에게 무력감을 느꼈다.

'은정아, 통화돼?'

문자가 왔다. J.S.라고 저장해 둔 사람이었다. 은정은 전화를 걸었다.

"다시 만나자."

전화기 너머로 들려오는 나지막한 음성이었다.

"…." 은정은 울음 소리가 새어 나갈까 입을 틀어막았다.

"미안해. 다시 생각해 보니 너밖에 없어."

"늦었어. 나 결혼했어."

"태현이랑?"

"응"

"행복해?"

"임신 중이야."

"그래, 잘 살아라."

"왜… 왜… 떠났었어?"

"태현이가 널 좋아한다고 했고 태현이 재력이 좋으니까 내가 떠나는 게 좋다고 생각했어. 너한테는 그런 부잣집 남자가 더 어울린다고."

"내가 돈 많은 남자 좋아하는 것 같았어?"

"그건 아니지만 돈 많으면 너 고생 안 하니까."

"지금 넌 어떻게 지내?"

"나야 뭐 오피스텔 월세 내고 살지. 이제 직장 들어가서. IMF 때 졸업해서 겨우 취직했다."

"행복해?"

"아침에 눈뜨면 출근하고 집에 오면 뻗어 자. 행복도 불행도 몰라. 하하…."

"주말엔 뭐 해?"

"등산도 하고 자전거도 타고. 빨래도 하고 청소도 해."

"잘 지내서 다행이다."

"목소리가 왜 이렇게 힘이 없어? 자야 하는 거 아냐? 남편 안 들어왔어?"

"곧 들어올 때 됐어. 끊을게."

"그래, 건강하고…."

그때 태현이 들어와 은정의 휴대폰을 낚아챈다.

"J.S? 19분 통화?"

"준수야. 내가 결혼한 거 몰랐대."

"이 자식이랑 아직 연락하고 지낸 거야?"

"아냐, 그런 거. 안부 문자 왔다가 통화한 거야."

"아니란 걸 어떡해 믿어? 안부 통화를 19분이나 해? 둘이 나 몰래 만나고 다녀? 네 배 속의 애도 남의 씨 아니야?"

"뭐라고? 무슨 말을 그렇게 해? 그렇게 의심스러우면 내 휴대폰 통화 내역 다 까 봐."

"통화 내역이야 지우면 그만이지."

"너야말로 말도 안 하고 수시로 외박하잖아."

"남자랑 여자가 같아? 내 발로, 내 돈으로, 내가 어딜 가든, 네가 무슨 상관이야?"

태현은 또박또박 소리쳤다. '내'를 강조하는 말투가 시어머니랑 똑같았다. 은정은 다시 자물쇠를 덜컥 채우는 듯한 숨 막힘을 느꼈다. 태현이 하고 싶은 말은 무엇일까.

"불결하니까 나가. 이 집에서 나가. 내 돈으로 산 내 집이야."

은정이 하혈을 하며 피를 쏟아 냈다. 배를 움켜쥐고 운전을 하여 병원으로 갔다. 아이가 사라졌다. 이제 어디로 가야 할까. 내 집이 없네.

'아가야, 미안하다. 난 어쩌면 네가 사라지길 바란 적도 있어. 그 마음이 너무 죄스럽고 미안해서 널 지키고 싶었어. 평생 네게 속죄하며 살게. 너는 내 마음을 알고 그렇게 한 줌의 핏덩어리가 되어 날 떠났구나. 너무 사랑하고 너무 기다렸던 내 아가.'

은정은 친정으로 돌아왔고, 얼마 후 이혼장이 도착했다. 혼인 기간이 짧아 재산 분할은 되지 않고 태현의 폭행이 없었기에 위자료도 지급될 게 없었다. 아이가 없으니 복잡할 것도 없었다. 태현의 집은 고스란히 남았고, 은정이 3년간 모아 마련한 혼수는 그대로 두고 나왔다. 판사 앞에서 이혼을 하겠다고 밝힌 후 구청에 가서 신고를 하는 것으로 끝이 났다.

이혼숙려기간(離婚熟廬其間)

개정 전 법에 의하면 협의이혼제도는 당사자의 이혼 의사 합치, 가정법원의 확인, 호적법에 의한 신고 등 간편한 절차만으로도 이혼의 효력이 발생함으로써 혼인의 보호보다는 자유로운 해소에

중점을 두고 있다는 문제점이 있어 왔다. 이에 2007년 12월 21일 민법 개정으로 이혼숙려기간을 도입하였다(법 제836조의2제2항 및 제3항 신설). 즉, 협의이혼 당사자는 일정 기간(양육하여야 할 자녀가 있는 경우는 3개월, 양육하여야 할 자녀가 없는 경우는 1개월)이 경과한 후 가정법원으로부터 이혼 의사 확인을 받아야만 이혼이 가능하도록 하였다. 이에 따라 신중하지 아니한 이혼이 방지될 것으로 기대된다.

이혼 접수 후, 태현이 말했다.

"준수 전화, 내가 시킨 거야."

"뭐라고?"

"마지막 선물로 알려 주는 거야. 네가 준수에게 미련 가질까 봐. 100만 원 준다니까 바로 전화하더라."

"왜 그랬어?"

"네가 어떻게 나오나 보려고."

"그… 그렇게 할 일이 없었어? 나랑 결혼은 왜 했니?"

"엄마가 결혼해야 아파트 준다고 해서."

"그럼, 그렇게 말하지. 처음부터."

"그럼 너 나랑 결혼 안 했을 거 아냐?"

"애 생기면 어쩌려고 했어?"

"글쎄, 키웠겠지? 너 혼자."

"우리 애… 불행했겠다. 잘됐다. 바보 엄마 안 만나서."

은정의 눈에서 눈물이 주르륵 흘렀다.

"넌… 아파트가 왜 좋니? 이렇게 살아야 할 만큼 중요하니?"

"부모가 돈이 있어도 내가 마음대로 할 수 있는 재산이 없으니까 대출도 안 되고 투자도 못 하잖아. 내 마음대로 할 수 있는 돈이 필요했어."

"무엇이 너를 이렇게 만들었니?"

"너도 준수보다 날 택한 건 내가 돈이 있어서 아니었어? 네가 날 비난할 자격이 있어?"

"난 준수가 날 떠나서 널 만난 거야. 네가 부자인 건 난 상관없었어."

"그럼 지금 준수한테 다시 가면 되겠네."

"그만두자, 이쯤에서."

"참, 차 키 줘. 네 차, 우리 엄마가 사 준 거잖아."

은정은 차 키를 내어 주고 뚜벅뚜벅 걸어갔다.

"너 애 없이 이혼한 거 다행인 줄 알아라."

태현이 은정의 뒤통수에 대고 소리친다.

'그래, 누군가는 더 큰 시련도 잘 이겨 내지. 그런데 난 좀 자신이 없다.'

그때 시어머니로부터 전화가 왔다.

"네가 멀쩡한 우리 아들 호적에 줄 가게 하고 독하디독한 게 바람까지 피우고 그래서 결국 애도 떨어진 거 아니냐!"

은정은 휴대폰을 떨어뜨렸다.

엄씨는 한 번 시집간 여자가 다시 집에 오는 건 안 된다며 손이 발이 되도록 빌어서 다시 시댁으로 가라고 했다.

"애가 오죽하면 그래요? 우리 은정이 몰라요?"

은정 엄마는 은정 편을 들어 남편을 달랬다.

"대한민국 시댁이 다 그렇지. 시댁살이 그 정도 안 하는 여자 몇이나 된다고 그걸 못 참고 나와?"

세세한 내막을 모르는 은정 아빠는 역정을 내었다.

"당신이 딸 교육을 어떻게 시켰길래 애가 이혼을 하냐고. 우리 집안에 이혼한 사람 누가 있어."

"아빠, 죄송해요. 제가 못나서 그래요."

"사돈이 그러는데, 네가 바람을 피웠다며!"

"바람은요, 아빠. 말도 안 돼요."

"없는 얘기가 나온 거란 말이냐?"

"전화 통화 한 번 했어요. 준수랑. 아빠도 아시잖아요."

"그 녀석이랑 왜 통화를 해?"

"제가 결혼한 줄 모르고 한 거래요."

"헤어진 녀석이 뭐 하러 전화를 해."

은정은 태현이 준수에게 돈을 주었다는 이야기는 하고 싶지 않았다. 돈 좋아하는 졸부와 돈 좋아하는 가난뱅이 사이에서 놀아난 꼴밖에 더 되는가 싶었다.

"애 없이 이혼한 게 뭐 흠이나 되나요? 은정이 아직 젊고 학벌 좋고 다시 결혼할 수 있어요."

은정 엄마가 말했다.

"엄마… 나 좀 내버려 둬요."

"너 아직 서른이야. 혼수 자리 넘치고 넘쳐. 걱정하지 마. 총각이랑 결혼할 수 있어."

은정 엄마는 씩씩했다.

"가희 엄마에게 혼사 자리 좀 알아봐 달래야겠다."

은정은 집에서 혼자 술을 마시는 일이 잦았고, 은정 엄마는 길 가는 사람마다 결혼했냐고 묻고 다니더니 이내 치매 판정을 받았다. 은정은 모든 것이 자기 탓인 것만 같아 엄마를 돌보고 싶었으나 뜻대로 되지 않았다. 술이 늘었다.

한 계단 한 계단 올라가는데 다음 계단이 사라졌다. 처음 인생의 답을 스스로 찾아야 했다. 초등학교, 중학교, 고등학교, 재수 다음에 대학이 없다면 그 자리에 무엇을 넣을 것인지 스스로가 찾아야 했다.

1993년, 노량진

나희는 대학에 떨어졌다. 기철과 지숙은 한 번에 서울대에 붙은 가희가 비정상이고, 재수가 필수인 세상에 나희가 정상이라고 위로하였다. 나희는 노량진에 있는 대성학원에 등록을 하기로 한다. 대성학원은 아무나 받아 주지 않는다. 나희는 가희에게 입시 학원 입학시험을 대신 봐 달라고 부탁한다.

나희의 성적은 3등급으로 SKY를 가기엔 부족한 성적이라 미술 실기를 겸하기로 한다. 단과반에서 아침 6시에 수업 하나를 듣고 종합반으로 이동하여 8시에 자습, 9시부터 12시까지 오전 수업, 1시부터 3시까지 오후 수업, 오후 4시부터 밤 10시까지 화실 수업을 등록하였다. 공부를 제대로 하기보다는 오로지 학원으로 뒤범벅된 스케줄이었다. 앉아서 졸기가 일쑤였다. 공부하는 방법도 몰랐다.

미술 학원에서는 석고상을 놓고 반복해서 그리며 빛의 명암을 외웠다. 디자인 수업 때는 주어진 주제에 3시간 이내에 색칠을 완성하지 못하면 1미터 길이의 매로 엉덩이를 맞았다. 잘 알지 못하는 무수한 단어들을 연필로 칠하며 외우고 또 외웠다. 학력고사에 실패한 나희는 1994년 첫 대학수학능력시험이란 것을 치르게 된다.

1982학년도부터 1993학년도까지는 학력고사와 대학별 고사를 통해 학생을 선발하였다. 1987학년도까지는 먼저 학력고사를 치려서 점수를 확인하고 이 점수를 기준으로 대학 지원을 하였고, 1988학년도부터는 대학에 지원하려는 학생은 먼저 원하는 대학을 모집 시기(전기 및 후기)에 각 한 곳씩 지원하고, 지원한 대학교에서 시험을 치렀다. "선지원 후시험 시대"라고도 한다.

1994학년도부터 입시 기간에 따라 가 · 나 · 다군으로 모집 단위를 변경하였으며, 학력고사를 폐지하고 대학수학능력시험이 실시되었다. 1994학년도 대학입시에는 대학수학능력시험과 대학별 고사를 함께 치르기도 하였으나 이후 정부의 '본고사 금지' 정책에 따라 1997학년도부터 현재까지 논술고사 또는 면접고사를 치르고 이를 점수화하여 입시에 반영한다. 이전의 입시 방법에 비교하여 "선시험 후지원 제도"라고도 한다.

나희는 대학수학능력시험은 잘 치렀으나 원하는 K대 미술교육과 미술 실기시험에서 낙방하고 만다. 재수에 실패한 것이다. 예체능계 지원자는 문과 지원이 되지 않기 때문에 성적이 좋아도 인문계열은 지원할 수가 없었다. 눈앞에 캄캄해진 나희는 밤길을 걷는다. 비가 후두둑 내리지만 그냥 비를 맞았다. 삼수를 할 자신이 없다.

SKY대학에 입학하기 위해 돈도 많이 썼고 최선을 다했다. 나희는 최선을 다하지 않았다면 패배를 받아들일 수 있었지만, 최선을 다해도 안 되는 것에 대해 어떤 인생을 살아야 할지 막막했다. 먼저 K대 화학공학과에 들어간 친구에게 '죽을 수 있는 약' 좀 만들어 달라고 부탁한다. 술을 만취가 되도록 마시고 길거리에 쓰러진다.

'내가 하고 싶은 일은 무엇일까?'

'나는 무엇을 할 수 있을까?'

'내가 해야 할 것은 무엇인가?'

'나는 누구인가? 아니, 무엇인가?'

식당을 하는 부모의 일을 돕거나, 농사를 짓는 부모의 가업을 물려받을 계획으로 배운다면 검은 구름과 같은 불안은 다가오지 않았을 것이다. 그러나 교수인 아버지와 서울대에 입학한 자매를 둔 나희가 기능직을 배워 살아 나간다는 것은 일종의 '실패'에 해당되었다. 실패가 아님에도 그렇게 배웠다. 기능직은 가난하거나 공부를 못하는 사람이 선택하는 길이라고 생각하던 시대였다.

나희는 길을 걷다 눈에 뜨인 '보살집'을 두드렸다.

"누구야?"

당당한 반말이 들렸다. 허스키하면서 굵은 중년 여자의 목소리가 울린다.

"저… 뭐 좀 여쭤보려고요."

"뭔데?"

"제가 대학에 떨어졌거든요. 공부를 엄청 못하지는 않는데요 재수해도 또 떨어졌어요. 왜 그런가요?"

여자는 금방울을 흔들고 쌀 한 줌을 뿌리더니 말을 한다.

"학생 팔자가 아냐."

"네?"

"삼수해도 대학 못 가."

"네에?"

"학생 팔자가 아니면 공부를 아무리 잘해도 대학 운이 없어."

"그… 그럼 전 어떻게 해야 하나요?"

"남자가 꼬이겠네."

"네? 저 남자 친구 없는데요."

"앞으로 꼬일 거야. 조심해."

"대학은요? 대학 안 나오고 어떻게 살죠?"

"학업운은… 보자."

여자는 다시 한 번 쌀을 뿌린다.

"5년 후에 대학 가네."

"그… 그때까지 뭐 하죠?"

"이 나라를 뜨라고 나오는데? 멀리 갈 팔자야."

"저는 외국 안 좋아해요. 돈도 없고 영어도 못하고."

"몇 년간 고생할 거야. 알고 시간이 흐르도록 해. 나중에 좋은 일이 생길 테니까."

그렇게 나희는 호주 브리즈번 어학연수행을 택한다.

삼풍백화점 붕괴, 그 후

갑식은 강남 아파트를 팔아 건물을 사고 분당으로 이사를 갔다. 건물에 병원 2개를 만들어 의사 사위를 보기 위해 '마담뚜'라고 불리는 중매쟁이를 찾았다. 중매쟁이는 돈 있는 집 며느리를 보고 싶어 하는 의대생 부모들의 리스트를 갖고 있었다.

의대 등록금을 대느라 허리가 휜 가정들은 아파트 하나 사 오는 며느리를 절실히 원했다. 갑식은 그렇게 정략결혼을 한 의사들이 바람을 많이 피운다는 소문이 걱정되어 자신의 건물에 병원을 차려 직접 감시하기로 한다.

갑식은 큰딸 정미의 혼처로 Y대 의대 레지던트 코스를 밟고 있는 정훈을 소개받아 모친을 만난다. 성격 차이로 이혼하는 것보다 돈 때문에 이혼한다는 것에 두 여자는 동의한다.

"압구정동에 이비인후과 차리고 집은 판교에 30평대로 하면 어떻겠어요?"

"압구정동 아파트가 낫지 않아요? 병원이랑도 가깝고."

"압구정동은 이미 많이 올랐어요. 제가 그 정도 자금은 안됩니다. 전세로 들어갈 수도 없고."

"전세 2년도 나쁘진 않죠."

"모르시는 말씀. 지금 집값이 나날이 오르는데 집은 무조건

매매로 잡아 둬야 할 때입니다. 그리고 판교가 앞으로 나쁘지 않아요. 부동산 쪽은 절 믿어 보세요."

"집이 30평대면 좀 작지 않아요?"

"30평대가 거래가 제일 활발하고 전망이 좋습니다. 그리고 이비인후과가 피부과나 성형외과도 아니고 그렇게 떼돈 버는 업종은 아니잖아요."

"흠흠… 따님이 인물도 살짝 빠지던데."

"인물 인물 하지 마세요. 돈만 있으면 다 고치는 세상인데, 우리 정미 정도면 어디 가도 안 빠져요. 여자가 대학 나왔으면 됐지요."

"그 대학이 정식 대학은 맞나요?"

"그럼요. 지금은 2년제이지만 나중에 4년제 되고, 수도권이라 지방 국립대보다 낫습니다."

"나중은 나중이고 지금으로선 좀 부족하네요."

"제 딸이지만 부족하다는 것 인정합니다. 그래도 착하고 잘난 척 안 합니다. 의사 며느리 보면 뭐 해요? 바쁘기만 하고 애 봐 달라고 하지."

"하긴 그렇죠. 그럼 차 한 대 하고 38평으로 하지요."

"좋습니다. 아드님 지금 사귀는 여자는 없죠? 결혼 후 말썽 생기는 일 없어야 합니다."

"공부밖에 안 한 애예요. 고지식할 정도로. 그런 걱정은 붙들어 매시죠."

혼사를 성사시킨 갑식은 건물 3층에 병원을 차리고 입구에 CCTV를 달았다. 간호사 한 명을 병원에 꽂아 두어 출납 기록을 보고하도록 했다. 정훈은 시계처럼 정확히 출근하고 정확히 퇴근하여 집으로 귀가하였다. 약속대로, 아니 계약대로 공식적인 집안 대소사를 어김없이 챙겼지만 그 외 모든 일정은 정중히 거절했다.

1995년 6월 29일 서울 서초동 소재 삼풍백화점이 부실공사 등의 원인으로 갑자기 붕괴되어 사망 502명, 실종 6명, 부상 937명의 인명 피해를 낸다.

갑식의 딸 정미는 삼풍백화점에 쇼핑을 갔다가 건물이 붕괴되는 사건으로 사망한다. 정미의 남편은 딸을 데리고 미국으로 떠났다. 갑식은 딸에게 상당 재산을 물려주었는데, 미성년자의 손녀를 대신하여 사위가 모든 재산의 수여자가 되어 미국으로 떠나 버린 것이 이해도 되지만 한편으론 괘씸하였다.

평생 손녀를 볼 수 없다는 생각에 분개하였지만, 법적으로 처리된 재산 문제를 이제 와서 소송을 걸 수도 없었다. 사위 정훈이 위로의 인사를 하며 떠났거나 가끔 손녀의 소식이라도 전해주겠다며 편지를 남겼으면 그래도 가족이라 생각했을 터인데,

딸이 죽고 나자 사위는 마치 딸의 죽음을 기다리기라도 한 사람처럼 아무 말 없이 집을 정리하고 떠났다.

갑식은 절에 가서 추도제를 지냈지만 마음의 응어리가 풀리지는 않았다. 그 응어리는 혹처럼 자라 내 자식이 아닌 사위나 며느리는 물론 모든 친척을 의심하는 마음으로 자리 잡는다. 갑식이 큰돈을 벌었다고 해서 인격 변형이 온 것은 아니다. 기분 좋은 우월감은 있었으나 그로 인해 오히려 호탕하게 쓰기도 했다. 그러나 사위 정훈의 도망치듯 사라진 그 행태는 갑식의 마음에 굳은 흉터가 되었다. 딸의 죽음은 바다처럼 슬프지만 사위의 태도는 또 다른 상처였다.

삼풍백화점 붕괴로 국가에 대한 믿음이 사라진 마당에 슬픔을 나누지 않는 사위의 태도는 인간에 대한 믿음마저 사라지게 했다. 국가란 무엇인가. 내가 성장하고 자란 추억과 환경, 동질감을 느끼게 해 주는 울타리, 뭐 이런 것 아니었던가. 갑식의 조국은 비리와 무능함, 가난과 배신이었다. 해방 후 전쟁을 맞이하고 다시 국가를 재건하는 데 최선을 다해 살아온 삶이 이따위였구나.

저 화려한 건물 기둥은 전쟁보다 더한 살인 무기였다. 삼풍백화점은 대한민국 고도성장의 그림자였고 또한 갑식 자신의 삶이기도 했다. 자식도, 돈도 다 가졌지만 정작 아무것도 가진 것이 없었다. 행복이 사라져 버렸다. 정훈이 정미를 사랑하기나 한 것일까.

그 뒤로도 갑식은 수년간 건물에 갇혀 구해 달라 외치는 딸의 꿈을 꾸었다. 둘째 딸 선미가 정신과[11] 상담을 권유했지만 갑식은 거절했다.

"부처님께 기도하면 된다. 나는 병원 안 간다. 내가 미친 사람이니?"

"엄마, 요즘은 미친 사람만 병원 가는 게 아니에요. 그냥 살면서 스트레스받고 힘들면 가서 이야기하고 좋은 이야기도 듣고 그래요."

"돈지랄들 하고 자빠졌네. 힘든 얘기하는데 왜 돈을 주고 해?"

"전문가들 조언은 달라요."

"시끄럽다. 나 미친 사람으로 몰아붙여 병원에 가두려고 하는 거 아니면 병원 얘기 꺼내지 마라."

"엄마, 무슨 말을 그렇게…. 나 선미야. 엄마 딸 선미."

"딸이고 아들이고 사위고 돈 앞에서 누굴 믿어?"

"엄마…."

11 1982년 신경정신과가 신경과와 정신과로 분리되었다. 2011년 정신건강의학과로 이름이 바뀌었다.

선미는 그만 두 손으로 얼굴을 감싸고 눈물을 터뜨린다.

1990년대 이전 정신보건법이 없던 시절에는 법과 제도의 손길이 닿지 않는 곳에서 정신질환자가 기도원, 요양시설 등에 방치되거나 치료받지 못하고 인권이 침해당하는 경우가 많았다. 이에 1995년 12월 30일, 미인가 정신의료기관 및 시설 등을 제도화하고, 입퇴원 절차를 규정하는 것을 주요 골자로 하는 정신보건법이 처음 제정되었다.

기존의 정신보건법은 보호자와 전문의 1인의 동의만으로 본인 의사와 무관한 비(非)자의입원을 허용하였다. 이로 인해 재산 다툼, 가족 간의 갈등이 있을 때 정상인이나 경증환자를 강제 입원시키는 수단으로 악용되기도 하였다. 정신질환자의 인권을 더욱 두텁게 보호하고, 행정입원 및 외래치료명령 등 제도를 개선하여 사회 안전을 강화하고자 2017년 5월 30일 '정신건강복지법'이 개정되었다.[12]

딸을 잃은 상처는 갑식의 마음속에서 잡초처럼 자라났다. 밟으면 밟히고 자르면 또 자라나는 상처는 마음의 일부가 되었다. 고급 아파트, 멋진 옷, 그녀가 젊을 때는 상상도 못한 부(富)를 가졌지만 그것을 기뻐하고 즐거워할 수 있는 마음을 잃

12 보건복지부 홈페이지 참조

어버렸다. 억울한 죽음이었다. 딸은 젊었고 아무 죄가 없었다.

갑식은 그 죽음이 받아들여지지 않았고 숨이 막혔다. 폐 CT를 찍고 MRI 촬영, 심전도 검사, 피 검사, 엑스레이 할 수 있는 것은 다 했지만 병원에서는 아무 이상이 없다고 했다. 의사들은 하나같이 '정신건강의학과'를 권했다. 그러면 갑식은 "내 정신 하나는 끄떡없다. 전쟁도, 사라호[13]도 다 이겨 냈다. 멀쩡하다."라고 큰소리를 내뱉으며 병원을 나섰다. 그러다 이내 또 숨이 막혀 목을 잡고 켁켁거렸다. 울화병의 치료제가 '따뜻한 인간관계'라는 것을 알 턱이 없었다.

13 1959년 9월 17일 부산에 발생하여 큰 피해를 입힌 태풍. 태풍 사라호는 남부 지방을 중심으로 전국적으로 800여 명의 사망자와 9,329척, 1만 2,366동의 주택 파손, 도로 · 교량 · 전화 등 662억 원의 재산 피해를 입혔다.

X세대의 탄생

나희는 '대한민국에서 고졸자가 할 수 있는 일이 무엇이 있을까?'에 대한 답을 찾을 수 없었다. 주민등록증[14]도 있는 어른이었지만 대학이라는 열차에 올라타지 못했을 때는 무엇을 해야 하는지 아무도 알려 주지 않았다.

고3 담임 선생님은 그저 "이 녀석들아, 똥돼지 같은 녀석들. 공부해. 공부 못하면 낙오자가 된다."라고 늘 말했다. 종종 매도 들었지만 그는 애정이 있었다. 관형사가 뭔지 모르지만 외웠고, 태종태세문단세도 외웠다. 그러나 애초에 대학은 노력한 자의 것이 아니라 성적순이었기 때문에 노력하지 않은 학생도 떨어지지만 노력을 한 학생도 떨어질 수 있는 제도였다.

나희는 호주에서 '선진국'을 맞닥뜨렸다. 거리는 매끈하고 넓었으며 차는 한적하니 달리기 좋을 정도로 있었다. 집들은 큼직큼직하니 단독주택이 많고 거리의 사람들은 여유로운 표정으

14 주민등록번호(住民登錄番號, 영어: Resident Registration Number, RRN)는 주민등록법에 의해 부여되며, 대한민국에서 대한민국에 거주하는 모든 국민에게 발급하는 주민등록증에 적혀있는 국민식별번호 제도이다. 1968년 11월 21일부터 편리한 간첩 식별 등의 목적으로 주민등록증이 발급되면서 부여되기 시작했다. (출처: 위키백과)

로 미소 짓고 있었다. 꼬부랑 할머니는 없었다. 나희가 머무는 집과 슈퍼, 어학 학교까지 거리가 있어 나희는 롤러스케이트를 사서 타고 다녔다. 문득 중학교 친구 성순이 롤러스케이트 때문에 중학교를 퇴학당한 것이 떠올랐다. 롤러스케이트를 길거리에서도 탈 수 있는 나라에 놀랐다.

슈퍼는 입이 떡 벌어졌다. 아이스크림 냉장고만도 한 참을 걸어야 할 정도로 컸다. 한국도 대형마트가 막 생겨 구경은 해 보았지만 규모가 달랐다. 호주의 물가는 비싸지 않았다. 텔레비전을 보는데 프로그램 중간에 광고가 나오는 것이 신기했다. 한국은 한 프로그램과 프로그램 사이에만 광고를 하는데, 호주는 중간 아무 때나 광고를 수시로 했다. 광고도 영어니까 열심히 들어 보기로 했다.

함께 어학연수를 하는 한국인들과 시드니로 일주일 정도 여행을 다녀오기로 했다. 브리즈번에서 시드니로 가는 대형 버스가 가다가 중간에 고장이 나서 멈추었다. 나희는 이제 곧 사람들이 항의를 하고 난리를 치겠구나 싶어 조마조마했다. 그러나 버스 안 사람들은 하나둘 버스 밖으로 나가더니 잔디밭에 벌렁 누워 담소를 나누기 시작하였다. 그렇게 4시간 정도 지나자 다른 버스가 와서 모두들 다시 탔다.

나희가 머무는 집 옆에는 매일 밤 별을 보는 청년이 있었다. 직업이 뭐냐고 물으니 없다고 했다. 그럼 어떻게 사냐고 하니 정부에서 매달 100만 원 정도를 받는다고 했다. 직업을 구하면 더 많이 벌 수 있지 않냐고 물으니, 헬스를 하고 별을 보는 것을 좋아해서 당분간 일할 계획이 없다고 했다. 나희는 그 호주 청년과의 대화가 너무나 신기했다.

'한국에서는 한두 달만 아르바이트를 안 하고 쉬어도 밥충이 취급을 받는데 이 나라 뭐지? 이것이 복지라는 것인가?'

나희는 어학연수 학교에서 일본인을 만난다. 일본어를 못하니 영어로 이야기하며 함께 식사를 하기로 했다. 통성명을 하는데 그 일본인의 이름이 '성찬'이라는 것이다.

"성찬? 그거 한국 이름 아닌가?"

"나 Korea 사람이야."

"뭐? 재일교포야?"

"응, 부모님이 함경도 출신."

"으악~ 너… 너… 그럼 북한 출신?"

"응, 나는 조선인민공화국 출신이야."

"아… 나 북한 사람 처음 봐. 책에서는 다 무섭게 생겼었는데 잘… 잘생겼네."

"하하하. 그리고 나 한국말 할 줄 알아."

"어마어마… 대박! 신기! 짱! 짱짱짱!"

"그게 무슨 말이야?"

"몰라, 그냥 'wonderful'이야. 근데 여기 왜 왔어?"

"요리 배우려고."

"일본도 요리 학교 유명하잖아."

"응, 나는 공화국 사람이니까 차별받아서 서양 요리 배우고 싶어."

"요즘도 차별해?"

"나는 조선말 전용 학교를 다녀서 정식 학교로 인정을 못 받으니까 대학에 갈 수 없었어."

"어머, 그런데 왜 조선말 학교를 다녔어?"

"부모님이 조국을 사랑하셔서 그렇게 하셨어. 조선말 배우라고."

"넌 일본말이랑 한국말, 아니 조선말 중 뭐가 더 쉬워?"

"당연히 일본말이 모국어 같지. 조선말은 학교에서만 쓰니까."

"와! 아무튼 신기하고 반갑다. 어학연수 끝나면 한국 놀러와. 내가 홍대 클럽 데려갈게."

"난 남조선 못 가. 북한 국적이라서."

"아, 너무 아쉽다. 그럼 내가 일본 가면 널 만날 수 있지만 너는 한국 못 와? 일본 여권 없어?"

"응. 나는 중국, 쿠바 이런 북한과 외교를 맺은 나라만 갈 수 있어."

"크~ 남남북녀인 줄 알았는데 이렇게 잘생긴 남자가 한국에 못 오다니 너무 아쉽다. 너 한국 오면 인기 짱일 텐데."

"호주에 남조선 사람 진짜 어학연수 많이 오더라. 남조선이 잘사나 봐."

"영어 못하면 할 게 없을 정도로 영어가 중요해서. 나 대학 못 갔거든. 영어 좀 배워서 언니 학원에서라도 일해야 할까 봐. 대학을 다시 가려고 해도 점쟁이가 몇 년은 못 간다 하더라고."

"점을 믿어? 그거 미신 아니야?"

"그런가? 점집도 많고 사람들이 신년엔 다 한 번씩 보니까 난 그런가 보다 했는데. 잘 맞춰, 점쟁이들이."

"무슨 근거가 있어? 그들은 사람들을 많이 만나서 통계적으로 상담을 하는 것이지. 너는 대학에 갈 수 있어. 어학연수 마치고 다시 시험 봐 봐. 점쟁이가 맞는지, 내가 맞는지."

"희망이 좀 생기는데? 우리 골드코스트 가서 피자나 먹을까?"

"그래, 좋아."

나희는 성찬의 일본어 억양의 한국말이 신기했고, 같은 민족이라는 것만으로도 외국에서 만나니 각별히 친밀감을 느꼈다. 또한 북한 남자는 다 빼이 들어가고 촌스러우며 피죽도 못 먹은 사람이라고 생각했지만, 성찬은 웬만한 연예인 이상으로 잘생겼다.

'도대체 남남북녀는 누가 지어낸 거야? 남한 남자 아냐? 김일

성이 잘생긴 북한 남자는 다 감춰 뒀나? 예쁜 여자들만 TV에서 보여 주고.'

성찬은 일본 스타일의 매너와 한민족이 갖고 있는 '정'이라는 정서를 동시에 갖고 있었다. 성찬도 일본 여자들이 항상 일정 선을 긋는 데 반해 스스럼없이 다가오며 발랄한 나희에게 정이 갔다.

나희는 호주에서 돌아온 후, 초등 전문 영어 학원에 취업했다. 영어 학원에서는 정확한 문법으로 문제를 푸는 교사보다 원어민들이 쓰는 제스처와 발음을 구사하는 교사를 선호했다. 어학연수 학교 이름은 마치 해외 대학을 나온 듯 애매하게 해석하여 홍보에 활용되었다. 인스티튜트(Institut)라는 용어가 학원이라는 개념보다는 학교와 학원의 개념을 함께 쓰기 때문이다. 게다가 대학 부속 어학원을 다녔다면 더욱 애매하게 쓰였다. 하이텔 PC통신에 호주 어학연수 모임도 만들었다.

인터넷으로 학연도 지연도 아닌 사람들을 만나 교류하는 그들을 사회는 'X세대'[15]라 불렀다. 신세대, 인터넷, 대중문화라

15 한국에서 사용된 X세대는 원래 1993년 12월 ㈜태평양의 화장품 광고에서 비롯된 것이었다. 이 용어를 유행시킨 광고를 만든 동방기획 차장 김상중은 1994년 8월 9일 국민일보에 그 자신도 이 용어가 이렇게까지 인기를 끌 줄 예측하지 못하였다고 인터뷰하였다.

는 거대한 물결이 일렁이는 시대였다. 채팅으로 만나 삐삐 번호를 교환하였다. 기성세대의 '용건만 간단히' 하는 전화 통화 문화와 달리 X세대의 채팅은 하루에 몇 시간씩 이루어졌기 때문에 전화 요금은 한 달에 수십만 원이 나왔다. 남자들은 통신 요금뿐만 아니라 데이트 비용까지 부담해야 했다.

그러나 청춘은 새로운 문화에 돈을 아끼지 않는다. '성'에 대한 가치관과 윤리관에도 변화의 바람이 불었다. 기혼 남녀들의 미팅도 이루어졌고, 결혼을 유지하면서 또 다른 연애를 할 수 있다는 생각도 더 이상 서구 문화의 것만은 아니었다. 그러나 여전히 간통제[16]가 남아 있었기 때문에 증거가 있으면 불륜은 사회적 처벌 대상이었다.

나희의 영어를 약간 자연스럽게 구사하는 능력은 한국의 영어 열풍과 맞물려 학원뿐만 아니라 부유층의 유치원 아이들의 부모들까지 개인 교습을 원할 정도였다. 그들은 교습비가 얼마인지 묻지도 않았다. 아이들을 가르치면서도 아이들의 엄마 얼굴은 보지도 못했다. 전달 사항은 비서를 통해서 전했다. 주 2회 한 달 수업을 마치고 비서에게서 연락이 왔다.

16 노르웨이는 1927년에, 덴마크는 1930년, 네덜란드와 스웨덴은 1937년, 독일은 1969년, 프랑스는 1975년, 스위스는 1989년, 오스트리아는 1996년에 간통제를 폐지하였다. 한국은 2016년 1월 6일 형법에서 삭제되었다.

"얼마를 원하시나요?"

나희는 잠시 망설이다가 시세의 3배를 불렀다. 바로 입금이 되었다. 나희는 차를 샀다. 부잣집들은 역세권에 있지 않다. 교통이 불편할 뿐 아니라 빌라 입구에서 집까지의 거리도 걸어가기에 멀다. 빌라 주차장에는 알록달록한 외제차들이 가득했다. 나희는 중고 액센트를 몰고 새로 과외를 신청한 학생의 빌라를 찾았다.

빌라 입구엔 정장을 차려입은 키가 큰 젊은 남자가 신원 조사를 했다. 102동 201호 영어 과외를 왔다고 하자, 주차장 쪽 경호원에게 무전기로 말한다. 101동을 지나 102동 주차장으로 들어서니 경호원이 나와 엘리베이터에 카드키를 대고 문을 열어준다. 엘리베이터는 단 한 집의 현관문과 이어져 있었다. 엘리베이터 문이 열리자 다시 일하는 아주머니가 현관문을 열어 준다. 휴대폰 수신은 끊어졌다.

나희는 11살인 학생에게 엄마 휴대폰 번호를 물어봤다. 순진한 아이는 번호를 선뜻 가르쳐 주었다. 수업 후 나희는 학생 엄마에게 문자를 보냈다.

"제니 학생 영어 선생님입니다. 다음 주 수요일 수업을 못 하게 되어 연락드립니다. 날짜 조정을 하셔도 좋고 결석으로 처리해도 좋습니다."

제니 엄마의 답은 없었고, 나희는 비서로부터 해고 통보를 받았다. 나희는 빙그레 미소를 지었다. 사실 알고 있었다. 제니 엄마는 과외 선생 따위의 문자를 받는 사람이 아니라는 것을. 아마 나희의 문자를 받고 "감히…"라고 생각했을지 모른다. 그리고 비서는 혼이 났겠지. 나희는 그 휴대폰도 안 터지는 답답한 집에서 벗어나 홀가분했다. 그리고 본동 사회 복지관에서 봉사를 하기로 마음먹는다.

물론 그곳도 대중교통이 닿지 않았다. 겨울이면 차가 올라가지 않아 복지사들이 나와 눈을 치워 주어야 겨우 차가 올라갔다. 인근 슈퍼도 없어 만물트럭이 지나가면 주민들이 나와 물건을 하나씩 살 수 있었다. 만물트럭은 계란도 팔고 빗자루도 팔고 모기약도 팔고 때밀이 수건도 팔았다. 본동 복지관에는 60여 명의 아이들이 영어를 배우기 위해 왔는데 A, B, C나 인사 수준만 배우고는 온 동네를 뛰어다니며 놀았다.

그중 정애라는 17세 소녀는 지적장애인이었는데, 늘 'I LOVE YOU'를 써서 나희에게 건네주곤 했다. 수현이라는 자폐 소녀는 벽 한쪽에 영어를 가득 써 놓기도 했다. 신기한 건 영어 동화책을 한 번만 읽으면 그것을 통으로 외워 그대로 벽에 옮겨 쓴다는 것이다. "수현아, 공책에 써야지."라고 말하면 수현은 로봇과 같은 말투로 "아니에요. 벽에 쓴다."라고 반복적인 답을 했다.

복지관 아이들은 하교 후 동네에서 사방치기, 술래잡기를 하며 뛰어놀았다. 명절이면 복지관에서 떡 하나와 음료수 하나씩을 나누어 주었다. 가끔 기업 후원으로 과자가 들어오기도 했다. 부모들은 일하러 나갔지만 골목 어귀마다 할머니들이 앉아 있었고 복지사들이 돌보아 주었다.

나희는 제니를 떠올렸다. 제니의 학용품은 큰 옷장 하나에 가득 들어 있다. 제니 방엔 발코니가 딸려 있었고 침대엔 키노피가 달려 있었다. 책상 여기저기엔 유명 야구선수의 사인볼들이 굴러다녔다. 없는 게 없는 방이었지만 제니가 만나는 사람들은 스페인어 선생님, 영어 선생님, 프랑스어 선생님, 골프 선생님, 피아노 선생님 등 온통 제니에게 무엇을 가르치러 오는 선생님들뿐이었다. 제니는 시들시들한 난초 같았다.

나희는 부자와 가난한 자들의 삶을 보았다. 그리고 자신은 어떻게 무엇을 위해 살아야 할지 방향을 잡지 못하는 청춘이었다. 당연히 부유하게 사는 것이 좋을 줄 알았는데 꼭 그렇지만은 않은 불편함이 있었다. 그렇다고 가난하게 살고 싶은 것도 아니었다. 저렇게 밝게 뛰어노는 저 아이들은 장차 어떤 직업을 갖게 될까.

밤이면 나희는 학원 선생님들과 신촌의 나이트클럽으로 갔다. 영어 선생님들의 수입에 비해 나이트클럽 비용과 택시비는 부담스럽지 않은 금액이었다. 여자들끼리 다니면 남자들끼리

온 손님과 합석을 하고 나이트클럽 비용을 남자들이 다 내는 일도 종종 있었다.

토요일 밤 줄리아나 나이트클럽은 젊은이들로 꽉 찼다. 나희는 같은 학원 선생님인 미진과 갔다. '압구정'이라는 이름표를 단 어린 웨이터는 바쁘게 손님들 사이를 오가며 담배 심부름을 했다. '압구정'은 나희가 붉은 촛대를 들면 달려오다시피 왔다.

"말보로 하나만."

"네, 누님. 그런데 저쪽 테이블에서 합석하자는데 어떠세요?"

"잘생겼어요?"

"그럼요. 누님보다야 못하지만 아주 깔끔 쌈빡합니다."

"오라 해 봐요."

"네네, 알겠습니다. 감사합니다."

"애들 구리면 어떡하지?" 미진이 말한다.

"구리면 바쁘다고 나오면 되지, 뭘."

"저기 온다." 미진이 새침한 표정을 짓는다.

"안녕하세요?" 학생인 듯 보이는 남학생 둘이 온다.

"안녕하세요?"

"저희 여기 처음인데 재미있네요. 자주 오세요?"

"가끔요."

나희가 대답하자 미진이 "전 처… 처음이에요."라고 둘러댄다. 나희가 놀라 미진을 쳐다보자 미진이 나희 팔을 툭 친다.

'무슨 소리야?' 나희가 미진에게 눈빛을 날린다.

미진은 담배도 슬그머니 나희 쪽으로 밀어낸다. 나희는 그제야 미진의 뜻을 알아차린다. 남자가 마음에 드니 내숭 좀 떨겠다는 것이다. 그럼 오늘 독박은 내가 써 주마. 나희는 너그러이 웃음을 날린다. 나희는 담배를 물고는 미진의 여성스러움을 돋보이도록 하기로 한다.

"전 박나희예요."

"전 설미진이요."

"김진우라고 합니다."

"이호영이에요."

"뭐 하시는 분이세요?"

"며칠 전에 제대했어요."

"아… 복학생이시구나. 어디 다녀요?"

"고려대 화공과 다닙니다."

"집은요?"

"압구정이요."

"오~ 압구정."

"호영 씨는요?"

"같은 과 동기구요. 집은 창동이에요."

"나희 씨는요?"

"전 학원에서 애들 가르쳐요. 대학은 못 갔어요."

"저도 학원에서…."

"대학이 뭐 중요한가요?" 진우가 말한다.

"그러게요. 대학이 뭐 중요한가요."

취기가 살짝 오른 나희도 받아친다.

"대학이 안 중요한 건 아니죠." 미진이 말한다.

"대학이 그 사람의 모든 걸 말할 수는 없는데 대부분을 설명해 버리죠."

"대학 못 나온 사람은요, 그냥 못난이예요. 바보 천지."

"나희야, 너 왜 그래."

"맞잖아. 대학도 못 들어간 바보."

"얘가 좀 취했나 봐요."

"야… 고려대 들어가서 좋겠다. 부럽네요."

"우리 나가서 춤이나 출까요?"

"그래요. 나가, 나가."

그 뒤 미진은 압구정 출신이라는 박진우와 두어 달 만나다가 헤어졌다. 울고불고 개새끼 소새끼 온갖 욕을 다 했다. 결국 자신을 놀이 상대로만 생각했다는 것이다. 딱 두 달짜리.

진우가 압구정에 살았는지 살지 않았는지는 알 수 없다. 어쨌든 그는 압구정이라는 단어를 여자들을 만나는 데 활용했고, 그 단어는 자주 유용했다.

경미의 투쟁

경미는 J대 사회학과에 입학을 했다. 인문과학대학 건물 2층과 3층 사이의 계단 창가에서 담배를 피웠다. 여학생들이 흘끔 쳐다보며 지나갔고 남학생들도 흠칫 놀랐다. 2층에서 1층으로 내려가던 한 남학생이 다시 거꾸로 올라와 경미에게 다소 격양된 목소리로 말을 건넨다.

"담배 보기 안 좋습니다! 끄시죠!"

경미는 들은 척도 않고 창밖을 보며 담배를 피운다. 지나가는 학생들이 조마조마하여 쳐다본다. 경미는 천천히 돌아보더니,

"여자가 피우면 왜 안 되나요?"

"어디 여자가 대놓고 담배를 피웁니까?"

남자도 물러서지 않는다. 경미는 창가에 놓인 재떨이에 담뱃불을 끄고는 "21세기를 앞둔 마당에도 남존여비 사상은 여전하네."라고 톡 쏘아붙이고는 계단을 통통거리며 내려갔다. 지켜보는 여학생들 중에는 경미를 멋있다고 생각하는 여학생도 있었고, 아무리 그래도 여자가 담배를 피운다고 흉을 보기도 하며 수근거렸다.

1980년대가 민주화 운동으로 남녀가 함께 합심을 했다면 1990년대부터는 남녀 대립의 갈등이 불거졌다. 담배뿐만 아니

었다. 뚱뚱한 여자도 차별을 받았다. 선천적 체질로, 호르몬 불균형으로, 약 부작용 등으로 사람들은 다양한 신체를 가질 수 있다. 한국인들의 고민 중에는 '키 고민'이 압도적이었다. 애초에 신체에 평균이란 것은 무의미하지만 너도나도 평균에 못 미치는 것을 '루저'라고 생각했다.

60~70년대 인사가 '밥 먹었니?'라면 90년대 인사는 '살 빠졌네.' 아니면 '살쪘네.'라고 해도 과언이 아니다. 심지어 살이 빠졌는데도 쪘다는 이야기를 듣고 쪘는데도 빠졌다는 이야기를 들었다. "160센티미터의 키에 45킬로그램 몸무게"[17]라는 노래 가사가 유행을 했다. 담배는 아직 남성들의 것이었다.

여성들이 대학에서 공부를 하는 것은 이상할 것이 없었지만, 졸업 후 취업할 때는 문제가 달랐다. 여성들은 결혼 후 육아와 시댁의 제사로 야근을 할 수 없어서 회사에서 선호하지 않았다. 그럼에도 여성들은 사회적 진출을 멈추지 않았다. 경미는 사회학과였지만 여성학을 공부하기로 하였다. 이른바 페미니즘의 시작이었다. 페미니스트들은 '페미년'이라 불리었지만, 여권 신장을 위하여 외로운 길을 걸어야 했다. 사랑해야 할 대상끼리 동등해지기까지 지난한 싸움이 시작되었다. 사람들은 모

17 가수 홍서범 노래 〈구인광고〉 1993년.

래성을 쌓는 것처럼 한편에선 계급 타파를 위해 피를 흘리고 다른 한편에선 새로운 계급을 만들고 있다.

1999년 7월 23일 **'남녀차별 금지 및 구제에 관한 법률'이 제정됐고**, 2001년 1월 29일 **여성부가 신설됐다**.

경미는 졸업 후 새로 생긴 남녀차별법 홍보 만화 스토리를 쓰는 일을 했다. 스토리 회사는 서울 강남 뱅뱅사거리였는데, 경미의 남자 친구가 경미를 만나러 회사 근처로 오자 사장은 다음 날 경미에게 충고를 하였다.

"회사 근처로 남자 친구가 오는 것은 보기에 안 좋아요."

"회사에 들어온 것도 아닌데, 어떻게 아셨어요?"

"창문으로 보이던데요."

"회사 밖에서 남자 친구 만나는 것도 문제인가요?"

"아무튼 경미 씨가 쓴 스토리는 경미 씨 이름을 빼고 제출하겠습니다. 게다가 여기 띄어쓰기도 틀려서 원고료는 교정비 빼고 70%만 지급합니다."

"아니, 무슨 말도 안 되는…."

"말도 안 된다고 생각하시면 다른 데 알아보세요."

고용보험법[18]이 만들어졌지만 아는 이들은 많지 않았다. 업주들은 설사 안다 해도 아르바이트나 프리랜서로 고용을 하고 계약서를 쓰지 않고 일을 했다. 많은 중소기업은 계약서 없이 채용되어 고용이 불안정하자 사람들은 대기업을 선호하게 되었고 그 경쟁 또한 치열했다. 실력뿐만 아니라 외모까지 입사의 주요 요소로 자리 잡았다.

또한 1995년 여성발전기본법[19]이 재정되었으나 여전히 남자들의 성추행이나 희롱은 모두 여자 탓이었다. 여자들이 성추행을 당하면 '누가 밤거리를 다니래?', '누가 짧은 치마를 입으래?' 라고 말했다. 술자리에서 벌어진 불미스러운 일은 '술'이 용서해 주었다. 그 정도도 이해 못 할 여자는 사회생활을 하지 말았어야 했다. 남자들은 즐거움이 법에 저촉된다는 사실이 불쾌해 기득권을 유지하려고 애썼고 여자들의 승진을 막으려고 했다.

아들을 낳으려고 애쓰던 시대에서 딸 하나만 낳는 집이 많아졌다. 대학마다 여성학 강의가 인기였고 서구의 여성학자 줄리

18 고용보험법(雇傭保險法)은 근로자의 직업능력 개발과 실업 예방, 고용 기회를 확대시켜 근로자가 실업으로 인해 겪는 사회적 · 경제적 문제를 해소하자는 취지에서 제정된 법률이다. 1993년 12월에 제정하여 1995년 7월 1일부터 시행하고 있다(실업급여는 1996년 7월 1일부터 시행되었다).

19 정치 · 경제 · 사회 · 문화의 모든 영역에서 남녀평등을 촉진하고 여성의 발전을 도모하기 위해 제정한 법(1995. 12. 30, 법률 제5136호)이었으며, 2014년 전부 개정되어 '양성평등기본법'으로 변경되었다.

아 크리스테바[20], 뤼스 이리가레이[21], 엘렌 식수[22]의 책들이 번역되어 전공자들이 생겨났다. 80년대 책들처럼 수난을 겪지는 않았지만 성평등으로 향하는 길은 오롯이 일부 여성들만의 투쟁이었다. 그러나 동시에 남성의 동의 없이는 이루어질 수 없는 일이었다.

일상생활을 유지하는 데 현재 정권이 무엇이든, 대통령이 누구이든 큰 상관이 없다. 운이 좋아 인생이 잘 풀린다면 평범하고 행복하게 살아가면 된다. 운이 나쁘더라도 개인이 바꿀 수 있는 힘이 없으니 그냥 사는 것이다. 여성 자신이 인권에 대한 책을 읽고 어떻게 해야 하는지 알고 있다 하더라도 결혼 생활을 유지하기 위해 아들을 낳지 않고 행복하게 버티기란 쉽지 않았다.

20 줄리아 크리스테바(Julia Kristeva, 1941~): 불가리아 출신의 프랑스 문학이론가, 심리분석가, 페미니즘사상가. 1970년대 초부터 가부장적 사회에서 여성의 정체성의 문제를 다루어 왔다.

21 뤼스 이리가레이(Luce Irigaray, 1930~): 벨기에에서 태어난 페미니스트, 철학자, 언어학자, 정신분석학자이자 문화이론가이다. 『다른 여성의 검시경』(Speculum of the Other Woman, 1974~)과 『하나가 아닌 성』(This Sex Which Is Not One, 1977)으로 잘 알려져 있다.

22 엘렌 식수(Hélène Cixous, 1937~): 알제리 오랑에서 태어난 프랑스의 작가이자 극작가이다. 뱅센 중앙대학교의 공동 설립자로서 1974년 그곳에서 첫 여성학센터를 창설하였다. 수필 『메두사의 웃음』(Le Rire de la Méduse, 1975)은 현대 페미니즘에 있어 중대한 작품으로 평가받는다.

커피 마니아

가희는 동생 나희를 불러낸다.

"나희야, 언니가 졸업하는 대로 도와줄 테니 대학 가라."

"언니, 나도 대학이야 가고 싶지. 근데 지금 새삼 다시 재수, 아니 삼수할 생각을 하니 아득해."

"그래도 더 늦기 전에 하는 게 맞아."

"지금 내가 돈은 좀 벌거든. 이대로 살아도 되지 않을까?"

"한국 사회가 10년 안에 바뀔 것도 아니고 나중에 학벌이 걸림돌이 되면 어쩌려고."

"지금처럼 애들 영어 가르치면 되지."

"넌 나이 들 거고, 또 영어 잘하는 새 세대가 올 거야. 학벌은 보험 같은 거지. 이것저것 준비해 놓는."

"서울대 나온다고 다 잘사는 것도 아니잖아."

"물론이지. 하지만 같은 실력을 갖추었을 때는 이점이 있어."

"한국은 언제까지 서울대 서울대 할까?"

"불평이나 불만보다는 현실적 해결이 먼저지. 학벌이 중요한 한국이 좋다는 것은 아니지만, 지금 이 자리에서 내가 할 수 있는 가장 나은 방법을 찾는 거야. 일류 대학을 나오지 않아도 돼. 아르바이트로 용돈 벌면서 EBS 강의 듣고 집에서 준비해서 서울 시내 적당한 대학 들어가. SKY 아니라도 괜찮아."

"고마워. 먼저 얘기해 줘서."

"부모님도 네 걱정 많이 하셔. 네가 부담 가질까 봐 말씀 안 하시는 것뿐이야. 네가 열심히 산 것도 알고 있고."

"응, 나는 내가 아직 뭘 하고 살고 싶은지 잘 몰라."

"너 아이들 좋아하잖아. 교대는 어때?"

"음… 그것도 괜찮겠다. 교대 가려면 공부 잘해야 하는데."

"열심히 하면 되지."

"맛있는 거 먹으러 가자."

"그래, 어디 갈까?"

"난 무조건 코코스[23]지."

"언니가 쏜다. 가자!"

23 대한민국 최초의 패밀리 레스토랑은 투모로우 타이거, 코코스, 쇼비즈, 스카이락 등이 있었다. 대부분 80년대 후반 삶의 질이 높아지기 시작하면서 가족 단위의 외식이 늘어나기 시작하고, 서구식 식습관이 완전히 자리 잡기 시작하면서 다양한 먹거리를 즐길 수 있는 곳을 선호하게 되면서 일본에서 이러한 콘셉트의 레스토랑을 도입하기 시작했다. 하지만 80년대는 아직 이러한 풍경이 낯설었고, 일반 패스트푸드점에 비해 아직은 상당히 고가의 외식거리였던 패밀리 레스토랑은 속속들이 망할 수밖에 없었다. 패밀리 레스토랑 중 그나마 오랫동안 명맥을 유지한 것은 코코스와 스카이락이다. 코코스는 미도파, 스카이락은 제일제당(후에 CJ)에서 제휴하여 대기업의 자본력이 어느 정도 뒷받침되어 점포도 전국적으로 늘리고 더 적극적인 투자를 할 수 있었지만, 코코스는 미도파가 몰락하면서 함께 몰락했고, 스카이락은 CJ에서 2000년대 중반까지 운영했다. CJ는 스카이락 대신 국내에서 자체적으로 시작한 브랜드인 빕스를 밀기 시작하면서 스카이락 운영을 포기했다. (출처: 나무위키)

"커피는 내가 쏠게. 끝내주는 데 알거든."

"어딘데?"

"따라나 오셔. 이 촌스런 대학생아."

"우린 커피 하면 무조건 100원짜리 자판기 커피지."

"신림동 커피랑은 차원이 다른 곳을 보여 주지."

"비싼 데 아냐?"

"좀…. 근데 분위기 보면 후회 안 할걸?"

"그래, 오늘은 네 덕분에 호강 좀 해 보자."

"홍대는 내 놀이터잖아."

대학 구내 식당 한 끼는 800원, 일반 식당은 3,000원 정도였을 때 홍대 근처에는 5,000원짜리 커피를 파는 카페가 들어섰다. 키 190㎝의 서양인 체형에 맞을 듯한 크고 푹신한 소파, 커다란 개 모형이 있는 인테리어 등 이국적인 공간이었다. 커피, 크림, 설탕의 비율을 2:2:2로 맞춘 커피에서 향이 다른 원두커피와 문화공간이 어우러진 새로운 문화가 들어섰다.

압구정의 화려함과는 또 다른 공간이었다. 외부에서 보면 간판이 화려하지 않아 아는 사람들만 찾아가는 힙플레이스였다. 커피 마니아들이 생겨났고, 커피를 다 마실 때 즈음 추가적으로 더 따라 주는 서비스 문화는 호텔의 서비스와 유사했다.

삐삐 안녕, 휴대폰의 등장

1996년 10월 삼성전자는 최초의 CDMA 휴대폰인 'SCH-100'을 선보이며 2G폰 시대를 열었다. 1998년에는 접었다 펴는 폴더폰 'SCH-800'을 출시했으며, 1999년에는 최초의 MP3폰인 'SPH-M2500'으로 휴대폰 시장은 물론 콘텐츠 산업에도 큰 변화를 가져왔다.[24]

밤새 공중전화 부스에 매달려 삐삐를 울리던 연애가 끝나고 1998년 삼성에서 폴더폰이 출시된다. 대세는 모토로라였지만 한국통신에서 지정된 번호 한 개에 한해 무제한 요금제인 커플통신요금을 만든다. 세기말은 이전까지 듣도 보도 못한 새로운 기계들로 사람들을 흥분시켰고, 2000년이 되면 세상은 변할 것이라는 설렘과 불안이 함께 있었다. IMF라는 외환위기는 어르신들의 절약 정신을 당당하게 만들었다. 그러나 젊은이들은 쏟아져 나오는 휴대폰에 민감했다. 무엇보다 나이 든 어른들은 젊은이들의 찢어진 청바지와 휴대폰에 매달리는 모습을 못마땅해했다.

24 스마트PC사랑

나희는 만나던 남자 친구와 커플요금제를 개설하고 휴대폰을 반짝거리게 튜닝하여 하루 종일 켜 놓았다. 딱히 이야기를 하지 않으면서도 하루를 공유하는 것이었다. 남자 친구 진우네 집에도 방문을 했다. 진우의 형은 이미 결혼을 하여 아내와 두 아이와 함께 살고 있었다.

나희는 진우네 집을 보고 적잖이 실망하였다. 낡은 집과 오래된 가구들, 파마머리에 아무렇게나 입은 진우의 엄마, 볼이 움푹 패어 피부가 거친 진우의 아빠는 나희네 집과는 분위기가 달랐다. 진우의 엄마는 정성스럽게 밥을 차려 주며 많이 먹으라고 정답게 말했다.

"예쁘게 생겼네. 우리 진우랑 결혼하면 저기 빈방 하나 있는데 거기서 지내면 되겠다."

진우 엄마는 시멘트로 된 마당을 가로질러 방이 하나 따로 있는 곳을 가리켰다.

나희는 진우가 좋았지만 가족들이 바글거리는 이 집에서 화장실과 욕실을 가려면 마당을 가로질러야 하는 집에 산다는 것은 상상할 수가 없었다. 연애할 때의 진우는 멋있었다. 검은 코트로 멋을 부릴 줄 알았고 컴퓨터에 대한 상식도 풍부했다. 학생이었지만 아르바이트를 해서 데이트를 할 때도 부족함이 없었다.

그날 저녁, 나희는 친구 미선과 집 전화로 통화를 했다.

"나 진우 오빠네 집에 갔다 왔잖아."

"어땠는데?"

"완전 놀람. 나 그런 집 처음 봄."

"왜?"

"몰라. 집이 이상해. 진우 오빠 형이 있거든? 그런데 가족들이 한방에서 생활해."

"부모님이랑 같이 살아?"

"응, 근데 더 대박인 건 진우 오빠도 결혼하면 같이 산대."

"따로 안 살고?"

"돈 없대. 부모님이 편찮으셔서 병원비로 돈을 많이 써서 집을 따로 얻어 줄 정도는 아니래."

"넌 어쩔 건데?"

"그런 집에 당연히 못 살지. 그냥 연애나 해야지."

"헤어질 거야?"

"지금은 아닌데 결혼은 안 될 것 같아."

"그럼 뭐야. 연애 따로, 결혼 따로?"

"결혼 생각은 안 해 봤는데."

"사랑하는 건 아니구나."

"사랑이 뭔지도 모르겠어. 만나는 건 좋은데. 넌 시부모님과 따로 살아서 좋겠다."

"방 한 칸에 부엌밖에 없어."

"그래도 아무튼 따로 살잖아."

"애 생겨서 결혼한 거라 전세로 방만 얻은 거지."

"난 결혼은 좀 미뤄야겠어. 그냥 '정상'적인 집에서 시작하고 싶거든."

"그래, 서두르지 마. 난 이유 없이 죄인처럼 살거든. 결혼은 시작부터 중요한 것 같아."

드라마를 통해, 무엇인가를 통해 '정상'의 기준이 만들어졌다. 그 '정상'은 사실 세뇌된 욕망이었다. 양문형 냉장고와 무선진공청소기, 에어컨, 휴대폰, 최신 컴퓨터가 1년을 넘지 않고 새로 출시되었고 구형은 '비정상'의 범주로 들어갔다. 모두가 '정상(正常)'[25]이 아닌 '정상(頂上)'[26]을 원하고 있었다. '선진국'이 코앞에 있다고 생각했다. 마라톤의 마지막 질주와도 같았다. 조금만 조금만 더 힘을 내면 선진국이 될 수 있다.

고등학생들은 잠을 줄이고 직장인들은 회사에 충성을 하고 여자들은 가정과 직장 사이에 끼어 있었다. 1990년대 한국 중년 남성의 사망률은 세계 최고였다. 남자들의 사망률은 보험회사 종신보험의 광고로 활용되었다. 지친 남성들에게 쉬라는 말 대

25 특별한 변동이나 탈이 없이 제대로인 상태
26 그 이상 더없는 최고의 상태

신 사망률이 높으니 가족들을 위해 보험을 들어 두라는 것이었다. 서민 중년 남성들은 멋을 부리거나 개인의 취미활동을 할 수 없었고 가족들 사이에서도 소외되어 갔다.

1990년대까지만 해도 한국 40대 남성의 높은 사망률은 언론의 단골 소재였다. 40대 남성 사망률은 1990년 1,000명당 8.1명 수준이었다. 미국 · 일본 등 선진국의 2배였고 한국과 평균 수명이 비슷한 칠레(5.8명) · 폴란드(5.8명) · 불가리아(4.8명)보다도 훨씬 높았다. 과로 · 음주 · 흡연 등이 복합적으로 작용한 결과였다. 고도성장기였던 당시엔 야근이 잦았다. 음주와 흡연도 일상이었다. 몸이 견뎌 내지 못했다.[27]

나희와 미선이 집 전화기로 통화하는 동안 나희와 진우의 커플폰이 통화 상태였다. 나희가 집에 돌아와 휴대폰을 꺼 두는 것을 잊었기 때문에 진우는 나희와 미선이 주고받는 이야기를 모두 들었다. 진우는 나희에게 이별 통보를 했다. 나희는 진우에게 사과했지만, 진우는 덤덤히 말했다.

"네가 미안할 게 뭐 있어. 모두 사실인걸."

나희도 진우를 더 이상 붙잡을 수 없었다. 어떤 것이 정상인

27 조선일보 2023.2.24.

지는 몰라도 정상이 아니면 시작할 생각이 없었기 때문이다. 그것을 누군가는 '기준'이라고도 한다. 미지의 땅에 말뚝을 박듯 사람들은 결혼에 각자 무작위로 기준이라는 막대를 꽂았다. 그 어떤 근거도 없는 기준이었다. 남자의 경제력에 결혼 생활이 좌우되는 여자들이 더욱 민감했다. '너'와 '나'사이에 수많은 기준들이 생겼다.

나희가 교육대학에 들어가는 것은 어려웠지만 임용은 수월했다. 1999년엔 교육대학을 졸업하면 누구나 학교에 발령을 받았다. 교사 정년[28]을 줄이면서 초등교사가 부족했기 때문이다. 공무원이라는 안정된 직장은 IMF 이후 월급이 많고 불안정한 기업보다 조금 월급이 적더라도 시간이 많은 초등교사라는 직업은 여자 직업으로서 인기 있었다.

나희가 근무하는 서초동 S초등학교에서는 스승의 날뿐만 아니라 학부모 상담할 때, 해외 유명 브랜드의 화장품과 백화점 상품권들이 선물로 쏟아져 들어왔다. 아이들이 좀 버릇없더라도 체벌을 하지 말아 달라는 학부모들의 뇌물이었다.

28 1999년 1월 29일, 교육공무원법의 정년규정을 개정하여 초 · 중등교육공무원의 정년을 65세에서 62세로 단축하였다.

보험 붐

부동산 투자는 누구나 수익 재미를 보는 것 같지만 전혀 그렇지 않다. 은행 대출로 부동산을 샀다가 세입자가 잘 안 들어오면 세금과 중개수수료, 은행 이자 등의 폭탄으로 손해를 보는 사람도 많다. 갑식은 부동산의 재산 가치를 보고 돈을 함부로 써서는 안 된다는 것을 누구보다 잘 알았다. 그녀는 부자란 자고로 늘 자신이 가난하다고 생각하는 마음에서 유지된다고 굳게 믿었다.

첫째 딸 정미를 삼풍백화점 붕괴 사고로 잃고 둘째 딸 선미가 미국으로 떠난 후, 그녀는 남편을 췌장암으로 잃게 된다. 그리고 사망보험금으로 10억 원을 받는다. 남편이 떠난 것은 씁쓸했지만 나이 들어서 간 것이라 쉬이 받아들여졌다. 돈은 거품처럼 늘었지만 마음속 깊은 우울감은 묵직한 돌을 안고 사는 것 같았다.

건물을 가졌지만 그녀에게 건물은 또 하나의 괴물이었다. 갑식은 건물의 안전 검사를 누구보다 철저히 했다. 그녀는 건물을 보면 숨이 차올랐고, 부수어 버리고 싶은 충동과 동시에 매년 직장인 연봉 이상의 가치로 오르는 부동산의 가치에 기쁨의 숨도 차올랐다. 아들을 결혼시켜 이 건물을 아들에게 어떻게 물려주느냐, 그것은 그녀가 선택한 숙제였다.

그녀는 또한 보험에도 관심을 가졌다. 특히나 푸르덴셜 보험[29]은 기존의 보험 아줌마라는 개념을 바꾸어 4년제 대졸자 남성이 라이프플래너라는 개념으로 등장하였다. 이는 부자들이 종신보험을 통해 자녀들에게 돈을 물려줄 수 있다는 점 때문에 물려줄 재산이 축적된 신흥 부자들, 물려주고 싶은 자녀가 있는 부부들에게 인기를 끌었다.

보험 회사가 직원을 엘리트층으로 뽑다 보니 직원 주변에 중산층 이상이 많았다. 그들은 1억 연봉을 내보이며 고급 차에 이름의 이니셜을 새긴 맞춤 와이셔츠를 입었다. 갑식을 담당한 보험설계사는 Y대 출신의 30대 남성이었다. 관리 매니저는 40대 여성이었는데 갑식이 VIP 고객이다 보니 S보험에서 경력을 쌓고 P보험사로 이직한 관리 매니저가 갑식을 직접 담당하게 되었다. 갑식은 관리 매니저와의 상담을 통해 손주들을 위한 종신보험을 일시납으로 가입했다.

아들 상준이 결혼할 여자라며 동글동글하게 생긴 아가씨를

29 1989년 한국 보험시장 개방에 따라 미국 푸르덴셜파이낸셜이 100% 출자해 한국법인으로 설립했다. 1991년 한국 최초로 대졸 남성 위주의 대면판매 조직인 라이프플래너(Life Planner)를 양성하였는데 라이프플래너의 등장으로 기존 보험사들은 일제히 라이프플래너를 벤치마킹하였다. 또한 종신보험을 주력으로 판매하여 한국 시장에 종신보험의 가치를 알리는 데 일조하였다.

데려왔다. 갑식은 아들에게 여자의 생년월일시를 알아 오라 했다. 사주를 보니 뭔가 찜찜하였다. 그래도 나이가 20대이고 7급 공무원에 수도권 대학을 나와 튀는 구석도 없어 반대할 이유도 없었다. 갑식은 여자를 백화점에 데려가 200만 원짜리 코트를 한 벌 사 입혔다. 여자는 공손히 옷을 받아 입고 며칠 후 30만 원짜리 백화점 상품권을 넣어 과일과 함께 답례를 하였다.

결혼 후 상준 내외는 아들 성수를 낳는다. 갑식은 공무원 월급이 적으니 직장을 그만두고 아이를 키우라고 했고, 연희도 갑식을 믿고 사직서를 냈다. 98년 외환위기로 상준은 회사에서 잘렸지만, 갑식이 매달 생활비를 주어 생활은 어렵지 않았다. 갑식은 생활비를 아들에게 주었지만, 아들은 아내 연희에게 생활비를 주지 않았다. 갑식은 고기와 과일을 준다는 핑계로 이틀에 한 번꼴로 연희에게 집으로 오라 했고, 때마다 집안 청소며 묵은 집안일을 시켰다. 그리고 갈 때는 생선이며 과일 등을 들려 보냈다.

연희는 남편 벌이가 없고 온 나라가 어려운데 시댁에서 이렇게 먹을 것을 주니 감사한 마음으로 오갔다. 기초적인 화장품도 떨어졌고 옷도 해졌지만 연희에게 주어지는 현금은 없었다. 갑식은 며느리에게 마늘을 까라고 불렀고 파를 다듬으라 불렀고 김치를 담그라고 불렀다.

모아 놓은 돈도 다 떨어진 하루는 연희가 시어머니인 갑식에게 말했다.

"어머니, 살기가 어렵습니다. 생활비를 좀 따로 주시지요."

"무슨 소리냐, 매달 상준이에게 줄 만큼 주는데."

"성수 아빠는 그건 아들이 어머니에게서 받는 용돈이라고 하고 생활비는 아니라고 해요."

"그건 너희 부부가 알아서 할 일이지."

"그렇긴 하지만요."

"요즘 남자가 못 벌면 여자가 나가서 벌더라."

"네. 성수가 아직 어려서…."

"집 해 줬잖니. 남들은 집 하나 살려고 얼마나 애를 쓰는데. 그리고 남자만 뭐 집 해 가고 돈 갖다줘야 하니? 친정에서 가져오는 집도 많더라. 너도 생활비 필요하면 친정에서 갖다 써. 나도 선미 미국에서 고생할까 싶어 매달 용돈 보내 준다. 남편이 의사면 뭐 해? 기껏 생활이나 되겠지."

"네… 저희 친정은 그럴 여유가 없어서. 그러면 어머니, 성수를 하루에 몇 시간만 봐주실 수 있어요? 제가 아르바이트라도 해야 할 것 같아서요."

"내가 무슨 애를 보니? 여기저기 아픈 데가 한두 군덴 줄 알아? 너도 늙어 봐라. 그리고 네가 벌면 얼마나 번다고. 애나 잘 봐. 먹을 건 해 주잖아. 아직 애 어린데 뭐가 더 필요해?"

"저도 용돈이 필요해요."

"여자가 무슨 용돈이 필요해?"

"옷도 안 맞고… 저도 살 게 있지요."

"생일 때마다 20만 원씩 줄게. 그걸로 사고 싶은 거 사. 옷은 내가 안 입는 거 있거든. 그거 좀 가져가고."

"네…."

"내가 성수 물려주려고 차곡차곡 다 모으고 있다. 돈 쓰기 시작하면 금방이야."

"네…."

"상준이는 어디 갔니?"

"친구들이랑 여행 갔어요."

"그래, 걔는 좀 다녀야 돼. 얼마나 답답하겠니."

"네…."

"남편 혼자 나다닌다고 잔소리하지 마라. 네 돈으로 놀러 다니는 것도 아니잖니."

"네… 어머니, 이거 다 들고 애 데리고 다니려면 차가 있으면 좋겠어요."

"상준이 차 있잖아. 백수들이 무슨 차를 두 대씩 쓰려고 해."

"성수 아빠는 자기 차에 음식 냄새가 난다고 못 싣게 해요."

"그럼 버스 타고 다녀. 젊은 애가 뭐가 힘들다고 그래. 상준이는 지방으로 놀러 다니니까 차 있어야 되지만 너야 우리 집

밖에 더 왔다 갔다 하니? 갈 데도 없는데 버스 타고 다니면 되지."

"아… 네…."

'네'가 반복될수록 연희는 가족 간에 그어지는 '선'을 느꼈다. 네덜란드어로 '아니오'는 '네(nee)'라고 발음한다. 연희는 '네'라고 대답하며 마음속으로 '아니오'라고 생각해 보았다.

"얘, 부잣집에 시집와서 가난한 건 네 팔자야."

"아… 네…."

상준이 여행을 갈 때면 말없이 갔다. 어디 간다는 이야기도 없었고 돈 이야기를 꺼내면 '없다'가 끝이었다.

연희의 친정 엄마가 보험을 시작하였다. 연희의 친정아버지가 다니던 만두 공장이 문을 닫자, 친정 엄마가 돈을 벌기 위해 나간 것이다.

"연희야, 네 시어머니 좀 만나게 하다오."

"엄마, 시어머니가 들어 줄지 모르겠어요."

"그래도 네 보험이랑 성수 거 하나 들게 내가 설득해 볼게."

연희는 고민 끝에 시어머니가 돈을 내주기로 했다며 엄마에게 보험을 들겠다고 거짓말을 했다. 친정 엄마가 시어머니에게 무시당할 걸 생각하니 도저히 직접 만나게 할 자신이 없었다.

보험료를 내기 위해 연희는 성수 돌 반지를 팔고 카드를 만들어 현금 서비스를 받았다. 연희는 엄마 생일에도 현금 서비스를 받았다. 십만 원씩 인출한 돈은 이자와 함께 늘어 갔다. 현금 대출을 갚아야 하면 다른 카드를 만들어 갚고 다시 재대출을 받았다. 처음에 대출을 받을 때는 손이 떨리고 어떻게 갚을까 걱정되었지만, 금액이 커지자 오히려 불안감이 줄었다. 더 이상 대책이 없었다.

"나 일을 해야겠어."

"왜?" 상준이 시큰둥하게 대꾸한다.

"돈이 필요해서."

"알아서 해. 그럼 앞으로 네 휴대폰 요금이랑 성수 학원비는 네가 내라."

연희는 상준의 반응이 야속했다. 상준이 엄마에게 알렸는지 시어머니에게서 전화가 왔다.

"너 일할 거라며?"

"아… 네…."

연희는 늘 '네'보다는 '아… 네….'였다.

"쯧쯧, 얼마나 번다고. 나다녀 봐라. 차비 빼고 화장하고 남는 것도 없어. 애나 잘 키울 것이지."

"네…."

"난 며느리 일하는 거 말리는 그런 시어머니 아니다. 너 하고 싶으면 하는 거지. 대신 너도 번다면 네가 버는 만큼 내가 대

주는 생활비는 없을 거야."

갑식의 목소리는 경쾌했다. 준비된 말이었다. 멋지게 상대를 한 방 먹이는 그런 통쾌함이 묻어나는 말이었다. 연희가 낮 시간에 알아본 일자리는 한 달에 60만 원을 벌 뿐이었다. 번 돈을 그대로 생활비로 써야 한다면 연희는 빚을 갚을 수가 없다. 다른 방법을 생각해 내야 했다.

결국 연희는 노래방 도우미로 가기로 한다. 사장은 한 시간에 5만 원을 벌 수 있다고 했다. 단지 밤에 일을 나가야 하고 남편에게 말을 할 수 없어서 친구를 만나러 가야 한다고 해서 매일 나갈 수가 없었다. 주 2회 2시간씩 나가면 월 80만 원을 벌 수 있다고 계산했다.

그러나 팁 5만 원 중 2만 원을 사장에게 떼어 주고 택시를 타고 오면 별로 남는 게 없었다. 신발도 사야 했고 화장품도 사다 보니 진짜 시어머니 말대로 남는 게 없었다. 노래방 사장은 2차를 권했다. 손님과 2차를 가면 한 번에 30만 원을 벌 수 있다고 했다. '내가 못할 게 뭐 있어? 나를 이렇게까지 몰아붙인 사람들이 누군데….'라는 반항심에 연희는 그 일을 수락하기로 한다.

IMF 외환위기

영석은 1997년 전라도에서 상고 졸업 후 서울로 갔다. 훤칠한 키에 반듯한 얼굴로 학교 다닐 때부터 반장을 도맡아 했고 리더십도 있었다. 누나 셋이 있는 막내아들로 한껏 뒷받침을 받아 돈 씀씀이도 시원했고 옷도 잘 입었다. 특히 헤어스타일은 영석이 가장 신경 쓰는 부분이었다.

석이댁은 아들 영석에게 보증금 1,000만 원에 월세 25만 원짜리 방을 얻어 주었고, 영석은 K기업에 입사하여 월급을 받게 되자 할부로 차를 샀다. 영석은 대학은 중요치 않다고 생각했다. 사회생활을 일찍 시작하여 돈을 버는 것이 낫다고 생각했고, 좋은 대학도 못 다닐 바에 부모 돈을 축내며 시간을 허비하고 싶지 않았다.

영석은 인터넷 동호회에서 두 살 연상의 연희를 만났다. 연희는 싹싹하고 호탕한 성격의 영석에게 호감을 느끼고 둘은 연애를 하게 된다. 7급 공무원인 연희는 권위적인 아저씨들 사이에서 지루함을 느끼던 중 영석의 애교와 계산적이지 않은 성격에 매력을 느꼈다.

영석은 연희과 결혼해야겠다고 마음을 먹고 밀당의 기술을 사용한다. 연희의 질투를 불러일으키기 위해 여사친에게 친절하게 대하기도 했다가 연희가 삐쳐 있으면 월급에 비해 과한 선물을 하기도 했다. 집 마련을 위해 검소하기 그지없는 공무원들에 비해 영석이 하루 술값으로 70만 원 정도 쓰는 것은 이십대에게는 그럴싸해 보였다.

연희는 수도권 대학을 나왔지만 영석의 학벌을 문제 삼지 않았다. 앞으로 우리 사회는 학벌보다는 실력과 노력으로 극복된다고 믿고 학벌 따위는 편견이라고 생각했다. 영석에게 연희는 백마 탄 왕자님이 아니라 마차 탄 공주님이었다. 사랑이 무엇인지는 몰랐지만 대학 나온 여자와의 결혼을 갈망했다. 그렇다고 그가 연희를 사랑하지 않은 것은 아니다. 욕망과 사랑과 열정은 하나로 얽혀 당사자도 그 구분이 모호한 것이 젊음 아니던가. 영석은 연희의 갈망을 갖고 있었고, 연희는 영석의 갈망을 갖고 있었다.

영석은 아프다는 거짓말로 연희를 혼자 살고 있는 집으로 불러들였다. 연희는 죽과 약을 사 들고 퇴근 후 영석의 집을 방문하였다. 영석 집의 현관문은 열려 있었고 연희는 조심스레 문을 열었다. 집 안은 어둑어둑했고 영석은 보이지 않았다.

현관에서 작은 부엌까지 촛불과 꽃잎이 놓여 있었고 2인용 작은 식탁에는 케이크와 와인병이 놓여 있었다. 연희는 놀라 어리둥절하여 영석을 불렀다. 아파서 누워 있다고 생각한 영석은 세련된 캐주얼로 차려입고 연희 앞에 나타났다. 그리고 반지를 건네며 말했다.

"결혼해 줄래?"

세 달 후, 연희는 임신을 하여 엄마에게 임신 사실을 고백하였다. 영석과의 결혼도 더 이상 미룰 수 없었다. 연희는 영석의 조건이 처음부터 부모에게 선뜻 말하기가 내심 두려웠다. 그러나 영석도 번듯한 직장을 다니고 신체 건강한 남자이며 임신까지 했으니 부모도 못 이기는 척 허락해 줄 수밖에 없다고 생각했다. 연희 엄마는 딸의 남자 친구를 집으로 데려오라고 하였다.

영석은 백화점에서 제법 비싼 과일 바구니를 사 들고 연희 집에 방문했다. 연희 집은 영석의 시골집에 비해 생각보다 고급스럽고 부티가 나서 영석은 잠시 움찔했지만 특유의 당당함으로 마음을 가다듬었다.

연희 엄마와 영석이 마주 앉았다. 연희 엄마는 딸에게 방에 들어가 있으라 했다. 연희가 걱정스러운 눈길로 발걸음을 빨리 떼지 못하자 영석은 윙크를 하며 연희를 안심시켜 주었다.

"우리 연희랑 얼마나 사귀었나?" 침착한 목소리였다.

"7개월 정도 됐습니다. 어머니." 영석은 씩씩하게 대답했다.

"이런 질문 어떨지 모르겠지만 대학은 왜 못 나왔나?"

"대학을 나오지 않아도 얼마든지 잘 살 자신이 있어서 안 갔습니다."

"그래, 결혼하면 신혼집은 어떻게 마련할 생각인가?"

"제가 아직 젊어 큰돈을 모아 두지 못했습니다. 작은 빌라 전세로 시작하여 열심히 살겠습니다."

"비일라? 빌라에서 시작하겠다?"

"네!"

"아파트 알아보게. 애가 임신을 하여 결혼이 늦어지면 안 될 듯하네."

"아… 아파트는 제가 아직 무리가…."

"대출을 받든 월세를 끼든 그건 남자인 자네가 알아서 할 일이고, 우리 연희를 빌라에서 시작하게 할 수는 없네. 주위 보는 눈도 있고."

영석은 승낙은 그래도 받은 듯하여 기쁜 마음으로 부동산을 돌아다녔으나 서울의 아파트 전세는커녕 월세 보증금도 마련하는 것이 어려웠다. 부모님이 아들 장가보내려고 세 딸 대학 안 보내고 꼬깃꼬깃 농사지어 모아 놓은 돈 5천만 원과 자신이 회사를 통해 대출받을 수 있는 돈 5천만 원을 합치면 겨우 월세 보증금을 마련할 수 있었다.

그러나 그렇게 했다가는 원금과 이자와 월세를 내다가 돈을 모을 수 없을 것 같았다. 어쨌거나 연희의 배가 불러오기 전에 결혼식을 올려야 한다는 생각에 마음이 조급했다. 연희의 엄마는 아파트가 아니면 결혼이 안 된다고 하여 영석은 누나들과 친구들까지 동원하여 돈을 빌리기 시작했다.

한보, 삼미, 해태, 한신공영, 한라, 진로, 기아, 대농, 태화 등의 대기업이 부도가 났다. 금융 회사의 30%가 사라졌다. 경제위기였다. 1997년 한국은 IMF(International Monetary Fund)의 구제금융을 받기로 한다. 1998년 2만 2,828개의 기업에서 200만 명이 넘는 사람들이 일자리를 잃었다.

결혼 준비 중 영석은 갑자기 K그룹에서 구조조정으로 해고를 당했다. 대출이 막혔다. 연희 엄마는 영석에게 문자를 보냈다.

'이 결혼은 없던 것으로 하겠네.'

영석은 허겁지겁 달려가 무릎을 꿇고 울며 사정을 하였다.

"자네 해고당했다며. 연희가 애를 낳으면 무슨 수로 살겠나."

"그, 그것은… 나라 전체의 위기이지 않습니까. 무슨 수를 써서라도 처자식 굶기지는 않겠습니다."

"패기로 해결되는 일이었다면 나라도 부도가 나지는 않았겠지."

연희 엄마는 연희 회사에 휴가를 내고 연희에게 임신중절 수술을 시키고 머리를 삭발하여 휴대폰을 빼앗고 감금하였다.

"제… 제가 그렇게 자격이 없습니까? 제 자식을 가진 여자입니다."

"고졸에, 무직에, 집도 없는 자네가 내 딸을? 순진한 내 딸을 꼬드겨 신분 상승이라도 할 작정이었나?"

영석은 얼굴이 화끈거리고 심장이 쿵쾅거렸다. 단 한 번도 그렇게 생각해 본 적은 없었다. 스무 살이 넘으면 어른인 줄 알았지만 애송이라는 생각이 들었다.

'내가 대학을 선택하지 않은 것 외에 대체 무엇이 다르기에 나를 거머리 취급하는 것인가.'

처음으로 알게 되었다. 영석은 자신이 사회에서 어떻게 보이는지, 연희 엄마가 너무도 정확히 지적해 주었다. 영석은 친구들 사이에서는 호탕한 친구였고, 가족들 사이에서는 다정한 아들이었다. 단 한 번도 인간 이하의 대접을 받아 본 적은 없었다. 무엇보다 영석 엄마에게는 세상에 둘도 없는 소중한 아들이었다.

영석이 우연히 사랑한 여자가 대학을 나온 것뿐이다. 그리고 그 여자는 공무원이라 경제위기에도 직업을 가진 것뿐이다. 영석은 연희와 함께 커피를 마시고 함께 영화를 보는 자유 대한민국에 살다가 갑자기 신분이 그어진 사회로 돌아온 기분을 느꼈다. 20대는 무엇이든 할 수 있는 나이였지만 결혼 제도 앞에서는 학벌로, 직업으로, 경제력으로 차단되어 있었다.

연인이 변심으로 헤어질 수 있고 부부가 살다가 이혼할 수 있다고 생각했지만, 조건으로 차단된 관계를 처음 맞닥뜨린 영석은 깊은 비참함을 느꼈다. 영석의 가슴이 끓어올랐다. 그리고 6개월 후, 영석은 연희의 결혼 소식을 듣는다.

1996년에 1600개, 97년 1만 7200개, 98년 1~5월 사이에 1만 7000개의 기업이 부도가 났다.

대기업에 납품을 하는 중소기업 사장인 승구와 민구의 회사도 부도가 날 위기였다. 민구는 집을 팔고 인천으로 이사를 갔다. 승구의 아내는 떵떵거리며 살다가 남편 회사의 부도로 가난해지는 것을 받아들이지 못했다. 승구 처는 남편 몰래 지숙을 찾아와 승구를 도와 달라고 했고, 지숙은 서류를 다 이해하지 못한 채 사인을 했다. 그 사인은 기철과 지숙이 애써 마련한 집을 가져갔다. 그럼에도 승구의 회사 역시 부도가 났다.

나라 전체가 경제위기의 고통으로 신음을 했다. 지숙은 어떻게든 집을 지키려고 돈이란 돈은 다 끌어들였다. 그러나 세 달 후, 전기가 끊어졌다.

"엄마, 전기가 안 들어와." 나희가 말했다.

"전기세를 못 냈다."

"아, 그래? 초 없어?"

"초 찾아보자."

"엄마, 제가 아르바이트 한 돈으로 내일 한전 가서 전기세 내고 올게요."

가희가 말했다.

"그래, 고맙다."

"엄마, 우리 돈이 왜 없어졌어?"

"IMF 때문이지."

"IMF가 엄마 돈 가져갔어?"

"야, 너 바보냐? IMF도 몰라?" 가희가 말한다.

"그래, 나 무식하다. 너 잘났다."

"아빠 월급 받는데 아빠가 전기세 내면 되잖아."

"아빠가 준 돈은 엄마가 집 붙들려고 다 썼지."

"우리 집 없어져?"

"집 없어도 안 죽는다. 걱정 마라."

다음 날, 엄마는 프리지어 한 다발을 사 왔다.

"엄마, 돈 없다면서 웬 꽃을 사 와?"

"전 재산이 천 원이니까 천 원짜리 꽃을 샀지."

가희가 낸 돈으로 전기가 들어오고, 이틀 만에 냉장고엔 다시 먹을 것이 그득했다.

"엄마, 먹을 게 많네. 돈 생겼어?"

"우리 딸. 엄마 돈 생겼지."

"어디서?"

"결혼할 때 네 아빠가 그래도 당시로선 크고 제대로 된 다이아를 해 준 덕에 결혼반지 팔았다."

"헉, 엄마… 괜찮아요? 추억인데." 가희가 말한다.

"그까짓 결혼반지, 뭐가 중해? 오늘 잘 먹고 행복하면 그만이지."

지숙은 특유의 낙천적인 표정으로 웃었다.

"우리 오늘 전기도 들어왔는데 화투나 한 판 칠까?"

"좋아 좋아. 얼마 내기야?"

"점에 100원 어때?"

"세다!"

"못 먹어도 고우~!"

지숙은 딸들에게 어떤 내색도 하지 않았다.

그날 밤, 지숙은 기철에게 털어놓는다.

"집 날렸다."

"무슨 소리야?"

"집 날렸다고."

"어쩌다가!"

기철이 소리를 빽 지른다.

"너는 뭐 안 날렸나. 니 한 번 내 한 번 피장파장이다."

"월급쟁이 집 사기가 쉽나. 이래 날리고 저래 날리고."

"내가 날렸나? 나라가 날렸지. 내가 부도냈나?"

"무식하니까 도장을 찍지. 뭣도 모르고 왜 도장을 찍는데."

"도장 안 찍었다. 사인했지."

"장난하나, 도장이나 사인이나 법도 모르는 게 아무 데나 사인질이고?"

"그럼 새언니가 와서 오빠 살리는 길이라 하는데 어떻게 가만있나? 몇천만 원만 빌려 달라는 줄 알았지, 집 홀랑 날리는 줄은 몰랐다."

"나는 못 갚으니까 니 알아서 해라."

"애들 굶길 거야?"

"애들 밥값만 딱 줄 거다. 빚은 네가 싸질러 놓은 똥이니까 네가 치워라."

"니 공부할 때 내가 뒷바라지 안 했나. 그때 우리 오빠가 집 해 주고 나 월급 줬다."

"그래서 고맙게 생각한다. 평생 인사하고 신세 갚을 거다. 근데 이런 식은 아니지. 딸들이 낼모레 시집갈 나이에 집을 날려 먹어? 니 오빠가 다 알고 조종한 거지?"

"오빠는 그런 사람이 아니다. 새언니가 거짓말한 거다."

"그럼 니 오빠한테 갚으라 해라."

"갚을 수 있는 데 못 갚은 거야? 못 갚으니까 못 갚는 거지!"

"어쩌라고!!!"

"뭘 어째? 내가 보증 섰으니 돈 갚고 집 지켜야지."

"에잇, 빌어먹을. 온 나라가 떵떵거리고 사치하더니 꼴 좋다. 물도 펑펑 쓰고 너도나도 차 사고 선진국이나 된 줄 알고. OECD[30] 가입하면 뭐 선진국이야? 흥청망청 잘난 척들 하더니 결국 이 꼴이지."

"시끄럽다. 니 잘났다."

나희는 가수 조성모의 노래를 듣다가 자고 있었고, 가희는 기철과 지숙이 다투는 소리를 듣고 있었다.

30 대한민국은 1996년 12월 12일 회원국으로 OECD에 가입하였다. 2016년 12월 16일에는 OECD 노동조합 자문 위원회로부터 회원 자격에 대한 경고장을 받았다.

개천에서 난 용

기철이 교수가 된 이후, 기철의 고향에선 8촌 친척까지 이틀이 멀다 하고 찾아와 취업을 부탁하기도 하고, 송사가 있으니 변호사를 소개해 달라 하기도 하고, 자녀 입시 문제를 상의하기도 하는 등 '개천에서 난 용' 기철에게 의지했다. 그때마다 친척들은 기철의 집에서 하루 머물고, 돌아갈 때는 용돈과 여비를 조금씩 받아 갔다. 문젯거리가 없어도 서울 사는 교수 친척 한 번 보고 가는 것이 그들에게는 관광 코스와 같았다.

지숙의 친척들이 대체로 사업을 하여 서울에서 자리를 잡아갈 즈음, 기철의 친척들은 농사를 짓는 사람이 많았다. 지숙의 친척들은 월급쟁이 교수에 별다른 관심을 두지 않았지만 중학교 졸업이 대부분인 기철의 친척들은 기철을 대단히 존경하였다. 기철은 고향 마을회관에 책 등을 기부하며 그 기대에 부응하려 했다.

지숙네는 1억 5천짜리 빨간 벽돌 빌라에 살고 있었다. 지숙은 곧 아파트 분양을 받아 이사 갈 계획을 하고 있었다. 그러나 오빠의 어려움을 외면할 수 없었다. 전 재산을 주고 나니 지숙의 손에 남은 것은 천 원짜리 프리지어 한 다발뿐이었다. 4층 벽돌 빌라의 꼭대기 옥상엔 토마토와 상추를 심었다. 빌라 청소는 기철이 빗물을 받아 직접 했다.

가족은 다시 빈털터리가 되었지만 희망은 남아 있었다. 여유로울 때 보이지 않았던 희망이 보인 것뿐, 가난하다고 해서 희망이 생기는 것은 아니다. 가난은 오히려 더 많은 불안과 불편함을 가져온다. 빌라는 주차 공간이 부족해 늘 서로 전화를 하며 차를 빼 주어야 했다. 엘리베이터가 없어 무거운 물건을 들고 올라가려면 가족들이 또 1층으로 내려와 함께 들고 올라가야 했다.

번호키를 달지 않아 바쁜 기철은 때로 1층에서부터 '아빠 왔다'고 소리를 질러 가족들이 미리 그 소리를 듣고 현관문을 열게 했다. 기철이 오는 발소리를 듣고 3층 엄씨도 간혹 현관문을 열고 인사를 했다. 주말이면 옥상에 모여 빌라 사람들은 막걸리를 즐겼다. 시장에서 박스를 주워 옮기는 할머니를 위해 박스를 모아 주거나 리어카를 같이 밀어 주는 것은 이웃 간에 당연한 일이었다.

그러나 가난은 낭만이 아니었다. 나희가 사귀던 남자와 결혼을 하려고 집에 데려왔을 때, 그 남자는 아파트가 아닌 빨간 벽돌 빌라를 보고 결혼을 취소했다.

"엄마, 이 집에 사는 한 내 결혼은 힘들어."

나희가 참다못해 한마디 했다.

"왜? 이 집이 뭐 어때서." 기철이 답한다.

"남친이 우리 이런 데 산다고 가난하다고 결혼을 안 하겠다 잖아."

"농촌 총각이랑 결혼하면 되지."

"아빠! 난 농사도 모르는데 무슨 소리야."

"어차피 집 보고 결혼하는 녀석은 결혼해 봤자 별 볼 일 없다."

"아무리 그래도 젊은 사람들이 성인군자도 아니고 어느 정도 기준이라는 게 있는 거야. 어디 사느냐도 중요하다고!"

"우리 가난하지 않아, 나희야."

"가난하든 안 하든 이런 데 살면 다 가난한 줄 안다고. 이상하게 생각한다고."

"하우스푸어가 얼마나 많은데, 너 신문도 안 보니?"

"아빠 그 고집 때문에 내 혼삿길이 막혔다고. 왜 우리는 이사 가면 안 되는데?"

"이 집을 보고 결혼한다는 남자와 결혼하여라."

"엄마는 왜 외삼촌한테 돈을 해 줘서 이 모양 이 꼴로 살게 하냐고."

이번엔 불똥이 지숙에게로 튀었다.

"외삼촌이 능력 있는 사람이야. 나라 전체가 부도가 나서 거리에 나앉게 생겼는데 어떻게 안 도와줘? 너 낳을 때도 외삼촌이 도와줘서 낳은 거야."

"나라에서 뭐 구제해 주는 제도 없어?"

"구제해 주는 게 어디 있니? 법 지키고 정직하게 일한 기업도 줄도산했는데."

"어휴, 왜 이렇게 시대에 안 맞게 살아."

"시대를 따라가는 사람이 되어선 안 돼. 앞서가야지."

기철이 한마디 거든다.

"빌라에 사는 게 앞서가는 거야?"

"물질을 추구하다 보면 정신이 허망해진다. 나라도 결국 그래서 부도가 난 거 아니냐. 물질은 남을 쫓아가는 게 아니야."

"아빠는 맨날 공자 같은 말만 해. 무슨 말인지 모르겠다고."

"30년 뒤에… 네가 중년이 되었을 때, 그때 우리나라는 정신적인 허기를 느낄 거야. 그때 누가 부자인지 두고 보렴."

결혼이 깨진 20대의 나희는 아빠의 말도 이해가 가지 않았고, 엄마가 보증을 선 것도 싫었다. 경제적 안정권, 아니 그 이상으로도 여유롭게 살 수 있었지만 다시 발목이 붙잡혔다.

명문고의 강남 이전과 아파트 진입이 가능한 계층의 이동으로 대치동에만 천 개가 넘는 학원이 있었다. 성주의 학원도 날개를 단 듯 학생들이 입소문으로 몰려와 대기를 받아야 할 정도였다. 방학 때는 제주도뿐만 아니라 전국에서 학생들이 왔다. 성주는 하루 10시간 강의를 했다. 연금도 월급도 수입도 없는 부모를 책임져야 했다.

공부 좀 한다는 친척 한 명이 서울에서 월급이라도 받는 직장에 들어가면 온갖 친척이 얽혀 서로 무너져 갔다. 좀 매정하더라도 딱 모른 척하고 재산을 일구어 가는 사람도 있는 반면, 경제관념이라곤 배워 본 적도 없고 양반이란 모름지기 돈을 앞세우면 안 된다는 고리타분한 생각으로 여기저기 뜯겨 가난을 면하지 못하는 사람도 있었다.

4

2000년대, 관계의 시대

복지 국가로의 한 걸음

2000년 10월 1일, 국민기초생활보장제도가 시행되었다.

해외 물정에 어둡던 국민들은 캐나다, 호주, 독일, 프랑스 등의 나라는 국가가 도와준다는 것을 알게 되었고 우리나라에도 도입해야 한다는 것을 느꼈다. 그들을 도우려면 국가 재정이 더 확보되어야 하고 세금을 더 걷어야 했다. 이미 부동산으로 부를 이룬 층은 '빨갱이 사상'이라며 세금을 더 걷어 가는 국가를 욕했다. 그러나 복지 국가로 나아가는 것은 제대로 된 방향이다. 평등하게 가난한 시절보다 오히려 불평등한 부가 심화된 사회가 더욱 불안정하기 때문이다.

성주는 부모님을 기초수급권자로 등록하여 정부에서 제공하는 작은 임대 아파트로 옮겼다. 아프면 병원도 갈 수 있었다. 자식이 감당해야 하는 힘을 국가가 부담해 주니 어깨가 가벼워졌다. 그러나 여전히 대치동 학부모들이 사교육비에 갖다주는 비용은 막대했고, 그것이 정부의 공식적 발표보다 더 크다는 것은 사교육계 종사자들은 다 알고 있었다.

대치동에 진입하고 싶어 하는 사람들의 숫자가 늘자 대치동 학원 강사들은 자녀 입시의 키를 쥐고 있는 권력에 서게 되었다. 어떻게 알았는지 학원 선생님들의 생일에 10만 원권 커피 쿠폰이 왔다. 학원 레벨 테스트 전에는 자기 자녀를 성적이 좋은 학생들과 한 팀을 만들고 싶어 하는 엄마들이 학원 근처 카페에서 정보를 교환했다. 탐색의 대화는 피곤했다.

2000년, 가희는 같은 직장에서 만난 용진과 결혼을 하였다. 20평대 초반의 작은 아파트를 전세로 구하였고 남자는 착실하고 성실했다. 지숙은 사위에게 돈을 좀 보태 줄 테니 집을 사라고 제안했지만, 용진은 장모 지숙의 제안을 거절했다. 기철은 사위의 청렴한 모습에 흡족해했다.

가희와 용진 모두 서울대를 나와 좋은 직장에 다녔지만, 가희가 임신을 하자 지숙이 아이를 봐주어야 했다. 한 사람 월급은 저축을 하고 한 사람 월급은 생활비로 쓰기로 했다.

2001년, 건강하고 예쁜 여자아기 지우가 태어났고 모두의 사랑을 듬뿍 받았다. 가희의 시어머니는 손주 하나를 더 낳기를 권하였고, 이왕이면 아들 하나를 더 낳으면 좋겠다고 했다. 그러나 지숙은 애 하나를 더 낳으면 가희의 직장 생활에도 문제가 있으며 자신이 두 손자를 키워야 한다는 점, 용진의 가정 형편이 넉넉지 않다는 점 등의 이유로 반대를 하였다.

애 하나 제대로 사교육시키며 뒷바라지하려면 한 사람 월급이 다 들어갈 정도라는 것쯤은 알고 있었다. 게다가 국제학교나 자사고, 유학까지 뒷바라지하려면 하나만 키우는 것이 낫다고 생각했다. 고소득 맞벌이 직장인들이 한 명만 낳아 최고급 교육을 시켜 그 자녀에게도 그들이 누린 것을 대물림 한다는 생각은 당시 무척 세련된 사고방식으로 여겨졌다.

2002 월드컵의 명과 암

나라의 부도도 빨리 극복되었고, 언제 그랬냐는 듯 2002 월드컵으로 나라는 축제 분위기로 바뀌었다. 우리나라가 월드컵 8강에 들었을 때 지숙, 가희, 가희의 딸 지우, 가희의 남편 용진, 나희는 빨간 티를 입고 광화문으로 향했다. 생후 8개월 된 지우 머리에는 8자를 쓴 붉은 띠를 두르고 통통한 볼에는 태극기 스티커를 붙였다. 온 국민이 축구로 하나가 되었다.

매일매일이 축제였고 친구와 맥주를 마시며 응원을 하다가 골이 들어가면 온 아파트가 울리도록 환호성을 질렀다. 그야말로 흥분의 도가니였다. 공중파 전 방송사가 월드컵 이야기뿐이었고 대한민국은 4강에 드는 영예로운 결과를 낳는다.

2002년 6월 13일 10시 45분, 신효순 · 심미선이 미군 장갑차에 깔려 숨졌다. 장갑차를 운전했던 페르난도 니노와 마크 워커병사는 두 여중생을 보고도 장갑차를 멈추지 않고 계속 운전했던 것으로 알려져 더 큰 공분을 샀다. 그리고 효순 · 미선의 유족들과 시민단체들은 사건에 대한 진상 조사와 재판 회부 등을 요구했다. 그러나 미군은 "동 사고가 공무 중에 일어난 사고이고, 이제껏 미국이 제1차적 재판권을 포기한 전례가 없다."고 밝히며 사건을 동두천 캠프 케이시 내 군사 법정에서 군사 재판으로 열었다. 이 재판에서 미 군사 법정 미군들로만 구성된 배심원단은 당시 사고를 낸 페르난도 니노와 마크 워커에 대해 '공무를 수행하던 중 발생한 과실 사고'라 하여 '무죄(not guilty)' 판결을 내린다.

경미는 월드컵에 묻힌 효순 · 미순 사건으로 시위에 참가한다. 50톤이 넘는 미군 장갑차에 처참하게 깔려 목숨을 잃은 효순과 미선의 죽음은 불평등한 한미 관계의 민낯을 알게 된 국민들이 한미 양국의 대등 관계를 요구하며 촛불을 들어 SOFA[1] 개정을 외쳐 댔다.

기쁜 일이 있을 때는 기뻐해야 하고, 슬픈 일이 있을 때는 슬

1 한미주둔군 지위 협정(Status of Forces Agreement). 대한민국과 아메리카 합중국 간의 상호방위 조약 제4조에 의한 시설과 구역 및 대한민국에서의 합중국 군대의 지위에 관한 협정으로, 약칭 'SOFA 협정'이라고 부른다. 일반적으로 국제법상 외국 군대는 주둔하는 나라의 법질서에 따라야만 하지만, 주둔하는 나라에서 수행하는 특수한 임무의 효율적 수행을 위해 쌍방 법률의 범위 내에서 일정한 편의와 배려를 제공하게 된다. 그리고 이것은 해당 국가와 미군 간에 행정 협정(SOFA)의 체결로 보장된다. 1948년 '과도기에 시행될 잠정적 군사 안녕에 관한 행정 협정', 즉 주한미군의 지위에 관한 최초의 협정 이후 1980년대 들어 미군의 각종 범죄행위가 큰 사회 문제로 부각되자 1991년 1차 개정, 2001년 2차 개정에 이어 현재에 이르고 있다. 그러나 2차 개정 이후에도 내용이 선언적이고 추상적인 데다 여러 가지 전제조건 등으로 주한미군의 범죄에 대해 우리가 실질적인 권한을 행사하는 데 어려움이 따른다. 실제 운용상의 큰 변화를 기대하긴 어렵다는 비판에 따라 우리나라에서는 재개정의 요구가 시민 운동단체를 중심으로 제기되고 있다. (출처: 서경원, 『Basic 고교생을 위한 정치경제 용어사전』, 2002)

퍼해야 한다. 탄생과 죽음이 공존하듯 기쁜 일과 슬픈 일도 그러하다. 신기하게도 죽음은 탄생의 수와 정확히 일치한다. 덤도 없고 에누리도 없다. 하나 슬쩍 끼어 더 사는 미물도 없고 더 죽는 생명도 없다. 태어난 숫자와 죽는 숫자는 너무나 정확하다. 신은 주고받는 것이 정확하다.

그런데 인간의 삶은 딱 떨어지는지 모르겠다. 월드컵 4강과 효순 · 미순의 죽음은 같은 시기인데, 언론 보도는 너무나 극명하게 차이가 났다. 많은 이들이 사실을 몰랐다. 월드컵이 끝나고 나서야 공중파 방송에 보도되었다. 춤판이 벌어져도 그렇게 할 수는 없는 일이었다.

결혼은 비즈니스다

갑식은 둘째 딸 선미의 혼사도 정미와 같은 중매쟁이에게 부탁하였다. 첫째 사위의 모친은 서민 가정으로 적당히 탐욕을 드러내어 거래가 수월하였으나, 두 번째로 소개받은 남자의 모친은 홀어머니로 함께 사는 것을 조건으로 내걸었다. 남자 인물이 훤칠하니 큰사위보다 마음에 들었으나 딸을 시집살이시킬 수는 없었다.

선미는 사진을 보더니 남자의 인물에 반했는지 만나 보겠다고 한다. 갑식은 만나 보는 것쯤이야 나쁠 게 없다고 생각하고 남자의 실물을 보고 싶다는 호기심도 들어 만나 보기로 한다.

남자 이름은 강수. 조각 같은 외모였다. 연예인을 해도 될 듯한 인물이었다. 저 정도면 성형외과를 차리면 여자 손님들이 줄을 설 듯하다. 선미도 강수와 결혼하겠다고 조른다. 갑식은 분당에 60평대 복층 아파트를 얻어 사돈과 갑식 내외가 함께 사는 것을 제의한다.

딸 선미가 시어머니와 함께하는 것을 대놓고 감시하겠다는 것이다. 강수 모친은 교양 있게 웃으며 말한다.

"이 혼사 얘기는 없던 것으로 하죠. 보면 아시겠지만 저희가 아쉬울 게 없어서요."

갑식은 마음이 복잡해진다. 결혼은 비즈니스다. 그녀가 원하는 진짜를 알아내야 한다. 중매쟁이에게 고민을 털어놓았다.

"어휴, 그거 뻔한 거잖아요. 자기 집 하나 따로 해 달라는 거."

"뭐요? 애들 집도 아니고 자기 집까지? 도둑놈 심보 아녜요?"

"남자 인물 봐요. 2세는 또 얼마나 잘나겠어요. 몇억만 더 써요, 그냥. 성형외과 하면 다 뽑아요."

"몇억이 누구 집 애 이름인가요? 저도 한껏 하는 거라고요."

"그럼 애들 미리 물려준다 생각하고 딸 이름으로 애들 집을 사 주고 사위 될 사람 이름으로 집을 사서 모친이 살게 하는 건 어때요? 그건 내가 조율해 볼게요."

"그러다 이혼이라도 하면 다 날아가는 거 아닌가요?"

"자금 출처가 사모님이신데 상속재산은 그렇게 쉽게 재산 분할되지 않아요."

"의사가 뭐 벼슬이라고 돈을 이렇게 밝혀요?"

"돈을 밝힌다고 생각지 말고 대접받을 만하다고 생각하세요. 사모님도 돈 써 가면서도 의사 사위 보고 싶어 하잖아요. 다른 집들도 다 같은 생각이에요."

"공부 좀 잘한 거 갖고 치사하게."

"돈만 갖고 되나요, 세상이? 명예도 있어야지. 그러니까 이렇게 끼리끼리 만나잖아요. 통하는 사람끼리."

"알았어요. 대신 사돈집은 강남에는 못해 줘요. 사돈 사는 동네, 그 동네로 알아볼게요."

"차는 당연히 따라오는 거죠?"

"지금 차가 문제예요? 차는 국산으로 고르라고 해요."

갑식은 비록 본인의 선택이었지만 사위들이 딸을 사랑하는 것이 아니라 자신의 재산을 보고 온 것이라는 생각에 마뜩잖았다. 그러나 사랑이라는 것은 어차피 결혼해서 콩깍지 벗겨지면 '돈의 전쟁'이라고 생각하여, 보이지 않는 사랑에 투자하는 것보다는 확실한 직업에 투자하는 것이 낫다고 생각했다. 어차피 나이 들면 병원을 가까이하고 살아야 할 터. 집안에 의사를 들이는 것이 나쁘지는 않다고 생각했다. 그리고 평판을 중요시 여기는 것들은 이혼을 쉬이 하지 않고 사랑 없는 결혼은 그렇게 아웅다웅 싸우지도 않는다.

이제 마지막 걱정거리는 막내아들 상준이었다. 공부 못하는 건 삼 남매가 똑같은데 며느리는 의사 며느리를 들이고 싶지 않고 들일 수도 없다. 남자란 여자 인물 적당하고 돈 좀 보여 주면 어떻게든 꼬드길 수 있는데, 여자란 훨씬 복잡하다.

상준이 지방대 경제학과를 나와 지인 회사에서 일하고 있긴 하지만 뭐 하나 내세울 게 없다. 여시도 싫고 미련퉁이도 싫었다. 갑식의 말을 잘 들을 그런 여자를 고르고 싶었다. 원하는 며느리를 얻기 위해 아들을 어떻게 꾸며야 할까. 갑식은 고심했다.

그러다 상준이 여자 친구라며 갑식에게 연희를 데려왔는데, 갑식의 고민이 싹 사라졌다. 집안은 딱히 볼 게 없었지만 여자가 7급 공무원이라 했다. 여자 인물도 곱상했다. 무엇보다 상준이 푹 빠져 있었다.

연희의 얼굴에서 어두운 기운이 살짝 스치긴 했지만 갑식은 연희의 여러 조건이 마음에 들었고, 무엇보다 연희 쪽에서 이것저것 물질적 요구를 하지 않았다. 갑식은 아들의 집을 해 주며 연희에게 말했다.

"손자를 낳으면 내 한껏 뒷바라지를 약속하마."

갑식은 모심을 자극하고 연희의 욕망을 자극하려 했지만 연희는 조용히 입을 다물 뿐이었다. 시어머니의 협박을 개의치 않는 태도였다. 갑식은 그런 며느리의 태도가 밉지 않았지만 돈을 탐하지 않는다는 것이 불안했다. 얼마 후 연희는 임신을 하였다.

삼 남매를 결혼시키느라 많은 돈을 쓴 갑식은 이제부터 그 모든 투자를 회수할 계획을 세웠다. 천부적인 사업가 기질의 세포가 살아났다.

갑식은 본인이 먼저 안면거상술을 둘째 사위 강수에게서 받았다. 그리고 전후 사진을 가지고 60대 초반의 강남 부자들을 중심으로 홍보를 시작했다. 전문가를 영입해 병원 홍보도 했다. 갑식은 한국이 남의 시선을 중요시하고 경쟁사회에서 살아남기 위한 방편으로 학벌에 이어 성형도 불붙을 것이라는 것을 예감했다.

외모지상주의와 압구정 오렌지족

대한성형외과학회에 따르면 대한민국 성형외과전문의는 1975년 22명, 2016년 2242명이다.

예쁜 여자들만 연예인을 하다가 성형 문화가 확산되며 조금씩 자신의 결점을 보완하여 고치니 자연 미인보다 예쁜 여자 연예인이 많아졌다.

같은 지역에서 연예인을 성형하여 실패한 강수의 의대 동기 B는 두 번째 실패 후 자살을 하였다. 처음부터 B는 의사가 적성에 맞지 않았고, 공부는 잘했지만 수술에 대해서는 늘 거부감이 있었다.

갑식은 강수에게 연예인 수술로 소문내는 것보다는 사교로 배우기 시작한 골프 모임에서 진짜 알찬 손님들로만 데려왔다. 50대 후반 여성들은 주로 안면거상술을, 혼기를 앞둔 젊은 여자들은 쌍꺼풀 수술을 주로 했다. 강수의 수술 스케줄은 살인적이었다. 어쩔 수 없이 레지던트 후배들을 불러다 수술 마무리를 시켰다.

갑식은 등산 모임에서 12살 연하의 근배를 만난다. 남편 종수와도 함께 식사를 했다. 갑식은 근배를 자주 만나도 의심받지 않도록 운전기사로 고용했다. 종수는 아내의 행각을 눈치챘지만 모르는 척했다. 아들딸 다 결혼시키고 갑식이 재미 좀 보겠다는 걸 말릴 생각이 없었다. 아내 덕에 종수도 자유롭게 좀 놀아 볼 심산이었다. 종수는 사교춤을 배우기 시작했다. 그리고 마음에 드는 여성을 만나게 된다.

"당신 애인 생겼어?"

어느 날 갑자기 갑식이 묻는다. 종수는 화들짝 놀라 시치미를 뗀다.

"무, 무슨 소리야?"

"뭘 놀래. 촌스럽게. 우리 나이에 애인 좀 생기면 어때."

"뭐… 뭐라고?"

"즐기려면 즐겨."

"내… 내가 무슨. 운동 삼아 춤이나 좀 배워 보는 거지."

"우리 열심히 살았고 고생했잖아. 당신이나 나나 즐길 권리 있지. 대신 이것만 약속해. 애 만들지 말고 돈 뜯기지 말고. 그냥 즐기기만 해. 알았지?"

"나… 나야, 당신이 이해해 주면 고맙지. 당신도 누구 만나?"

"나는 내가 알아서 하니까 신경 쓸 거 없고."

"혹시 운전기사랑 만나?"

"걔? 그냥 데리고 다니는 거야. 뭐 좀 한몫 줄까 싶어 기다리는 눈친데, 내가 있어도 내 자식들 챙기지. 걱정 마."

둘째 딸 선미가 엄마를 찾아온다.

"엄마!"

"왜?"

"엄마!"

"아니, 왜 부르냐고?"

"아니, 그게…."

"왜? 말하라고."

"저기 J팰리스 있잖아. 새로 지은. 거기 이사 가면 안 돼?"

"병아리 풀 뜯어 먹는 소리 하고 있네. 네가 벌어서 가."

"아니, 왜? 우리도 좀 좋은 데 살아 보자고."

"헛바람 들어서 제대로 된 것들 못 봤다. 조용히 애나 잘 키워서 의대 보내."

"왜 안 돼? 우리 집보다 못사는 집도 가는데."

"맹추야. 네가 그러니까 맹추인 거야. 돈 있는 척해 봐. 득이 없어. 돈 뜯어먹으려는 것들이나 들러붙지. 집은 적당히 사는 거야. 건물이나 사 둬."

"으휴~ 건물, 건물… 지겨워. 우리가 뭐 제대로 학원을 다녔어, 유학을 가 봤어?"

"우리가 물려받은 게 있어? 가방끈이 길어? 그나마 내가 죽자 살자 투자해 놓으니까 니들이 그만큼 결혼해서 사람같이 사는 거 아냐?"

"그야 그렇지. 그래서 내가 엄마 존경하잖아."

"겉멋 들어 명품 사고 돈 쓰고 다니지 마. 그거 다 적당히 있는 것들이 속이 비어 과시하는 거야."

"엄만 속이 꽉 차 좋겠수."

"강수가 지금 돈을 잘 벌지. 사람 돈 버는 게 영원해? 너희도 다 늙어. 늙으면 돈이 최고야. 비상금이나 잘 만들어 놔."

"엄마, 그거 알아? 강수 씨 친구… B 있잖아. 자살한 거."

"알지, 신문에도 났잖아."

"뭘 자살까지 하고 그러냐. 그치?"

"공부 실컷 해 놓고 이 바닥에서 소문 다 났는데 그럼 뭐 하겠어, 샌님처럼 자란 것들이. B가 막노동을 하겠어… 운전기사를 하겠어? 자존심에. 나처럼 아무거나 할 수 있는 인물이 못 되지."

"엄마, 난 엄마 아니었으면 뭘 했을까? 공부도 못하고."

"애 학습지 하나 시킬 때도 벌벌 떨고 콩나물값 깎으며 살았겠지. 하긴 뭘 해?"

선미는 엄마를 안으며 애교 섞인 목소리로 말하며 목을 끌어안는다.

"엄마!"

"J팰리스 같은 소리 하지 말고, 애 좀 크면 지금 집 전세 놓고 대치동 들어갔다 나와. 없는 것들이 애 힘들게 학원 픽업하지. 애 고생시키지 말고. 민재가 네 머리는 안 닮아야 할 텐데."

"엄마! 민재 아직 유치원생이거든. 그리고 얼마나 똑똑한데."

"가 봐. 김 서방 오기 전에 저녁이나 해 놔. 수술하고 고단할 텐데."

"아줌마 있는데 내가 일찍 가서 뭐 해."

"마누라가 있어야 바람을 못 피우지. 미안해서라도."

"그럼 엄만 아빠 있는데 왜 바람피워?"

"이것이… 내가 무슨 바람을. 우리같이 늙은이들이 연애하는 건 바람이 아냐."

"그럼 뭔데?"

"보상이지. 일종의 삶에 대한 보상. 우리가 바람을 피워 봤자 애를 낳냐, 가정을 깨냐? 이러다 죽을 나이들인데."

"잘났어, 정말. 양 기사 아저씨한테 데려다 달라 해, 엄마. 나 택시 타고 왔어."

선미는 강수가 바람을 피울까 걱정이 되어 늘 어딜 더 고칠까 고민했고, 강수는 아내의 얼굴을 고치면서 점점 없던 정마저 식어 급기야는 흉물스럽다 생각했다. 성형 후 예뻐진 모습을 보는 것이 아니라 부기가 가라앉기 전의 모습, 피부가 박리된 모습, 꿰맨 모습 등을 보는 것은 고객으로 충분했다. 가볍게 한두 군데 고치는 것에서 선미는 턱, 코, 눈을 다 손을 대었다. 자연스럽게 각방을 썼다.

강수의 생일, 병원 간호사들이 파티를 열어 주었다. 압구정 거리에는 남자 오렌지족들이 고급 외제차를 타고 다니며 여자를 물색하고 다녔다. 그들은 영어를 섞어 발하며 유학파라는 것을 과시했다. 또박또박 발음 기호대로 읽는 영어 선생님의 발음이 아닌 원어민 같은 자연스러운 몇몇 단어들은 해외 경험이 없는 사람들의 부러움을 샀고, 그들 역시 그 시선을 의식하고 불필요한 영어를 제멋대로 섞어 썼다.

압구정에서는 여자들이 길거리에서 담배를 피워도 사람들도 제재하지 않았다. 흘긋흘긋 보는 이들도 압구정의 오렌지족 문화에 묘한 동경을 갖고 있었다. 돈이 없는 일탈에서 돈이 있어야만 가능한 일탈 문화인 것이다. 가난을 딛고 나자마자 어떻게든 우월감을 드러내고 싶은 젊은이들이 거리로 나왔다.

유아 영어 교육 붐

선미의 아들 민재는 청담동 '영어 놀이학교'를 다녔다. 압구정에도 유명한 곳이 많았지만 대세는 청담동이었다. 아이들을 놀이학교에 등교시키고 나면 주부들은 삼삼오오 브런치 카페에 모여 이야기를 나누었다. 아이 픽업만 하기에는 엄마들의 학벌이 아까울 정도였다. 어린이집과 백화점만 오가는 용도로 사용하는 자가용도 다 외제차였다.

"선유는 어떻게 그렇게 영어를 잘해요?"

한 엄마가 옆의 아이 엄마에게 아이 칭찬을 하며 말을 시작한다.

"잘하긴요. 아직 한글도 다 몰라요."

"에이, 비결 좀 알려 줘요. 우리 앤 아직 알파벳도 몰라요."

"알파벳부터 가르치진 않죠. 그냥 모국어처럼 집에서 영어 써요."

"어머, 부럽다. 선유 엄마가 유학파죠?"

"선유 아빠랑 미국 유학할 때 만나신 거 맞죠?"

"선유는 좋겠다."

"지선이가 채영이 할퀴어서 난리 난 거 알아요?"

"어머, 그런 일이 있었어요?"

"도대체 애 교육을 어떻게 시켰대요?"

"다섯 살짜리가 뭘 알겠어요. 선생님이 관리를 못한 거지."

"그 반 담임 누구예요?"

"제니 샘이잖아요."

"돈을 얼마를 내는데 애도 안 보고 뭐 했대요?"

"누가 바지에 오줌을 싸서 그거 갈아입혔다더라고요."

"아니, 그럼 그동안 다른 애들을 방치했단 말인가요?"

"돈값들을 못하네."

"애들 실시간으로 보라고 그 돈 내는 거 아닌가요?"

"그래서 어떻게 됐대요?"

"제니 샘이 채영이 엄마한테 사과했는데 채영 엄마가 선생을 바꿔 달라 한 거예요. 결국 원장이 제니 샘을 해고했다고 하더라고요."

"채영 엄마도 대단하다. 선생을 바로 해고해 버리네."

"채영이네가 원비 외에도 좀 더 기부한 걸로 알아요."

"그래서 그 반에만 보조 샘이 한 명 더 붙었구나. 채영이 전용 돌보미네."

"문제는 그 뒤로 애들이 채영이랑 안 논다는 거예요."

"여자애들이 눈치가 빠르잖아요."

"어머, 그래서요?"

"채영이가 장난감 집어 던지고 수업 시간에 뒹굴고 아주 애를 먹이나 봐요."

"근데 이 집 맛있네요."

또 이야기는 지루한지 다른 데로 흐른다.

"피부과 어디 다녀요? 피부가 도자기네."

"고소영이 다니는 데, 거기가 젤 낫던데?"

"내 얼굴이 고소영이 될까요?"

"호호호!"

여자들의 브런치는 각종 정보가 오가는 탐색 모임이었다. 많이 웃고 서로 공감하는 대화를 했지만, 헤어지고 난 후에 모두가 씁쓸해지는 이유는 몰랐다.

교육부에 따르면 2000년 5, 6월 두 달간 전국 1만여 개 초중고교 전체를 대상으로 실시한 '조기 유학생 실태 조사'에서 99학년도(1999년 3월 ~2000년 2월) 조기 유학생은 1만 1,237명이었는데, 유학 종류별로는 현행법상 허용된 예체능계 학생과 특수교육 대상자 등 정식 유학 인정서를 받은 유학생이 189명, 부모와 함께 해외로 이주한 유학생이 5,709명, 외교관, 기업체의 해외 주재원 등 부모의 해외 파견에 따른 유학생이 3,689명, 불법 유학생(추정)이 1,650명이었다. 불법 유학생 가운데 초등학생은 405명으로 98학년도 208명보다 두 배 가까이 늘었고 전체 불법 유학생 가운데 차

지하는 비율도 24.5%로 1998년(18.4%)보다 크게 늘어났다.[2]

그리고 2002년 한 해 동안 한국 학생들이 연수다 유학이다 해서 해외에 뿌린 수업료는 14억 3,000만 달러였으며, 수업료에다 해외 체류 비용까지 합하면 45억 8,000만 달러에 이르는 것으로 추산되었다. 2002년 무역 흑자 108억 달러 가운데 절반에 가까운 42.4%를 해외 사교육비로 쓴 셈이었다.[3]

갑식이 자녀를 키우는 목표는 잘 먹고 잘 살게 하는 데 있었다. 그러나 선미가 자녀를 키우는 목표는 영어에 있었다. 영어를 잘하고 난 후에 무엇을 할지는 몰랐으나 영어를 못하는 상태에서 할 수 있는 일은 무척 제한적이었다. 브런치 타임으로 정보 교환이 끝나면 몇몇 주부들은 아이들 숙제를 봐주기 위해 주부들을 위한 영어 학원에 다녔다.

선미는 민재가 다른 아이들에 비해 학습 역량이 부족하다는 것을 알고 미국으로 유학을 가기로 결정한다.

"자기도 알다시피 민재가 의대 갈 머리도 아닌 것 같고 영어라도 좀 잘하면 좋잖아."

선미는 남편 강수를 설득한다.

2 이인철, 「불법 조기 유학 급증」, 『동아일보』, 2000. 7. 3. 30면
3 정인학, 「사교육비 마법풀기」, 『대한매일』, 2003. 7. 15. 14면

"한국에서도 충분히 잘 살 수 있어. 애가 크면 적성이 나오겠지. 그때 하고 싶은 거 하면서 살면 되잖아."

"하고 싶은 거 하는 건 아무나 해? 공부를 잘해야 하고 싶은 걸 하지."

"공부가 다는 아냐."

"당신이 공부를 못해 본 적이 없어서 몰라서 그래. 내가 엄마들 만나도 쪽팔려서 대학 얘기도 못 꺼내. 내 자식만큼은 떳떳하게 키우고 싶다고."

"대학이랑 떳떳한 거랑 무슨 상관인데?"

"자기야, 이렇게 뭘 몰라. 얼굴은 고칠 수 있는데 학벌은 못 고쳐. 성형외과를 하면서도 모르니?"

"그냥 평범한 대학 나와도 잘 살 수 있어. 난 자식도 못 보고 살면 내가 왜 돈 벌어서 사니? 집에 와서 민재 얼굴 보고 주말에 민재랑 수영하고, 그게 내 낙이잖아."

"솔직히 민재, 내 머리 닮아서 공부 글렀어. 아빠가 의산데 애는 지방대 나와 봐. 걔 자존감은 누가 세워 줄 건데?"

"아직 유치원생인데 공부를 잘할지 못할지 어떻게 알아?"

"왜 몰라? 다른 집 애들은 지금 영어책을 읽어. 민재는 한글도 버벅거려. 딱 보면 자기 자식을 그렇게 몰라?"

"남자애들은 뒤늦게 잘하는 애들도 많아."

"무슨 대한제국 시대 얘기를 하고 있어. 지금 영어 공화국 시대야. 더 늦으면 민재 영어 발음도 후져지고 무조건 초등학교 저학년 때 가야 돼. 그리고 임신해서 둘째는 미국에서 낳을 거야."

"미쳤구나."

"그래, 나 미쳤어."

"영어학교지 뭔지 그런 거 그만두고 평범한 유치원 보내고 초등학교 보내. 자꾸 그런 아줌마들이랑 어울리니까 당신이 변하잖아."

"싫어. 지방 사람들은 서울 못 와서 난리고, 서울 사람은 강남 못 와서 난리야. 강남 사람들은 미국 가려고 난리야. 나는 왜 안돼? 나도 우리 애 최고로 키우고 싶어."

"최고가 뭔데? 난 뭐야? 결국 혼자 살라고? "

"애 끼고 사는 게 좋아? 애가 잘되는 게 좋아? 민재가 잘되면 당신도 좋잖아. 나중에 당신 친구 애들 전부 의대 갔을 때 민재만 이름 없는 대학 가면 좋아?"

"난 상관없어. 내 아들은 그냥 내 아들이지."

"낭만주의자 같은 소리 하고 있네. 네가 그렇게 떳떳해? 네가 그렇게 순수해서 나랑 결혼했어?"

"무슨 소리 하는 거야?"

"너 그냥 우리 엄마 돈 보고 나랑 결혼한 거잖아."

"내가… 이러려고 그렇게 열심히 살았구나. 가라, 너 가고 싶은 대로."

선미는 선을 넘었다. 학벌은 밧줄이 되어 그녀를 묶었고 돈은 그녀의 숨통을 조였다. 욕망의 전차는 달리기 시작했다.

물질만능주의 시대의 얼굴들

부모님 제사를 지내는 날, 기수는 동생 기철에게 제안을 한다.

"네가 죽으면 제사를 지내 줄 아들이 없다는 것이 내 걱정이다. 집안에 적절한 아들 하나를 물색하여 양자로 삼는 것이 어떠냐."

"형, 딸만 있어도 나 하나도 아쉬울 것 없어."

"벌초하러 갈 때마다 데리고 갈 아들도 없지 않느냐. 네 묘는 누가 벌초를 해 줄 것이냐."

"형, 난 국가 유공자라 국가에서 다 관리해 줘. 딸도 제사를 지내도 돼."

"출가외인이 무슨 친정집 제사냐."

기철이 그날 형의 말을 아내 지숙에게 전하자, 지숙은 펄쩍 뛴다.

"내 제사는 절대 안 지내도 되니까 아들 같은 소리 꺼내지도 마. 난 내 딸들이 아들 백 명보다 귀하니까. 웃기는 소리들 하고 있네. 그 집은 며느리가 있어 제사 지낸대? 아들이 장가도 못 가 놓고 무슨 남의 집 일에 간섭이야."

"그건 그렇지. 난 그저 그런 말이 나왔다는 걸 전할 뿐이야."

“호적에 엄한 놈 끼워 넣기만 해 봐. 남의 재산 탐내는 거 아님 입도 뻥긋하지 말라고 해. 시대가 어느 땐데, 아들? 제사? 제사 싹 없애고 호텔 가서 밥 먹어.”

“엄마, 무슨 일인데 그렇게 열을 올려?”

“노망이 아니고서야 무슨 양자를 들여. 이 호주제가 곧 폐지될 테니 두고 봐라.”

“호주제[4]가 뭔데?”

“지금 호주제가 남자만 집안의 가장이 되잖아.”

“그게 뭐가 불편한데?”

“너 미숙이 알지?”

“스마일 식품집 언니?”

“그래, 그 언니가 시집가서 뇌진탕으로 애가 됐단다. 그러니 슈퍼집 아저씨 연금이 아내에게 가는 게 아니고 딸한테 가는데, 딸이 정신 장애인이 되어 그 아들, 즉 손자가 연금을 받게 됐어. 그런데 그 미숙이 남편이 아내를 친정으로 보내고 아들만 데리고 사니까 결국 아저씨 연금을 사위가 관리하게 되었지. 아줌마는 아픈 딸 데리고 남편 연금을 못 받게 되었단 말이

4 호주제도는 2005년 3월 31일 개정된 민법(법률 제7427호)에 의하여 폐지되었다. 즉 민법 제4편 제2장의 제목을 기존의 ‘호주와 가족’에서 ‘가족의 범위와 자의 성과 본’으로 변경하고, 호주를 법적으로 정의하던 제778조를 삭제하였으며, 가족의 범위를 규정한 제779조를 개정하고 제780조를 삭제하여 호주제도가 폐지되었다. (출처: 행정안전부 국가기록원)

야. 그게 아주 무식하고도 불합리한 이조 시대 유산이란 말이지."

"어머, 너무하다."

"그것뿐이니? 이혼하면 자식은 서류로 그냥 남이 되는 거야. 무조건 남자 쪽으로만 입적이 되니까. 일제 강점기 잔재지."

"우리나라는 왜 호주제가 아직 개헌이 안 된 거야?"

"노인네들이 남자랍시고 빡빡 우기고 앉았으니까 그렇지."

"근데 엄마는 외할아버지 돌아가셨을 때 왜 유산 배분 안 받았어?"

"그거야 우리 시대는 다 그랬어. 내가 바꿀 수 없는 문제로 집안 싸움하기도 싫고, 너희 큰삼촌이 제사를 지내는데 물려받아야 제사를 지내지. 하지만 내가 조절할 수 있는 문제는 내가 양보 못 하지. 내 자식에게 손해나는 건 나도 양보 안 한다, 이거야."

"아빠가 양자 들인다고 하면 어쩔 거야?"

"네 아빤 나 못 이겨. 그리고 괜히 저렇게 떠보는 거지. 양자 들일 생각도 없고."

"엄마, 내가 제사 지내 줄게."

"우리 딸, 예쁜이. 엄마 제삿날은 호텔 가서 밥 먹어. 알았지?"

지숙은 나희를 꼭 안아 주었다.

IMF의 위기를 딛고 지숙의 친구와 친척들은 하나둘 강남 아파트로 이사를 갔지만, 지숙의 생각은 달랐다.

'아파트를 죽을 때 이고 갈 거야, 지고 갈 거야.'

지숙은 기철의 방학에 맞추어 전 가족 한 달 세계 여행을 가자고 제안했다.

"여보, 우린 아무래도 집 지녀 봤자 당신이나 나나 돈을 지니지 못해. 평생 보증 서고 빌려주다가 볼 장 다 볼 것 같아. 우리 가족 세계 여행하자."

"무슨 돈으로?"

"이사 가려고 모아 놓은 돈 있잖아. 주택부금, 그거 깨서 가자."

"집은?"

"집 커서 뭐해. 잠만 자면 되지."

"가자." 기철이 주저 없이 동의했다.

"어디로 갈까?"

"유럽으로 가자. 막걸리 있으면 좀 가져와 봐."

독일 작가 로베르트 미헬스(Robert Michels)는 "인간에게 조국이란 국가가 아니라, 유년 시절 우연히 겪었던 한때의 그리운 기억, 희망에 넘쳐 미래를 그렸던 시절의 추억을 가리킨다."고 했다.

기철, 지숙, 가희, 나희, 지우는 파리 도착해 며칠 관광 후

차를 빌려 알자스 지방을 보고 독일과 스위스, 이탈리아 여행 후 프랑스 남부에 머물렀다. 가끔 한인 슈퍼에 들러 기철을 위해 김치도 먹었다. 가희는 이탈리아 음식에 푸욱 빠졌고, 지숙은 잘생긴 이탈리아 남자들을 보며 입이 벌어졌다. 나희는 유럽의 건축물과 니스의 자연 경관에 꿈을 꾸는 듯했다. 기철은 유럽의 깊은 문화에 매료되었고, 어린 지우도 팔짝팔짝 뛰며 좋아했다.

3억에 강남 아파트로 입주한 갑식, 준구 등 친척들의 아파트는 훗날 20억이 되었고 강북을 떠나지 못한 지숙의 3억 빌라는 4억이 되었다. 돈보다 철학을 물려주겠다는 기철과 지숙의 생각이 부동산이 폭등하는 대한민국의 역사와 반대로 가는 것임엔 틀림없었다.

준구의 딸 재영이 결혼을 하여 만삭이 되었으나 당장 태어날 아이를 돌볼 사람을 구하는 것이 걱정이었다. 국가에서 2012년부터 보육시설인 어린이집을 무료로 하겠다는 발표가 나자 아파트 1층마다 어린이집이 생겨났다.

생후 100일부터 아기를 돌보아 주니 무조건 맡기기만 하라고 재영의 집에도 인근 어린이집 원장이 찾아왔다. 국공립 어린이집은 대기 순번이 200번째였고 그나마 사설 어린이집은 자리가 있었지만 영어와 체육, 미술, 음악 옵션비로 매달 14만 원 정도를 내라고 했다. 선택하지 않으면 아이들이 노래를 부르고 활동할 때 같은 공간에 있지만 참여하지 못한다고 하였다.

아파트 거실을 어린이집으로 운영하며 방은 원장의 자녀들이 공부를 하는 등 변형적인 활용이 이루어졌다. 아이들을 한데 모아 놓으니 장난감을 뺏고 울고 집단 감기에 아비규환이 따로 없었다. 어린이집 선생님들은 최선을 다해 아이들을 돌보았지만 연령이 천차만별인 아이들이 함께 있을 공간이 좁았고 돌보는 인력이 부족하였다.

한 달 100만 원 정도를 내면 놀이학교라 하여 시설이 더 넓고 좋은 곳이 있었다. 재영은 육아 때문에 회사를 그만두는 것은 절대 원치 않았기 때문에 지훈을 놀이학교로 옮겨 보냈다. 어린이집이나 놀이학교는 오후 4시까지만 돌봄을 하였기 때문에 7시 퇴근인 부모들은 오후 돌봄을 개인적으로 따로 고용해야 했다.

지훈의 감기엔 중이염이 따라왔고, 결국 지훈의 중이염이 심해 수술 권유를 받게 되었다. 재영은 놀이학교를 중단시키고 아침 7시부터 오후 8시까지 하루 13시간 아이를 돌보아 주는 풀타임 베이비시터를 고용했다. 한국인 급여는 230만 원이었다. 조선족은 170만 원 정도로 고용할 수 있었지만 소통에 미세한 차이가 있어 불안했다. 베이비시터는 한국인을, 살림은 조선족을 고용하는 경우가 많았다.

재영은 한국인 아주머니를 고용하여 집안 곳곳 CCTV를 설치하여 베이비시터 아주머니가 지훈을 돌보는 방법을 택했다. 지훈은 좋은 이모님(베이비시터를 다들 이모님이라고 불렀다)을 만나 따뜻한 보살핌을 받았다. 재영은 P사의 어린이 교구도 800만 원을 주고 풀세트로 들였다. 200만 원짜리 유모차에 아기 침대와 각종 용품을 사고 나니 의사 월급을 몽땅 털어 넣어도 부족할 지경이었다.

갑식은 거울을 보고 세월을 느꼈다. 돈은 있으나 남편도 떠났고 둘째 딸도 끝내 미국으로 떠났다. 사고무친(四顧無親)[5]의 신세로 덩그러니 혼자 집에 있다.

명절이 되어 애써 전을 부쳐 놓아도 먹는 이들이 없다. 음식하느라 힘들고 남은 음식 먹기도 힘들다. 바리바리 싸서 자식들 나누어 주면 음식물처리기로 들어갈 것이라는 것을 짐작하지만 제사를 지내려면 음식 양을 줄일 수도 없다. 허리도 아프고 머리도 아프다. 300만 원 들여 병원 가서 검사를 받았지만 아무 이상이 없고 '노화'란다.

시장에 가면 누구보다 잘 깎고 시장 사람들과도 인사를 하며 지냈는데, 지금은 슈퍼에 가면 무슨 어플을 받고 **페이를 써

5 의지할 만한 사람이 아무도 없음.

야 할인이 된다는데, 신용카드도 잘 안 쓰고 현금 쓰기를 즐기는 갑식으로서 스마트폰 활용은 쉽지 않았다. 남보다 비싸게 산 적이 없었는데 제대로 할인을 못 받아 부아가 치밀어 올랐다.

적금 만기가 되면 VIP실에서 이것저것 친절히 설명도 해 주고 생일이면 과일 박스도 보내 주었는데 이제는 은행도 사라지고 ATM기만 남아 삭막했다. 외로웠다. 자식들에게 전화라도 하면 선미는 엄마에게 '관종'이라고 한다. 관종이란 관심받고 싶은 종자란다. 맞는 말이지만 강력히 부인했다. 부모에게 할 말이 아니라는 생각이 들어 야단을 치니 이번엔 '분노조절장애'란다. 요즘 것들은 아는 게 많아서 오만 병명을 갖다 붙이니, 갑식은 말로는 당해 낼 수가 없었다. 오래된 물건을 못 버리는 갑식에게 아들은 '저장강박증'이라고 한다.

갑식이 유일하게 즐겨 가는 곳은 병원이었다. 사위들 병원이 아닌 집 근처 대학병원이다. 대학병원은 가정의학과, 소화기내과, 이비인후과, 산부인과, 정형외과 등 돌아가며 아무리 가도 귀찮은 내색을 하지 않아 좋았다.

물을 안 마셔 입이 좀 마른 날도 병원을 찾았고, 손톱을 바싹 깎아 손톱 밑이 불편해도 병원을 찾았다. 왼쪽 어깨가 뻐근해도 병원을 갔고, 변을 못 본 날도 병원을 찾았다. 그렇게 매일 병원을 다녀도 돈이 아깝지 않았다. 병원비는 저렴했고 갑식이 내는 의료보험료는 월 300만 원이었기에 병원을 안 다니면 그 돈이 아깝다는 생각이 들었다.

병원에서는 아예 1년 스케줄을 작성하여 집으로 보내 주었다. 병원 대기실에 앉아 기다리는 환자들과 대화도 나누었다. 의사들은 갑식의 말을 조금이라도 들어 주었다. '보고 싶다'는 말을 '아프다'는 말로 해 봐야 자식들은 귀찮아했다. 그러나 의사들은 고개를 끄덕여 주었다.

더 이상 올 필요가 없다는 말을 할까 싶어 갑식은 어디든 아픈 곳을 찾아내어 매일 병원을 갔다. 그러다 대기실에서 만난 한 할머니와 재산상속 유언에 대한 이야기를 듣고 자신도 '공정증서에 의한 유언'[6]을 하기로 한다.

부동산값이 폭등하였지만 갑식이 돈을 재미나게 쓸 수 있는 방법이 없었다. 세금만 늘어나 부아가 치밀 때마다 갑식은 판교에 새로 생긴 현대백화점을 찾는다. 새로 지은 백화점이라 그런지 일하는 점원들도 모두 눈부시게 젊다. 젊음이 눈이 부셨다.

1층은 화장품 코너로 기존 여직원이 아닌 20대 남자들이 화장

6 제1068조 (공정증서에 의한 유언) 공정증서에 의한 유언은 유언자가 증인 2인이 참여한 공증인의 면전에서 유언의 취지를 구수하고 공증인이 이를 필기 낭독하여 유언자와 증인이 그 정확함을 승인한 후 각자 서명 또는 기명날인 하여야 한다.

품 샘플을 나누어 주고 있었다. 여성 고객층을 공략하기 위함이었다. 갑식은 40만 원짜리 아이크림으로 자신의 주름이 펴지지 않을 것이라는 것은 알고 있었다. 아르바이트 남자 직원들도 갑식에게 별 흥미가 없었다. 그들의 타깃 고객층은 소비에 익숙한 세대이기 때문이다.

30대 여성들이 50~60만 원 하는 아이 옷들을 고르고 있다. 몇몇 여자들은 스파게티를 먹으며 웃고 있다. 피부엔 잡티 하나 보이지 않는다. 백화점은 손님의 지갑을 열기 위해 최선을 다하는 듯했다.

갑식은 스파게티집에 들어가 앉았다. 모델을 해도 손색이 없을 젊은 남자가 메뉴판을 주며 정중히 무엇을 드시겠냐고 묻는다. 호텔급 매너다. 손동작, 허리 굽힘 정도, 말투 등을 교육받았을 거라 짐작한다. 갑식은 그가 시간당 얼마 받는지 궁금했다. 그가 아무리 열심히 일해도 갑식의 은행에 넣어 둔 예금에 붙는 이자를 따라가지 못할 것이다. 혹은 저 반반한 얼굴로 부잣집 딸과 결혼을 할지도 모른다.

갑식은 매너 있게 "이 집에서 제일 잘하는 걸로 줘 봐요."라고 말했다. '주세요'가 아닌 '줘 봐요'에는 약간의 경멸이 묻어났다. 남자는 '로제크림 쉬림프 파스타'를 추천하며 갑식의 허락을 기다렸다. 갑식은 영어로 가득한 메뉴 이름이 잘 이해되지 않았지만 '잘한다니 먹어 보죠.'라며 허락을 했다.

낯선 소스에 약간의 면, 그리고 새우 두 마리에 2만 원이라니. 김치라도 있으면 좋겠는데 오이피클뿐이다. 바지락이 듬뿍 든 7,000원짜리 칼국수 생각이 났다. 갑식이 다 먹고 나서 계산을 하려 하자 계산대의 여직원이 상냥하게 묻는다.

"맛있게 드셨어요?"

"짜. 돈 아까워."

갑식은 카드를 꺼내며 불쑥 대답했다. 손녀뻘인지 딸뻘인지 그 어디쯤인데 편하게 말하면 어떠냐는 생각이 들었다.

"죄송합니다. 맛이 없으셨다니 돈은 받지 않겠습니다."

이번엔 갑식이 당황했다. 100원이라도 더 벌려고 실랑이를 하는 것이 장사의 이치인데, 이 식당은 무슨 당당함일까.

"됐어. 나 그런 사람 아냐."

갑식은 지갑에서 만 원짜리 두 장을 꺼내 카운터에 탁 놓고 나갔다.

"감사합니다. 안녕히 가세요."

갑식의 뒤통수에 대고 인사하는 여자의 목소리가 밝다. 손님의 어떤 태도에도 한결같은 태도를 유지하는 정신력이 그녀의 자부심일지, 인내심일지 알 수 없다.

백화점을 나오는데 비가 내렸다. 갑식은 가방에서 우산을 찾았지만 보이지 않았다. 집에 두고 왔는지 아까 그 식당에 두고 왔는지 생각이 잘 나지 않았다. 갑식은 다시 식당으로 돌아가 우산을 보았냐 물어보니 없다고 한다. 갑식은 우산을 그 식당에서 잃어버렸다는 생각이 점점 강하게 들었다. 그래서 시간도 있겠다 보안실에 가서 CCTV를 돌려 보자고 하였다.

백화점 CCTV실로 가니 수많은 모니터가 돌아가고 있었다. 생각보다 많은 카메라 수에 갑식은 놀랐다. 식당으로 들어오는 갑식의 손에 우산이 들려 있었다. 그리고 나갈 때는 우산이 없는 것이 포착되었다. 그사이 다른 화면은 잡히는 바가 없었다. 갑식은 의기양양해졌다.

"저 봐라. 저 봐라. 어느 년이 내 우산을 훔쳐 갔다니까. 경찰 불러!"

"저 사모님, 우산이 얼마일까요?"

"왜? 왜? 네가 사 주려고?"

갑식의 목소리가 높아졌다. 갑식의 우산은 5천 원이었지만 우산 가격을 말하고 싶지 않았다. 어쨌든 이것은 도난 사건이므로 경찰을 부를 수 있었다. 갑식은 경찰을 불렀고 형식적으로나마 경찰이 백화점에 도착하였다. 손님들은 수근거렸고 새로 지은 백화점의 이미지는 손상될 수 있었다.

"그 우산은 우리 딸이 미국에서 사다 준 건데 구할라 해도 살 수가 없다."

"사모님, 정말 죄송합니다. 저희가 보상을 해 드릴 테니 진정하시지요."

양복을 입은 점장으로 보이는 남자가 목례를 하였다. 갑식은 화가 크게 나지는 않았다. 오히려 엔도르핀이 돌고 있었다. 우산 하나로 인해 수많은 사람들이 우왕좌왕하는 것이 재미났다. 그녀 특유의 목소리와 말투 때문에 다른 사람들은 그녀가 흥분했을 것이라고 생각했으나 그녀는 보통 평소의 말투로 이야기했을 뿐이다. 병원에 가서 의사를 만나는 것보다 더 생동감이 느껴졌다. 늘 뒷전에서 맴돌다가 연극의 주인공이 된 기분이었다.

백화점 지점장은 상품권 50만 원으로 갑식과 합의를 보았다. 갑식은 더 시간을 끌고 이 일로 인해 또 다른 사건이 일어나길 바랐지만, 생각보다 일은 빨리 마무리되었다.

2016년, 광화문

2014년, 일어나선 안 되는 참사가 일어났다. 제주도로 향하던 여객선 세월호가 침몰하여 300여 명의 사상자를 내었다. 사망자 중 대다수가 고등학교 2학년, 수학여행을 떠나는 아이들이었다.

온 국민이 말을 잇지 못했고 분노했다. 아이들은 상준과 연희의 아들인 성수와 동갑이었다. 갑식은 삼풍백화점 붕괴로 잃은 큰딸 정미가 떠올라 더욱 안타까워했다. 세월호 사건 당시 대통령은 박근혜였고, 이 사건으로 박근혜에 대한 업무와 행보는 주목받는다.

그리고 2016년, 광화문에서 박근혜 대통령에 대한 촛불시위가 시작되었다. 갑식은 태극기부대로, 아들 상준은 촛불시위부대로 입장이 갈렸다. 갑식은 박근혜가 비록 최순실게이트로 젊은이들의 지지를 받지는 못하고 있으나 박정희 대통령의 딸로서 어린 시절부터 국모(國母) 역할을 해 왔으며 누구보다 우아한 자태를 갖추었다고 생각한다.

대한노인회(大韓老人會) 등 여러 단체들도 합류하여 손에 저마다 태극기를 들고 광화문으로 나왔다. 그들은 대부분 고령으로 젊은 층과 대적하였으나 몸싸움은 전혀 일어나지 않았고 촛불시위는 매우 평화적으로 이루어졌다.

갑식은 일당 5만 원씩 받은 적도 있었고 점차 여럿이 어울려 밥도 먹고 시위도 하는 것이 즐거웠다. 나라의 어른으로서 보탬이 되는 일을 하는 것 같기도 하고 재미도 났다. 박근혜 대통령은 존경하는 육영수 여사의 영애로 절대 함부로 해서는 안 되는 외로운 여왕이라 생각했다.

젊은이들에게 박정희는 독재자로, 노인들에게 박정희는 경제를 일으킨 인물로 인식되며 대한민국은 신구(新舊) 대립의 구도가 되었다.

헌법재판소는 2017년 3월 10일 오전 11시 대심판정에서 박근혜 대통령 탄핵심판사건 선고기일을 열고 재판관 8명 전원일치 의견으로 박 대통령에 대한 파면 결정을 내렸다. 이정미 헌법재판소장 권한대행은 이날 대통령 탄핵심판 선고에서 "피청구인 대통령 박근혜를 파면한다."는 주문을 확정했다.

이상과 현실 사이에서

재영은 지훈을 A 영어 유치원에 보냈다. 셔틀이 다니지 않아 이사를 갈까 생각도 해 봤지만 초등학교 학군을 생각하면 지금 살고 있는 곳이 더 낫다고 생각했다. 운전면허증이 없는 이모님은 매일 지훈의 등원을 택시로 했다. 지훈은 한글을 제대로 떼지 못한 채 영어 유치원에 입학하여 영어를 배웠다. 가끔 원어민 발음으로 자연스럽게 영어가 툭 튀어나올 때마다 재영은 역시 돈값을 한다며 너무 만족해했다.

지훈의 장래를 위해서라면 유학도 보내고 싶었지만 지금 의사 직업을 그만둘 수는 없었다. 차라리 국내에서 '의대 로드맵' 대로 공부를 시켜 의사를 만드는 편이 낫다고 생각했다. 골프와 발레와 수영, 영어 과외와 미술, 피아노, 놀이수학을 추가로 시켰다. 직장맘이다 보니 전업주부들의 모임에 참여하지 못하는 대신, 생일 파티나 모임이 있을 때마다 물질적 지원을 아낌없이 했다.

영어 유치원에서는 아이들이 다치면 학부모의 항의가 거세기 때문에 아이들이 다치지 않도록 돌보는 사람이 따로 있었다. 그러다 보니 아이들은 주로 장난감이나 교구를 가지고 따로 놀고 서로 마음껏 어울려 놀지 못했다. 친구 몸에 손이라도 닿을라 치면 바로 제재가 들어왔다. 부모들은 다치지 않고 오는 아이들에 만족해했지만 아이들은 알 수 없는 외로움이 밀려왔다. 앵무새처럼 영어를 외칠 때만 간식을 받았다.

정 원장은 아이들을 다루는 달인이었다. 그녀는 단어를 많이 외우거나 순종적인 아이들을 듬뿍 칭찬하였다. 젤리로 아이들을 지휘했다. 학교는 2016년 9월부터 일명 김영란법[7]으로 촌지가 금지되었으나 유치원은 아니었다. 스승의 날에는 10만 원짜리 커피 상품권을 부모들이 보내왔다. 재영은 이럴 때 20만 원짜리 상품권을 보내는 것이 요령이라 생각했다. 미묘하게 지훈은 친구들 사이에서 우선권을 차지했다.

경미는 방송 작가와 학원 강사를 하다가 대학원에서 석사와 박사를 공부하고 대학 강사로 일했다. 작은 실수나 수업 중 토론으로 인한 마찰에도 '그러니 시집을 못 가지.', '저러니 결혼을 못하지.' 등의 말은 견딜 만했다.

실제로 미혼과 기혼 사이의 묘한 차이도 인정했다. 기혼 여성

7 부정청탁 및 금품 등 수수의 금지에 관한 법률(不正請託및金品等授受의禁止에關한法律), 약칭 청탁금지법(請託禁止法)은 대한민국에서 부정부패를 방지하기 위해 국민권익위원장이던 김영란의 제안으로 만들어진 법률로, 제안자의 이름을 따서 흔히 '김영란법(金英蘭法)'이라는 별칭으로 불린다. 공무원이나 공공기관 임직원, 학교 교직원 등이 일정 규모(식사 대접 3만 원, 선물 5만 원, 경조사비 10만 원) 상당의 금품을 받으면 직무 관련성이 없더라도 처벌하는 것을 골자로 하고 있다. (출처: 위키백과)

들은 남자들의 단점을 다 인정하고 같이 사는 반면, 미혼들은 그 단점과 차이를 선택하지 않은 것뿐이다. 선택하지 않았으니 받아들일 이유가 없는 것이다. 그것을 기혼들은 '까칠하다'라고 표현하곤 한다.

미혼이라는 이유로 남자들의 추근댐에 발끈하지 않을 수 없었다. 술자리에서 성희롱을 하는 남자들을 냉랭하게 대하면 성격이 까칠하다는 데 이어 다음 학기 강의를 딸 수 있겠냐는 노골적 협박이 이어졌다. 대학 강사란 일용직과 같다. 아니, 방학 때는 돈을 벌 곳이 없으니 일용직보다도 못하다.

고등학교 동창 미선은 공부를 못해 정식 허가도 안 난 대학을 나왔는데 나중에 그 대학이 수도권에 위치해 있다는 이유로 탈바꿈을 하여 중상위권 대학으로 급부상했고, 공무원 사무실에서 보조 잡일을 하다가 공무원 빈자리가 나서 약식으로 시험을 보고 8급 공무원이 되었다. 반에서 3, 4등 하다 서울 시내 대학에 입학하여 대학원에서 박사 학위까지 취득한 경미는 한 치 앞이 보장되지 않는 일용직이었다.

미선은 연금이 나오는 공무원이 되어 그 수준에 맞는 남자들과 선을 보았지만, 잘 이루어지지 않았다. 미선이 힘들게 살아온 세월에서 묻어 나오는 취향, 말투 등은 미선이 원하는 대기업 출신 남자들과 코드가 맞지 않았다. 미선은 말을 할 때 흥분하면 종종 '욕'을 섞어 쓰는 습관이 있었다. 그리고 미선은 실수인 듯 웃지만 선자리에 나온 남자들은 몇 번 데이트를 하고 나면 연락이 끊어졌다. 경미와는 고교 동창 중 미혼이라 가끔 둘이 만났다.

2017년, 사회관계망서비스(SNS)에 'Me Too'라는 해시태그를 달아(#MeToo) 자신이 겪었던 성범죄를 고백함으로써 그 심각성을 알리는 미투 캠페인이 성행했다. 미국 할리우드의 유명 영화제작자 하비 와인스타인의 성추문 사건 이후 영화배우 알리사 밀라노가 2017년 10월 15일 처음 제안하면서 시작됐다. 성범죄를 당한 당사자들이 '나도 말한다(Me Too)'라며 글을 쓴다면 주변에 얼마나 많은 피해자가 있는지 경각심을 불러일으킬 수 있다는 것이다.

이처럼 알리사 밀라노가 미투 캠페인을 제안한 지 24시간 만에 약 50만 명이 넘는 사람이 리트윗하며 지지를 표했고, 8만여 명이 넘는 사람들이 #MeToo 해시태그를 달아 자신의 성폭행, 성추행 경험담을 폭로했다. 국내에서는 2018년 1월 서지현 창원지검 통영지청 검사가 안태근 전 법무부 국장의 성추행을 폭로한 것을 계기로 미투 운동이 본격적으로 시작됐다. 그리고 법조계에서 시작된 미투 캠페인은 문단계, 연극계 등 문화 · 예술계, 정치계로까지 번지면서 큰 파문을 일으켰다.[8]

8 시사상식사전

경미는 이혼한 지도 교수로부터 성폭행을 당하고 용기를 내어 미투 캠페인에 동참한다. 미선도 공무원이 되기 전 직장 상사로부터 성폭행을 당한 적이 있지만 자신은 미투는 하지 않겠다고 한다.

"이미 지난 일 까발려 내 얼굴에 뭐 하러 먹칠해. 시집도 못 갈 텐데."

"나는 그래도 바로잡아야 할 일에 동참할 거야."

"그래, 네 선택은 지지한다. 근데 얼굴 팔릴 텐데 앞으로 일은 어떻게 하려고."

"당장은 뭘 해도 힘들겠지만 세상이 바뀌고 인식이 바뀌고 내가 실력을 갖추면 분명 할 일이 생길 거야."

"넌 너무 이상가야. 현실은 먹고사는 게 해결되어야 해."

지훈이 초등학교에 입학 후 얼마 지나지 않아 재영은 담임 선생님으로부터 연락을 받는다. 아이가 도통 수업에 집중을 못하고 산만하니 병원에서 검사를 받아 보라는 내용이었다. 유치원에서 한 번도 들어 보지 못한 말이었다. 이제 1학년이고 어리니 학교에 적응하는 데 시간이 걸리는 것뿐이라고 위안을 하며 정신건강의학과를 개업한 동료 김 선생에게 연락을 했다.

요즘 꽤나 잘나가는지 예약 잡으려면 두세 달은 기다려야 하는데, 친구 찬스로 그 주 토요일 바로 예약을 넣었다. 몇 시간에 걸친 검사와 부모가 작성해야 하는 설문지를 작성하고 결과 예약은 일주일 후 다시 잡았다.

김 선생은 결과가 뜬 커다란 모니터를 보고 있었고 재영은 맞은편 의자에 앉았다. 아이는 대기실에서 기다리라고 했다. 재영은 결과를 듣기 위해 마른침을 삼켰다. 대기실에는 멀쩡해 보이는 사람들로 가득했다. 그냥 겉으로 보면 내과나 피부과 환자들처럼 보이는데 다들 무슨 고민들을 안고 저 자리에 앉아 있을까 싶었다.

“민철아, 오랜만이다.”

재영이 먼저 입을 떼었다.

“그래, 재영아.”

대학교 때 재영을 좋아했던 민철이었지만 지금은 의사가 되어 재영 아들의 진료 결과를 말해야 한다. 민철은 재영의 이름을 불러 본다. 미소가 스쳤으나 의사 본연의 표정으로 곧 돌아와 모니터를 뚫어져라 보고 재영은 기다린다.

“일단… 지능은 좋네. 너 닮았나 보다.”

민철이 재영의 긴장을 풀어 주려 한다. 농부의 아들인 민철은 오로지 학교 도서관의 책에 의지했고, 의사 부모를 둔 재영은 미국에서 최신 의학 서적을 부모님을 통해 쉽게 구할 수 있었기에 공부가 수월했다. 다른 분야도 그렇지만 의학기술도 나날이 발전하고 있어 미국에 가서 연수라도 받은 친구들이 훨씬 유리

했다. 민철이 정신건강의학과를 택한 것은 개업 시 비싼 기계가 많이 필요하지 않다는 이유였다.

"너무 걱정하지 마."

민철이 결과보다 먼저 위로의 말을 내뱉는다.

부유했던 재영은 대학교 때 해맑았다. 한 번도 당당하지 않은 적이 없었다. 대학 교수들도 재영의 부모님과 친분이 있어 학생 대하듯 하지 않고 친구의 자녀를 대하듯 했다. 민철에게 교수는 하늘처럼 어려운 존재였는데, 재영은 교수들과 스스럼없이 커피를 마시며 지냈다.

그리고 지금 민철이 앞에 앉아 있다. 민철은 좋아했던 여자 아들의 결과라 쉽사리 입 밖에 내기 어려웠다. 한 번도 재영이 절망하는 것을 본 적이 없다. "ADHD라고 결과가 나오네."라고 조심스레 말했다.

"뭐야, 그거 요즘 남자애들 다 있는 거 아냐?"

재영이 너무 쉽게 받아들여 민철은 당황했다.

"지훈이는 약을 먹지 않으면 학습이 힘들 거야."

"공부는 못해도 돼. 아이만 행복하게 클 수 있다면."

여유 있는 사람들 중 종종 나오는 답변이다.

"약을 먹이기 싫다면 놀이치료를 받아 봐. 약 복용은 천천히 결정해도 돼."

민철 특유의 부드러움. 환자의 의견을 먼저 인정해 주는 성격은 지금의 직업과 잘 맞았다. 그러나 이 성격 때문에 민철은 재영에게 고백하지 못했다.

"고마워."

재영이 일어선다. 민철은 '밥 한 끼 먹자.'고 이야기하고 싶었지만, 진료실이라 아무 말 하지 않는다. 앞으로 재영이 온다 하더라도 놀이치료 전담 선생님들만 만나게 될 터이니 다시 민철을 찾지는 않을 것이다.

상준의 아들 성수의 꿈은 드러머였다. 방탄소년단[9]은 성수의 이상이었다. 실용음악과에 붙었지만 갑식은 마뜩잖았다. 세상 사람들 다 부러워하는 돈복은 있었지만 돈 뜯어 쓰는 자식만 있을 뿐, 아프냐며 들여다보는 자식들은 없었다. 아들 상준이 직업도 없이 빈둥거리는 것도 잘 알고 있고, 며느리 연희가 무릎 꿇고 들어오면 돈 몇 푼 쥐여 줄 생각이었는데 결국 손자를 망쳐 놓았다는 생각에 부아가 치밀었다.

재산 물려줄 친손주라고는 성수 하나뿐인데 며느리 기 잡자

9 방탄소년단(防彈少年團, 영어: Bangtansonyundan, 약칭: BTS, 방탄)은 2013년 6월 13일에 데뷔한 빅히트 뮤직 소속 대한민국 7인조 보이 그룹이다. 방탄복이 총알을 막아 내는 것처럼, 살아가는 동안 힘든 일을 겪는 10대, 20대가 겪는 힘든 일과 편견을 막아 내고 자신들의 음악적 가치를 당당히 지켜 내겠다는 의미를 담고 있다. 2018년에는 《LOVE YOURSELF 轉 'Tear'》를 발매해 빌보드 200 중에서 1위를 기록하였고, 방탄소년단은 최초로 빌보드 200 1위를 차지한 대한민국의 음악 그룹이 되었다. (출처: 위키백과)

고 돈을 안 줬더니 손자 교육을 제대로 못 시켜 대학을 제대로 못 간 것 같다. 상준이 성수를 데리고 연희와 싱가포르에 가서 애 공부도 시키며 살고 싶다 했을 때 갑식은 "가려면 네 돈으로 가라."라고 말했다. 딸도 미국 갔는데 아들마저 외국으로 가면 갑식이 무슨 재미로 살란 말인가. 못난 자식은 부모 옆에 산다고 했다.

돈은 내가 모으고, 쓰는 건 며느리라? 안 될 말이다. 갑식은 며느리와 손자의 정을 끊어 놓을 방법을 생각했다. 이제 불어난 재산을 손자에게 물려주려니 세금이 엄청나다. 손자가 성인이 되었으니 임대사업자로 사업자등록을 내고 매매로 하나하나 물려줘야 한다.

아들에게 돈을 주자니 며느리가 자칫 이혼이라도 하면 모자란 아들이 며느리에게 아파트라도 내줄 수 있다. 게다가 그 녀석은 술 처마시고 똑바로 살지 못할 것이다. 불안했다. 돈을 가진 자는 돈이 없는 자가 두렵다. 그것이 가족일 경우엔. 무슨 자존심인지 며느리는 돈 얘기를 안 꺼낸다.

갑식은 손주를 따로 불러 천만 원을 쥐어 주었다.

"할미가 안 쓰고 아껴서 모은 돈이다. 이걸로 등록금도 내고 용돈도 써라."

"고맙습니다. 너무 큰돈인데요. 엄마를 주셔도 될 텐데."

갑식이 속마음을 들킨 것 같아 흠칫했다.

"이제 너도 컸으니 네 돈을 지녀야지. 돈을 지녀 봐야 돈을 간수하는 법을 배우게 된다. 이제 이 할미 재산은 네가 물려받을 거고 할미가 가르칠 거야. 돈을 배울 때는 부모에게도 입을 닫아야 한단다. 그래야 돈을 지녀."

"아빠에게 물려주셔야 하는 거 아니에요?"

"으이구… 착한 녀석. 네 아빠는 할미가 다 챙겨 놨다. 앞으로 할미가 도장 가져와라 하면 가져오고, 그게 무엇인지 절대 엄마에게 말하면 안 된다. 너는 김씨 핏줄이다. 섣불리 돈 얘기 꺼내면 아직 네가 어려 지닐 수가 없게 된다. 할미가 알아서 만들어 줄 테니 그저 너는 조용히 있으면 된다."

갑식은 손주의 마음을 슬며시 떠보았다. 가족이라고 돈 구분을 하지 못하면 지닐 수 없다. 갑식인들 어려운 가족, 친척이 왜 없었겠는가. 동생 명식은 오랜 투병으로 생활보호대상자로 살고 있다. 그러나 갑식은 다 각자 팔자라고 눈을 딱 감았다. 도와주다 보면 끝도 없다. 그래도 1년에 한 번 50만 원 정도 보내 주긴 했지만 그 이상은 아니다.

명식이 딸은 여권운동인지 페미니즘 어쩌고 한다는데, 시집도 안 가고 담배까지 피운다는 소문이 있었다. 여자가 때가 되면 결혼을 하고 애를 낳아야지 무슨 망조가 들었는지 모를 일이라고 생각하였다.

코로나가 만든 풍경

2019년 12월, 중국 우한에서 처음 발생한 이후 새로운 유형의 코로나바이러스(SARS-CoV-2)에 의한 호흡기 감염질환이 중국 전역과 전 세계로 확산된다. 코로나바이러스감염증-19는 감염자의 비말(침방울)이 호흡기나 눈 · 코 · 입의 점막으로 침투될 때 전염된다. 감염되면 약 2~14일(추정)의 잠복기를 거친 뒤 발열(37.5도) 및 기침이나 호흡곤란 등 호흡기 증상, 폐렴이 주증상으로 나타나지만 무증상 감염 사례 빈도도 높게 나오고 있다.[10]

안 그래도 아들 내외 발길이 뜸한데 코로나로 명절 때 가족을 부르지 말라고 텔레비전에서 자꾸 이야기할 때마다 갑식은 몹시 거슬린다. 노인회관 수업도 다 문을 닫았고, 병원도 살벌하여 가기가 싫다. 노인은 코로나에 걸리면 사망률이 높다 하니 무료하여도 조심하여 나쁠 게 없다는 생각이다. 생일인데 며느리 연희는 빼꼼히 선물만 놓고 간다. 세상이 더욱 우울하다.

불도 켜지 않고 우두커니 텔레비전 보다가 파를 한 단 사서 다듬었지만, 음식을 해도 먹을 사람이 없다. 갑식이 만든 건 뭐

10 네이버 지식백과

든 맛있다고 먹던 아들 상준도 고혈압이니 어쩌니 하며 며느리가 한 샐러드를 먹고 가지미식해, 어리굴젓, 명태회무침, 갈치속젓 등을 잘 먹지 않는다. 물에 밥을 말아 한 숟갈 뜨고 나니 할 일도 없고 갈 데도 없다. 손주 성수의 생일이 다가오니, 용돈을 줄 테니 오라고 연락해야겠다는 생각이 들었다.

"성수야."

"네, 할머니, 잘 지내셨어요?"

"잘 지내긴. 죽지 못해 산다."

"코로나 끝나면 다시 좋아질 거예요."

"곧 네 생일인데 할미가 용돈 준비해 뒀다. 받으러 오너라."

"할머니, 제가 지금 격리 중이라 못 가요. 부쳐 주세요."

"할미는 부칠 줄 모른다. 은행까지 가야 하는데 가까운 은행이 다 없어져서 저 아래까지 가야 하는데 무릎이 아파 그렇게 못 걸어."

"그럼 아빠 편에 보내 주세요."

"니 아빤 뭐 하냐?"

"몰라요. 핸드폰 보세요."

"엄마는?"

"일하러 나가셨고요."

"무슨 일을 하는데?"

"친구 가게 도와준대요."

"집구석에 가만히 있지 왜 돌아다녀? 코로나 옮아 오면 어쩌려고."

갑식은 며느리가 하는 건 뭐든 트집을 잡고 본다. 성수도 듣기 싫어 서둘러 끊으려 인사를 한다.

"할머니, 건강히 지내시고요, 또 연락드릴게요."

삑 수화기 소리와 함께 정적이 흐른다. 손자에게 생일날 주는 50만 원은 큰돈이 아니었던 것이다. 가난에 찌들어 본 사람은 가난에 반기를 들거나 돈에 매혹되거나 극단적인 예후를 보인다. 갑식은 돈의 생리를 잘 알았다. 돈으로 어떻게 사람을 조종할 수 있는지 알았다. 그러나 그것은 '가난'을 경험해 보지 못한 세대에게는 통하지 않았다. 며느리 연희도 그러하다.

돈을 주면 시댁에 납작 엎드려야 하는데, 연희는 돈이 없어도 뻣뻣하게 버틴다. 자식 키우는 여자가 돈 앞에서 자존심 세워 본들 별수 있나 싶다. 한편으로는 돈을 탐하지 않아 믿음직스럽다가도 돈도 없는 주제에 시어머니를 벌레 보듯 하는 태도도 마뜩잖았다. 그냥 적당히 주면 생글생글 고마워할 줄 알면 좀 좋으련만, 갑식은 연희의 버티는 태도가 불안하다.

누구나 늙는다. 늙으면 필요한 것이 돈이다. 갑식은 대한민국을 통해 배운 것이라고는 '돈이 최고다'라는 상식이었다. 손가락 하나 까딱 않고 주식 한다고 돈만 까먹는 아들에게 재산을 주었다가는 며느리 좋을 일만 시킬 것 같다. 어떡하든 오래 살아서 손자에게 직접 물려주는 방안을 모색해야 한다. 갑식은 적막한 거실에서 마음이 바빴다.

아들 하는 꼬락서니가 부모 보기에도 며느리의 사랑을 받을 것 같지 않았다. 친척 결혼식이나 장례식이 아니면 일 년 내내 등산복 차림으로 컵라면 먹으며 방에서 온라인 고스톱이나 치고 주식만 들여다본다는 것을 알고 있다. 저녁이면 먹던 컵라면은 옆으로 밀어 둔 채 소주에 새우깡을 먹고 있을 것이다. 친척들이 아들이 뭐 하냐 물으면 '바쁘다', '뭐 하는지 모르겠다.', '어디 일 다닌다.', '아프다.' 등등으로 둘러댄다. 갑식은 아들의 카드값을 내어 주었지만, 여전히 며느리에게 따로 생활비는 주지 않았다.

코로나19 확진자가 급증하면서 지역사회 감염 차단을 위해 실시된 정부의 권고 수칙으로, 2020년 3월 처음 사회적 거리 두기가 도입되었다. 코로나19 유행의 심각성과 방역조치의 강도에 따라 1~3단계로 구분돼 시행했다. 이후 2021년 7월부터는 4단계로 나뉜 사회적 거리 두기 체계 개편안이 시행돼 왔는데, 정부는 2022년 4월 18일부터 코로나19로 시행했던 사회적 거리 두기를 도입 2년 1개월 만

에 전면 해제한다고 밝혔다.[11]

코로나는 끝나지 않았다. 거리 두기 때문에 술집, 노래방, 대규모 식당들이 줄줄이 폐업했다. 2020년이 끝날 무렵 부동산값이 폭등했다. 집을 사지 못한 사람들은 절망했고 집을 갖고 있는 사람들도 팔아야 되나 말아야 되나 고민하다 팔면 또 이사 갈 집도 비싸니 그냥 머물 수밖에 없었다.

갑식의 건물도 두 배가 올랐다. 갑식은 기회를 놓치지 않고 오름세가 계속되지 않을 거란 생각에 건물을 매각했다. 갑식이 60대였으면 그리 빠른 판단을 하지 않았을 테지만 갑식의 나이도 여든이다. 아흔을 넘겨 산다 해도 그녀의 나이로 보아 정리할 때가 되었다 판단했다. 손자 성수를 불렀다.

"지금부터 할미 말 잘 듣거라. 할미가 너에게 적지 않은 돈을 물려줄 거다. 돈이라 카는 거는 넘들 다 좋아하재. 니도 돈 좋아하재."

성수가 고개를 끄덕인다. 친구들이 저녁에 소개팅해 준다는 기대로 머릿속이 가득 찬 순진한 얼굴이다. 갑식은 들릴락 말락 한 한숨을 내쉰다.

"단단히 들어라. 세상에 공짜는 없다. 니는 할미 돈을 받아도

11 네이버

쓸 수가 없다.”

성수의 눈이 잠시 둥그레진다.

“왜냐… 니는 세금 낼 능력이 없기 때문이다. 이 돈을 쥐는 순간 니는 니가 아무리 아르바이트를 해도 낼 수 없는 세금 고지서가 네 앞에 날아온다. 한순간에 갚을 수 없는 빚쟁이가 될 수도 있다. 그래서 앞으로 30년간 입을 딱 다물고 남들처럼 살아라. 네가 그럴 자신이 있다면 니는 건물 하나는 가질 것이다.”

성수는 잘 알아듣지 못하여 눈만 꿈뻑인다. 할머니에게 5만 원씩 용돈 받아 소주나 마셔 봤지, 세금이니 뭐니 알지 못한다.

“사람이 돈을 지니면 신기하게도 주변 사람들이 돈 냄새를 기가 막히게 잘 맡는다. 할미에게 뭘 좀 물려받았다 하는 순간 네가 믿었던 친구들은 사기꾼이 될 수도 있다. 여자도 꽃뱀을 만날 수가 있다. 니 외가 식구들도 너에게 친절해질 것이다. 그리고 친절했던 사람들이 어렵단 소리를 할 기다. 인간관계가 딴판이 된다. 돈이 있으면 인간관계가 좋아질 것 같재. 돈이 있으면 외로워진다. 니 돈 지녀 볼 자신 있나?”

성수가 고개를 끄덕인다. 통통한 볼이 발그레하다.

“니 엄마하고도 의절할 자신 있나?”

성수가 놀라 고개를 도리도리 흔든다.

“의절하란 얘기는 아니다.”

갑식이 웃는다.

"돈이 생겼다고 금방 외제차 사고 금방 놀러 다니고 그러면 이 돈은 10년이면 다 쓴다. 10년 후에 너는 돈도 잃고 돈을 버는 법도 잃을 것이다. 근데 네가 입에 지퍼 달고 김밥 먹고 버스 타고 소박하니 살면 사람이 돈이 가장 필요한 중년에 여유로워진다."

용돈 좀 받으러 왔다가 모르는 소리만 하니 성수는 슬그머니 일어나고 싶었다.

"자, 이건 30억이다. 시작에 불과한 돈이지. 니는 절대 이 돈을 불리지 못한다. 니가 이 돈을 300억으로 만들라카면 할미집으로 들어와라. 결정은 니가 하는 것이다."

갑식은 돈이 아닌 여러 서류를 성수 앞에 내보였다.

"잘 들어라. 30년 동안 니는 돈이 없는 기다. 누가 빌려 달라 해도 눈도 꿈쩍하면 안 된다. 정붙인 사람 중에 돈 필요한 사람 천지 빼까리다. 불쌍한 사람, 도와주고 싶은 사람 널렸다. 이 사람 쪼매, 저 사람 쪼매 도와주다가 니는 세금 빚으로 골로 간다. 현금 이자로는 돈을 절대 불릴 수가 없다. 부동산으로 돈을 불릴라 카면 이거저거 다 따지면 끝도 없고 돈 가진 사람이 도와준다 캐서 별로 고마워도 안 한다. 그냥 지금처럼 월급쟁이 맨치로 밥 사 묵고 가끔 치킨 시켜 묵고 그래 평범하게 살면 된다. 할미가 나이가 들어 걱정이 되니 잘 들어라. 돈 가진 티 내는 순간 네 등에 칼 꽂힌다. 그것만 맹심해라. 니 공부 억수로 싫어했재. 입 다무는 게 사법고시 패스하는 것보다 어렵다. 남자는 여자가 문제고 여자는 남자가 문제다. 맴에 드는 여자 만나면 돈 냄새 풍기고 싶은 게 남자다. 그래야 여자가 자석처럼 찰싹 달라붙으니까. 제대로 된 여자 만나고 싶으면 돈 없는 니랑 만날라 카는 여자를 만나야 한다."

성수는 엄마를 떠올렸다. 가여웠다.

"니는 내를 닮아 쪼매 무식하고 돈 좋아한다. 니랑 내랑 다른 점은 내는 종잣돈을 내가 마련했지마는 너는 소위 말하는 금수저라 카는 기다. 금수저가 똥수저 되는 거는 한순간이다. 돈을 원하면 돈이 없다고 생각하고 살수록 돈이 붙고, 내 돈 있다 하는 순간 그 돈은 슬슬 날아간다. 니 돈 원하나?"

"네."

"할미가 천년만년 못 산다. 니 애비도 여물지만 할미는 못 따라온다. 짐 싸 갖고 들어올 기가?"

"네? 아… 엄마랑 얘기해 보고요."

"알았다."

성수는 갑식으로부터 5만 원을 받고 나갔다.

'돈이 아니라 서류만 보여 주고… 뭐야? 쓸 수 있는 돈이 아니잖아.'

성수는 신발을 신었지만 묵직한 기분이 들었다.

'게다가 할머니랑 살라고? 30년 동안 말을 하지 말라고? 어휴, 그냥 아파트나 하나 사 주시지.'

갑식이 아들 상준에게 물려줄 때는 상준의 나이가 이미 들어 엄마의 돈을 기다리다 모든 능력을 상실했을 때 즈음이었다. 평생 써도 줄어들지 않는 돈과 깊은 고독감을 함께 물려받았다. 상준은 아내 연희가 고생한 것도 알고 있다. 그리고 연희는 상속의 범위에서 배제되어 시어머니 덕, 남편 덕, 아들 덕은 보지 못할 것이다.

상준이 연희에게 성수가 할머니에게 가서 살게 될 것이라고 말했다. 얼굴 가득 서운함으로 연희는 눈물을 흘렸다.

"가야지. 나는 돈 벌어 시어머니 봉양 안 하고 아들 장가보낼 걱정 안 하고 그래서 좋아. 애가 미성년자도 아니고 어디 멀리 떠나는 것도 아니고."

상준은 여전히 연희를 호강시키지 못한다.

"나 마트에 취직했어. 내 용돈은 벌어. 나 신경 쓰지 마."

연희가 선수를 쳐서 말한다. 상준은 연희가 돈 달라 떼쓰지 않는 이유를 안다.

"성수 일은… 물론 아주 많이 서운하지. 더 데리고 살고 싶고 얼굴 보고 싶지. 그렇지만 선택할 수 없는 일이잖아. 아들도 다 크면 엄마보다 돈 필요하잖아. 괜찮아. 유학도 가고 독립도 하는 나이니까. 내가 성수를 위해 해 줄 수 있는 일이 따로 사는 거라면 해야지. 엄마가 아들 위해 뭔들 못 해."

상준은 고맙단 말을 하지 않는다. 가부장제에서 어른이 결정한 일이다. 통보만 했을 뿐인데 연희는 잘 받아들인다. 반발을 하면 누를 생각이었는데 쉽게 손을 놓아 버린다. 마치 떠날 사람처럼.

지숙의 죽음이 남긴 것

지숙의 숨이 갑자기 가빠 와 남편 기철과 함께 병원을 찾았다. 코로나바이러스감염증-19 검사 후 숨이 가쁜 원인에 대한 검사를 받기까지 꽤 긴 대기 시간이었다. 지숙은 두 딸에게 전화를 걸었고, 딸들은 걱정하는 마음으로 검사 결과 나오는 대로 알려 달라고 통화를 했다.

지숙은 간단한 검사 후 의사의 정밀 검사를 권유받았고 간병인과 함께 입원을 해야 한다고 했다. 시기가 '사회적 거리 두기' 기간이라 간병인을 구하기란 쉽지 않았다. 간병인 역시 코로나 검사 이후 환자와 함께 병실로 들어가면 외출이 되지 않았다. 가족들의 면회도 안 되었다.

지숙의 검사 결과가 나오기 하루 전, 그녀는 세상을 떠났다. 믿기 어렵겠지만 그녀는 단 하루도 아픈 엄마를 딸들이 돌보게 하지 않겠다는 그녀의 다짐처럼 그렇게 떠나갔다. 임종은 가족 중 단 한 명만 지킬 수 있었다. 기철과 가희와 나희는 믿기지 않는 현실에 모두 할 말을 잃었지만, 기철과 가희는 나희에게 임종 기회를 양보했다.

나희는 임종을 놓칠까 싶어 울며 호소하여 코로나 검사를 먼저 받게 해 달라고 애원하였고, 줄 선 사람들 저마다 사연이 있겠지만 나희를 앞줄에 세워 주었다. 그리하여 지숙의 숨이 끊어지기 직전, 나희는 병실 안으로 들어갈 수 있었고 지숙의 마지막 말 '사랑해'를 들었다.

기철은 특전사처럼 '나는 비상계단으로 몰래 뛰어갈게.'라고 하고 들어갔지만 출입구 앞 체격 좋은 보안 요원에게 저지당했고 기철이 5초도 면회가 안 되냐고 애원했지만, 보안요원은 '더 이상 소란을 피우면 경찰에 넘기겠다'며 자신의 직무에 충실했다.

가족의 죽음 뒤에 남겨진 가족들은 모두 슬픔 속에 잠기지만은 않는다. 수많은 가족들이 남겨진 재산으로 다투기도 한다. 장례를 마치고 기철과 가희와 나희는 지숙의 통장을 볼 수 있었다. 그녀의 전 재산은 백만 원 남짓 되었다. 어째서 지숙은 비상금조차 없었던 것인가. 나희는 작은 웃음이 나왔다.

그녀는 두 딸들에게 스키를, 골프를, 미술을, 음악을, 외국어를, 여행을, 사랑을 모든 것을 남겼다. 지숙이 그대로 살아있었다. 죽음은 삶의 의미를 남긴다. 인생에 생과 사가 있는 이유이다. 젊음과 늙음이 있는 이유이다. 기쁨과 슬픔이 있는 이유이다.

장례식에서 남은 돈과 얼마 안 되는 지숙이 남긴 돈은 장례식에 발걸음해 주신 어르신 중 형편이 여의치 않은 분께 넣어 드렸다. 그것이 지숙의 뜻이었을 것이다. 사랑만 남기고 가는 것이 그녀의 인생이었다.

사람들이 불편해하는 이야기들을 안다. 죽음, 소외, 병, 분노, 장애, 가난, 전쟁 등 수많은 불편한 이야기들을 알고 있다. 돈, 스포츠, 꽃, 노래방, 춤, 바비큐, 웃음, 축하 이런 것들을 좋아한다는 것도 알고 있다. 그런데 부정적인 것과 긍정적인 것은 한 몸이다.

우리는 모두 행복하게 살길 원하지만 '안 아픈 척'하고 사는 것이 치유의 길은 아니다. '아프긴 한데'라고 말한 후 웃으며 다시 일어서는 것, 그것이 진정한 관계 맺기이다. 그것은 우리 내면의 상처를 치유하고 건강하게 만든다. '가식적인' 것들과 다툴 필요도 없다. 가지고 있는 것을 즐기되 사라져 가는 것을 아쉬워 말자.

가난의 트라우마는 절약으로 살아남은 세대들에게 남아 있다. 공부로 살아남은 세대는 그 자녀들에게 노하우를 전수하려 한다. 공부를 해도 살아남지 못한 세대는 자녀를 낳지 않으려 한다. 당신은 어디쯤 있습니까.

엄씨 이야기

2023년 8월 10일, '비도 오는데 엄씨랑 막걸리나 한잔해야겠다.'고 생각한 기철은 102호로 내려가 벨을 눌렀다. 대답이 없어 문을 두드렸다.

"엄 선생! 엄 선생! 쾅쾅쾅!"

딸이 문을 벌컥 열더니, "왜 남의 집 문을 두드려요?" 소리를 지른다.

"아버지는?"

"나가요. 나가요!" 엄씨 딸이 소리를 지르며 밀쳐 낸다.

기철은 방문이 열린 것과 냄새가 퀴퀴하여 딸을 밀치고 안으로 들어선다. 엄씨가 변을 싼 채로 자리에 누워 있고 몰골이 말이 아니다.

"엄 선생, 왜 이러고 누워 있는 거야? 밥은 먹었어?"

엄씨는 눈만 껌뻑인다. 기철은 집으로 돌아가 환자들이 코에 끼워 먹는 영양식을 가지고 내려와 엄씨에게 먹였다. 물도 먹였다. 집 안은 푹푹 찌는데 선풍기도 에어컨도 켜지 않고 엄씨는 그렇게 누워 있었다.

"얼마나 굶은 거야?"

기철이 묻자 엄씨는 손가락으로 브이자를 만들어 보였다.

"아들은? 아들 연락처 줘 봐."

엄씨도 딸도 대답할 줄을 모른다. 기철은 딸에게 연락해 빌라 옆 트럭 기사의 전화번호를 물어보았다. 딸이 기철에게 방문할 때마다 딸은 늘 트럭 기사에게 연락하여 차를 안쪽으로 대어 달라고 부탁을 하니 연락처를 알 것이고, 엄씨 아들도 아버지 집에 올 때마다 트럭 기사에게 연락을 할 것이다.

그렇게 기철은 엄씨 아들의 연락처를 알아내었다. 아들은 천안에서 약국을 하고 있었다. 세 시간 뒤, 아들이 도착해 변을 치우고 아버지를 모시고 요양병원에 입원시켰다. 기철은 엄씨가 먹다 남긴 영양음료를 다시 챙겼다. 비상시에 먹으려고 준비해 둔 것인데 요긴하게 쓰였다. 남은 음료를 버릴 필요는 없다.

8월 12일, 엄씨 아들이 기철에게 연락을 했다. 요양병원에서 아버지가 위독하다는 연락을 받았는데 지금 서울로 가고 있으니 기철 씨가 대신 좀 함께 있어 달라는 것이었다. 기철은 아픈 무릎을 부여잡고 빌라 4층을 내려가 지하철을 타고 요양병원으로 갔다.

엄씨가 기철을 바라보았다. 두 번 눈을 깜빡거렸다. 기철은 엄씨 손을 잡았다. 엄씨는 다시 눈을 뜨지 않았다.

30년을 아래 윗집 비 오는 날마다 막걸리는 마시고, 둘 다 부인을 먼저 떠나보내고, 동네에서 담배 피우는 녀석들을 혼내주고, 쓰레기를 함부로 버린 놈을 찾으려고 종이에 '쓰레기 버린 놈을 엄벌에 처한다.'라고 써 붙이기도 했다. 30년간 빗물을 받아 빌라 청소를 함께해서 빌라 주민들에게 청소비를 한 번도 걷지 않았다. 한 달 관리비 5천 원을 30년간 올리지 않은 비결이었다.

엄씨 아들이 약대에 합격한 날, 기철의 딸은 서울대에 합격했다. 엄씨와 기철은 기쁜 마음에 막걸리를 나누어 마셨다. 온 동네가 재개발되어 너도나도 아파트로 떠날 때, 기철과 엄씨는 떠나지 않았다. 엘리베이터도 주차장도 없는 집에서 자식들이 이사하라고 해도 그들은 떠나지 않았다. 빌라 옥상에서 상추를 키워 나눠 먹었다. 기철이 집 비밀번호를 잊어버리면 엄씨가 알려 주었다.

엄씨는 8년간 아내를 지극정성으로 간호했다. 답답한 마음에 러닝 차림으로 집 밖으로 나오면 기철이 불렀다. 기철이 라면을 끓이면 엄씨는 막걸리를 가져왔다. 엄씨는 아들 약국을 차려 주었고, 기철은 딸들에게 집을 사 주었다. 정작 그들은 빌라를 떠나지 않았다.

그리고 엄씨가 또 먼저 떠났다. 401호로 올라가려면 102호를 거쳐 올라간다. 퇴근하고 집으로 올라갈 때마다 엄씨가 있는지 확인했다. 차가 막혀 엄씨 아들은 병원에 도착하지 못했다.

기철은 엄씨의 임종을 지켰다. 눈물은 나지 않았다. 80 넘은 노인네들의 죽음은 슬퍼해서는 안 된다. 이생이 충분히 슬펐다. 우리 뇌는 생존을 향해 발달한다. 살면서 '슬픔'은 생존에 왜 필요한지 궁금했다. 슬픈 감정은 사는 데 방해가 될 뿐 도대체 왜 있는 것인가. 슬픔은 공감을 불러일으키고 인간은 공감 없이는 생존이 불가능하다. 그래서 신(神)은 인간에게 슬픔을 주었다. 슬픔을 통해 깊은 공감을 불러일으켜 서로 돕고 살라고.

그래서 기철은 엄씨의 죽음이 슬프지 않았다. 엄씨는 다 살았다. 이생에서 다 살았다. 기철이 먼저 죽는 것보다 차라리 엄씨를 먼저 보낼 수 있어서 다행이다. 그것은 슬픔보다 큰 슬픔이었다. 바다 같은 눈물이었다. 똥오줌과 범벅되어 사는 것보다는 눈을 감고 싶어 해서 스스로 곡기를 끊은 것을 기철은 알고 있었다.

엄씨의 딸은 행방불명이다.

어떤 유산

승구는 조카 가희와 나희에게 카페에서 만나자고 전화를 했다.

"안녕하세요? 잘 지내셨어요?"

80대 중반인 승구의 얼굴엔 점잖고 깊은 주름이 세월을 말해 주고 있었다. 승구는 옅은 미소로 답하였다.

평일의 카페는 비교적 한적했다.

"막냇동생이 제일 먼저 떠났구나."

승구는 가벼운 한숨을 내쉬었다.

"뭐 드시겠어요?"

"녹차로 다오."

나희가 키오스크에서 커피와 녹차를 주문하는 동안 가희와 승구는 마주 앉아 있었다.

"건강하시죠?"

가희는 나이 든 외삼촌이 카페에서 만나자고 하니 어디 편찮으신가 걱정이 되었다.

"이젠 카페에서 음료 하나 주문하기도 어려워."

"네, 세상이 많이 바뀌었어요."

"아버진 잘 계시지?"

"네, 여전히 바쁘게 지내세요."

나희가 녹차와 커피를 들고 자리로 오자, 승구는 가방에서 서류를 하나 꺼냈다.

"다름 아니라 너희들에게 이걸 부탁하러 왔다."

"뭔데요?" 나희가 물었다.

"씨알의 소리 복지 재단 서류야. 너희들을 공동 대표로 할 생각이다. 맡아 주었으면 좋겠구나."

"네? 왜 저희가요."

"나도 딸이 하나 있지만 재목이 못 된다. 그리고 이 재단은 지숙이 네 엄마가 준 돈으로 시작된 사업이다. 지숙이 생전에 활수(滑手)[12]한 사람이었지. 벌이가 되는 것은 아니지만 보람된 일일 거다."

"삼촌 예전에 사업 어려워지셔서 집 산 것 아니었어요?"

"그때 집 지녀 봤자 다 날렸을 거야. 그래서 복지재단 하나를 인수했지. 그때 대표로 있던 분이 돌아가시고 나도 이제 언제 갈지 모르니까."

"무슨 소리세요, 삼촌. 백세 시대에."

"갈 때 가더라도 이젠 내 몸 건사하기도 버거워. 젊은 너희들이 맡아 주었으면 좋겠구나. 그것이 지숙의 뜻이기도 하고."

"엄마의 뜻이라고요?"

12 무엇이든지 아끼지 않고 시원스럽게 잘 쓰는 씀씀이. 또는 그런 사람.

"그래, 네 엄만… 언젠가 내게 자식에게 돈을 물려주는 대신 '의미'를 물려주고 싶다고 했지."

"그때 나도 무슨 소리냐고 물었다. 지숙이 돈은 빼앗길 수도 있고 잃어버릴 수도 있으니까 아무도 못 훔쳐 가는 걸 자식에게 물려주고 싶다고 했어. IMF 때 이것저것 헐값으로 나왔지. 그 때 사 둔 것이 이제 제법 후원금도 들어오고 운영 사정은 나쁘지 않다. 난 이제 머리도 안 돌아가. 가희도 퇴직했다고 들었다. 지금 운영하기 적절한 나이야."

"삼촌…." 가희는 말을 잇지 못했다.

나희는 애써 눈물을 참았다. 아직은 '엄마' 소리만 나도 눈물이 쏟아졌다.

"서 실장이 잘 이끌어 줄 거다. 배운 사람이 할 일이 최후에 무엇이니. 복지 사각지대에 있는 이들을 찾아내고 조사하고 도와주고 그렇게 우리나라를 잘 이끌어 보거라. 씨알의 소리는 백성의 소리다. 민중의 소리이고 국민의 소리야. 그 소리를 들을 줄 아는 것이 화합의 길이란다. 지숙이 너희에게 남기는 것이다."

승구가 먼저 일어서고 가희와 나희는 택시를 태워 드리겠다고 하였으나 전철이 공짜라며 손을 저었다.

카페 자리로 돌아온 가희와 나희는 잠시 할 말을 잃었다.

"언니, 기분이 어때?" 나희가 물었다.

"엄마가 살아 돌아온 것 같아."

"죽음이란 우리가 생각하는 그런 '사라짐'이 아닌 것 같아."

"살아 있어도 산 것 같지 않은 삶도 있고 죽어도 영혼이 숨 쉬는 죽음도 있나 봐."

"엄마라는 나무가 베어지고 그 생명이 끊어졌다고 생각했어. 그런데 뿌리로 더 이상 물도 마시지 못하고 잎으로 햇빛도 받지 못하고 땅에 서 있지도 못하는 그 나무가, 전기톱에 잘리고 죽은 것이 아니라 여기 다른 모습으로 테이블이 되어 와 있어. 참 이상하지? 나무라는 생명은 죽었는데 다른 모습으로 살아 있네."

자매는 남은 커피를 한 모금 들이키며 잠시 말을 끊었다.

"울 엄마 대단하지 않아?" 나희가 다시 입을 뗀다.

"뭐가?"

"돌아가셨는데 숙제 내는 것 같은… 하하하."

"학교 다닐 때 네 숙제 내가 맨날 해 준 거 알아?"

"그래서 내가 언니 좋아하잖아."

"나희야."

"응."

"우리 잘해 보자."

"당연하지."

나무꾼을 맞닥뜨렸을 때 기꺼이 자신을 내어 준 나무는 죽지 않는다. 다른 형태로 머물 뿐이다. 사람은 죽어도 그 영혼이 기억된다. 내 육신이 아니라 정신이 남는다는 것을 안다면 나는 살아 있는 동안 무엇을 가꾸어야 하는가. 죽음을 잊고 삶에 모든 것을 거는 것이 인간이다.

삶은 안수정등(岸樹井騰)[13]의 우화처럼 찰나의 즐거움에 속아서 사는 것은 아닌가. 그래도 좋다. 젊을 땐 속으며 살아 보자. 그리고 속이지는 말자. 그리고 조금 나이 들면 그 즐거움이 추억이지 않겠는가.

13 한 나그네가 불이 난 숲을 피해 아무것도 없는 광야에 다다랐다. 그런데 무서운 사자가 그를 쫓아온다. 도망치다 보니 언덕 밑에 우물이 있었다. 등나무 넝쿨을 잡고 우물로 내려가니 이무기 세 마리가 입을 벌리고 있었다. 또 우물 둘레에는 네 마리의 뱀이 있었다. 넝쿨을 잡고 내려가지도 못하고 매달려 있는데 쥐가 등 넝쿨을 갉아 먹기 시작한다. 진퇴양난의 상황에 처해 있는데 벌집에서 꿀이 떨어진다. 나그네는 그 꿀물을 받아먹으며 잠시 자신의 처지를 잊는다.

나가는 글

한국은 내부적으로 경제적으로, 이념적으로 성장하며 신구대립(新舊對立), 남녀대립 구도를 거쳐 왔다. 외부적으로는 남북한의 대치 상황이 가장 뚜렷할 것이다. 무엇보다 경제적 격차는 매우 커졌다. 전후 세대들은 북한이 동귀어진(同歸於盡)[1] 할 것이란 위협 아래 앞만 보고 달릴 수 있었다. 다시는 내려오지 못하도록 강해져야 한다는 일념 아래 살았다.

80년대는 인터넷 세대가 아니니 언론이 통제되면 무지할 수밖에 없었지만 그래도 정의가 살아 있었다. 국민이 알았다면 저지르지 못했을 정부의 만행들이 결국 밝혀졌다. 5 · 18광주민주화운동에 대한 진압, 삼청교육대, 형제복지원 사건, 해외 입양 등의 실체는 내가 배운 것과 달랐다. 나는 청소년 시절 민주화운동을 하는 사람들이 빨갱이라고 배웠고, 형제복지원에서는 어렵고 힘든 사람들을 교육시키고 잘 보살핀 줄 알았다. 내가 학교에서 배운 것들이다.

1 주로 무협지에서, 함께 죽을 생각으로 상대에게 덤벼듦. 또는 상대와 함께 죽는 일. 자신보다 실력이 뛰어난 상대를 쓰러뜨리기 위해 하는 경우가 많다.

지금 달라진 것이 무엇일까. 학교에서 정의는 언제 가르칠까. 인간답게 살 수 있는 통로는 '알아주는 대학' 하나뿐인가. '정의'로 가는 통로는 소수의 희생자들의 몫인가. 지금 '진실'이라고 하는 것은 진실일까.

젊은이들은 누구나 노년을 맞이한다. 부유함도 가난 없이는 존재하지 않는다. 우리가 나누어 구분하려 할수록 명확하게 나누어지는 것은 없다. 선을 그으면 그을수록 모호해진다. 기성세대가 다음 세대에게 무엇을 가르칠 수 있을까.

살려고 애쓰는 동안 누군가에게 상처를 주지 않았는지 살피고, 내가 받은 상처를 이겨 내는 힘의 원천은 무엇인지 아는 것. 그것이 교육일 것이다. 때로는 사랑과 미움이 한패를 할 때도 있다는 것을 진작 알았더라면 더 많이 사랑했을 것을. 지금 내 곁에 있는 사람들을 더 많이 사랑할 것을.

p.s. 나는 이 글이 이상적이고 희망적이며 진실하지 못하다는 것을 알고 있다. 진실을 왜 드러내지 않느냐고 묻는다면 '진실에 옷을 입혀 주고 싶어서'라고 답하겠다. 피부 위로 옷을 입듯 진실 또한 옷이 필요하지 않을까. 삶은 그런 옷과 같다. 치장하고 만들고 보여주고 생산하고 팔고 사며 한 평생 지내다가 죽은 후에야 비로소 다 같은 모습으로 한 줌의 재가 된다. 우리는 우리의 진실을 얼마나 마주하고 사는가. 나는 내 진실을 제대로

알고 있는가.

먼저 알게 된 지식으로 인류는 무슨 짓을 했는가. 문명이라는 총을 들고 19세기 서구는 무슨 짓을 했는가. 아는 자가 모르는 자를, 가진 자가 못 가진 자를 지배해도 된다는 자연스러움은 어디에서 출발했는가. 어른이 아이를 함부로 대해도 된다는 것은 어떤 논리인가.

나는 이미 부족한 어른이 되었지만, 지금 아이들에게 군사독재보다 무서운 교육을 시키고 있지는 않은지 생각해 보아야 할 것이다. 가져 보지 못한 원죄를 짊어지고 가진 만큼 몰아치는 교육에서 숨을 쉬며 살고 싶다.

"나는 아무것도 바라지 않는다.

나는 아무것도 두렵지 않다.

나는 자유다."

– 니코스 카잔차키스(Nikos Kazantzakis)